Käthe Papke

DAS FORSTHAUS IM CHRISTIANENTAL

Käthe Papke

Das Forsthaus im Christianental

FRANCKE
Verlag der Francke-Buchhandlung GmbH

Über die Autorin:
Käthe Papke wurde 1872 geboren. 1891 verdiente sie mit der Schriftstellerei ihren Lebensunterhalt. 1916 zog sie mit ihren Eltern nach Wernigerode, wo sie bis zu ihrem Tod 1951 lebte.

Bibliografische Information Der Deutschen Bibliothek
Die Deutsche Bibliothek verzeichnet diese Publikation in der Deutschen Nationalbibliografie; detaillierte bibliografische Daten sind im Internet über http://dnb.ddb.de abrufbar.

2. Auflage 2007
ISBN 3-86122-842-4

35037 Marburg an der Lahn
Foto privat
Umschlaggestaltung: Verlag der Francke-Buchhandlung GmbH
Satz: Verlag der Francke-Buchhandlung GmbH
Druck: CPI Moravia Books, Korneuburg

www.francke-buch.de

„Einen schönen guten Abend, Gevatter", sagte der Bürger und Meister der Schmiedekunst Hinrich Vroling zu Hannes Markendorf, dem Förster aus Röschenrode. „Das Herz lacht einem im Leib, wenn man über die gesegneten Felder schaut, und man spricht ein inniges ‚Gelobt sei Gott'."

Der Angeredete nickte zustimmend. „Ja, es ist ein gesegnetes Jahr, Meister Hinrich; auch bei uns im Forst ist nur Wachstum zu beobachten. Das wird ein fröhliches Jagen geben im Herbst."

„Es ist nicht mehr allzu lange bis dahin", erwiderte der andere, „noch gut zwei Monate."

Der Förster lachte. „Kann viel geschehen in der Zeit. Drunten im Süden sieht's bunt aus."

„Wohl schon, doch der Süden ist weit vom Norden." Damit stand Hinrich Vroling auf und grüßte etliche andere Bürger, die mit ihren Ehefrauen in seinem Garten den schönen Augustabend genießen wollten. Bald saß man in gemütlichem Plaudern beisammen, und während die Frauen über das Gesinde, ihre Kinder und den Haushalt sprachen, waren die Männer (wie immer, wo Deutsche beisammen sind) bei der Politik angelangt.

Kein Wunder, waren doch aus Prag Nachrichten gekommen von merkwürdigen Dingen. Es war aber auch ungeheuerlich, wie Kaiser Matthias von Österreich seinen böhmischen Untertanen gegenüber handelte. Was hatte nun der Majestätsbrief vom 11. Juli 1609, in dem den Protestanten freier Gottesdienst zugesagt war, für einen Wert? Als sie sich in Klostergrab und Braunau Kirchen bauten, wurde ihnen die eine zerstört und die andere geschlossen.

„Nur gut, dass wir in einem Lande wohnen, wo Religionsfreiheit herrscht, wir können unserem Herrgott nicht genug dankbar sein dafür“, sagte kopfschüttelnd Meister Gutjahr, der der Schuhmacherzunft vorstand.

„Und einen gnädigen Herrn haben, der unseren evangelischen Glauben nicht nur schätzt, sondern teilt“, fügte der Ratsherr Hardege bei.

„Man soll sich nicht daran freuen, und doch kann ich mich des Lachens kaum erwehren, wenn ich daran denke, wie sie es in Prag den Herren Stadträten heimzahlten“, nahm jetzt Dietrich Pillmann, der Küster und Schulmeister von St. Sylvestri, das Wort. „Sagte man doch von ihnen, dass sie die Ursache zu der harten Antwort des Kaisers waren, als die von Braunau und Klostergrab ein Bittgesuch für ihre Kirchen an ihn richteten. Der Graf Thurn ist an der Spitze der protestantischen Abgeordneten in den Saal auf dem Schloss zu Prag eingedrungen, wo die kaiserlichen Räte versammelt waren, und als sich der Streit erhitzte, haben sie diese kurzerhand zum Fenster hinausgeworfen. Zum Glück lagen sie nicht allzu hoch.“

Behaglich schmunzelten die Bürger der gemütlichen Stadt Wernigerode, und Förster Markendorf sagte trocken: „Hoffentlich merkten sie sich den Fall! Achtundzwanzig Ellen flogen sie herab in den trockenen

Schlossgraben, ließ ich mir sagen. Schaden taten sie sich keinen. Es ist aber im Übrigen doch gut, werte Herren und Freunde, dass Prag weit von Wernigerode entfernt ist und wir in Ruhe der Entwicklung der Dinge dort unten zusehen können."

Es war inzwischen ziemlich spät geworden, vom Rathaus her kündigte die Uhr die neunte Stunde an. Sternenklar und hell war die anbrechende Nacht.

„Ich will nach Hause und noch einen Gang zum Voigtstieg machen", sagte Hannes Markendorf nach einer kleinen Pause und stand auf.

„Auch wir müssen heim", antworteten Kantor Pillmann und Gutjahr, „wir gehen mit euch."

Die anderen erhoben sich ebenfalls. Da tönte plötzlich ein Schreckensschrei aus dem Kreise der Frauen, mit ausgestreckter Hand wies Frau Vroling nach dem Norden.

„Allmächtiger!"

„Um der Barmherzigkeit willen!"

„Guter Gott, was ist das?" So tönte es von allen Seiten, und aller Blicke sahen mit Schrecken auf das wunderbare Licht, das sich dort von Norden her am Himmel auszubreiten begann. Ein glänzend weißer, dann feuriger Bogen war um einen dunklen Kreisabschnitt nahe am Horizont erschienen, nun begann er sich in mehrere Bogen zu teilen, und zwischen ihnen schimmerte das Dunkel nur umso finsterer.

Starr standen die Beobachter dort in Vrolings Garten, auf die auch in den anderen Gärten laut werdenden Schreckensrufe achteten sie nicht, ihre Blicke hingen wie gebannt am Himmel. Nun stiegen Lichtstrahlen in weißer, rötlicher und grünlicher Farbe aus diesem Bogen und auch aus den dunklen Stellen empor und schossen über den ganzen Himmel dahin. Von Minute zu Minute steigerte sich ihre Helligkeit. Und jetzt – ein vielstimmiger Angstschrei ertönte: wie Feuergarben leuchtete es über den Abendhimmel, wieder und wieder.

„Barmherziger Gott, was mag uns allen für ein schreckliches Unheil bevorstehen“, kam es endlich über Hardeges Lippen.

„Ja, nie und nimmer bedeutet das etwas Gutes“, murmelte Hinrich Vroling und wischte sich den Angstschweiß von der Stirn.

Die Frauen weinten, aber alle Blicke hafteten unentwegt am Horizont. Jetzt wurden die hin und her zuckenden feurigen Lichtstrahlen blasser und ruhiger, nur zuweilen schien es noch aufflammen zu wollen, sank aber immer mehr zusammen. Das Dunkel löste sich auf, und endlich sah man nichts mehr als eine starke Helle am nördlichen Himmel.

„Gevattern und Freunde“, ließ sich da Markendorfs tiefe, klare Bassstimme vernehmen, „sicher ist das, was wir eben gesehen haben, dazu angetan, unsere Herzen zu beschweren, und es sieht so aus, als ob Gott, der Allmächtige, uns vorbereiten will auf kommende schwere Zeiten, in denen Krieg, teure Zeit und Pestilenz herrschen. Doch dafür sollten wir eher dankbar als entsetzt sein, ist es doch nun in unserer Hand, dem Ganzen gut vorbereitet zu begegnen, wie Menschen, die ihr Vertrauen auf den lebendigen Gott setzen. Wir wollen uns also nicht fürchten, sondern daran denken, dass unser Herrgott in seinem Wort sagt: ‚Fürchte dich nicht, denn ich bin bei dir.' Darauf sollten wir uns verlassen."

„Ihr habt das richtige Wort gefunden", sagte Kantor Pillmann bewegt, „und ihr habt Recht; in den Zeiten, die dieses seltsame und furchtbare Licht uns anzukünden scheint, ist Gott allein unsere Zuversicht."

Sie drückten sich alle schweigend die Hände, und bald lag der Garten still und verlassen da.

Eilig strebten die Bürger nach Hause, aber überall stießen sie auf Gruppen erregter Einwohner, die ihren ängstlichen Gedanken in lebhaften Worten und Bewegungen Ausdruck gaben.

So kam auch Hannes Markendorf nicht so schnell vorwärts, wie er wollte. Jenseits des Burgtores, durch das der Torwächter ihn soeben hinausgelassen hatte und das den kleinen Flecken Röschenrode von der Stadt Wernigerode trennte, kamen ihm zwei junge Leute schnellen Schrittes entgegen. Dicht vor ihm blieben sie stehen.

„Grüß Gott, Herr Förster", riefen sie fast zugleich und zogen ihre mit Federn geschmückten Hüte. „Schön, dass wir euch noch treffen."

„Grüß Gott, ihr jungen Herren", entgegnete erfreut der Angeredete. „Wart ihr draußen bei uns?"

„Wo denn sonst“, lachte der ältere der beiden Brüder. „Ihr wisst ja, kommen wir aus Wittenberg nach Hause, zieht’s uns doch meist zu euch in den Wald. Wenn es euch recht ist, begleiten wir euch noch ein Stück zurück.“

Sie nahmen den Förster in die Mitte und schritten mit ihm am Wald entlang, der hier bis an das Burgtor heranreichte. Auf der anderen Seite der langen Straße standen matt erhellte kleinere Häuser, in denen die Bürger von Nöschenrode und besonders die Burgleute wohnten. Die Schöne Ecke und der Mühlenweg waren teilweise bebaut, ebenso zogen sich Häuser den Burgberg hinauf. Auch hier waren, wie drunten in der Stadt, erregte Menschen, besonders in der Nöschenröder Schenke, in der gern die ehrbaren Bürger einen Schoppen tranken.

„Habt ihr auch das wundersame Leuchten am Himmel gesehen?“, fragte der Förster.

„Freilich, und es erschien uns wie ein böses Omen“, entgegnete Johannes Fortmann, der jüngere der beiden. „Auch eure Kinder bekamen Angst, besonders die beiden Mädchen.“

„Ich werde mich beeilen, nach Hause zu kommen“, sagte Markendorf. „Waren sie allein oder sind meine Söhne bei ihnen?“

„Rüdiger ist bei ihnen. Er ist wie wir sehr beunruhigt wegen der Ereignisse am Himmel“, erwiderte Henricius Fortmann. „Konrad aber nahm es nicht so ernst.“

„Nein, er lachte über uns, sagte einige harscheWorte und ging dann in den Wald", fügte Johannes hinzu.

Der Förster schwieg einen Augenblick und sprach dann, wie als Antwort auf das, was Henricius gesagt hatte: „Die Zeit, in der wir leben, ist bereits böse und ernst, und ich bin fast sicher, wir gehen noch böseren Zeiten entgegen. In Böhmen ... " Er brach ab.

„Wissen die Leute im Schloss Neues?", fragte Johannes ein wenig zaghaft.

Förster Markendorf murmelte etwas Undeutliches, dann stand er still. Sie waren an St. Theobaldi angelangt. Friedlich ragte das kleine Kirchlein mit seinem Turm aus dem Dunkel der Bäume hervor, der aufgegangene Mond beleuchtete hell die schiefen Holzkreuze und Gräber des Friedhofes, der sich an das schlichte Gotteshaus anschloss.

„Kehrt um, junge Burschen", sagte der Förster, „es dürfte eurem Herrn Vater nicht gefallen, wenn ihr noch später heimkommt. Kommt bald wieder, und sagt eurem Vater, dem ehrwürdigen Herrn Magister, meinen herzlichen Gruß."

Mit Wohlgefallen sah er dabei auf die beiden jugendlichen Gestalten, die im Mondschein vor ihm standen. Sie hatten die Hüte abgenommen, der Nachtwind strich über die leicht gelockten Haare der beiden Köpfe hin. Henricius, der ältere, war der größere von beiden und sie hatten beide die gleichen klugen, dunklen Augen.

„Dann kommt gut heim, Herr Förster, und nehmt

es uns nicht übel, wenn wir eurer freundlichen Aufforderung so oft wie möglich nachkommen."

Sie schwenkten die Hüte und gingen rasch zurück, während der Förster seinen Weg in den Wald hinein fortsetzte. Schon von weitem sah er am Eingang zum Christianental einen schwachen Lichtschein durch die Bäume schimmern. Er beschleunigte seine Schritte, und bald hatte er das lang gestreckte Forsthaus erreicht, das er mit seinen vier Kindern und dem Gesinde bewohnte.

Rasch öffnete er die schwere Eichentür und trat in den von einem Öllämpchen notdürftig erhellten, geräumigen Hausflur. Zwei dunkle, reich geschnitzte Schränke und eine Truhe mit schwerem Schloss standen darin, in einer Ecke hingen verschiedene Gewehre und Hirschfänger, die Wände waren bedeckt mit vielen großen und kleinen Geweihen. Auf dem ausgetretenen Steinboden lagen geflochtene Matten vor den Türen, die rechts und links in Zimmer und geradeaus zur Küche führten. Im Hintergrund stieg eine breite dunkle Treppe in den oberen Stock empor.

Als der Förster die Tür schloss und seine Mütze an den Nagel hing, öffnete sich rasch eine Stubentür und ein Mädchenkopf schaute heraus: „Gelobt sei Gott! Der Vater!"

„Ja, Kinder, ich habe mich beeilt, heimzukommen." Damit trat er ins Zimmer. „Habt euch geängstigt heute Abend, was?"

Er strich dem vor ihm stehenden schlanken Mädchen über den dunklen Lockenkopf. Sein Blick ging dabei zu der älteren Tochter, die ebenso groß wie die Schwester, aber zart und mit goldig schimmerndem Haar am Tisch stand. Stattlich und kraftvoll, mit demselben starkknochigen Gesicht wie er selbst, den gleichen dunklen, fast schwarzen Haaren und blitzenden Augen war Rüdiger, sein Sohn, neben ihn getreten und hatte ihm die Hand gereicht.

„Schade, Vater, dass ihr nicht hier wart, wir hätten so gerne mit euch gemeinsam das Himmelszeichen beobachtet."

„Ich sah es gut in Gevatter Vrolings Garten, sicher noch besser als ihr. Die Fortmanns, die ich am Stadttor traf, erzählten mir, dass ihr große Angst hattet. Stimmt das?"

„Wir dachten, es hätte eine ernste Bedeutung", entgegnete Rüdiger, „Konrad und Andrea aber waren anderer Meinung."

„Mir kommt es vor, als wollte Gott uns vorbereiten auf künftige ernste Zeiten", sagte Markendorf, der am Tisch Platz nahm. „Was aber denkt denn Andrea?"

Damit zog er das leicht errötende Mädchen an sich und sah es forschend an. Andrea wandte den Kopf ein wenig zur Seite, ein halb verlegener, halb trotziger Zug erschien in dem hübschen Gesicht. „Ach, Herr Vater, eigentlich nichts. Ich meinte nur auf Rüdigers und Henricius' Worte hin, dieses schauerliche Zeichen künde uns eher ein Strafgericht Gottes an, weil überall ... nun eben ... es ist als ... " Sie brach ab.

Nachdenklich sah er sie an. „Sprich weiter, mein Kind.“

Seine Stimme klang mild, aber traurig.

Tief senkte sie den Kopf und schwieg. Da ließ er sie seufzend los.

Im gleichen Augenblick schob ihm Else die große, dicke Bibel hin, die auf dem schweren eichenen Tisch bereitlag. Sie rückte das Licht auf dem zinnernen Leuchter näher heran und rief aus der Küche die zwei Mägde herein. Der Vater klappte das Schloss zurück und schlug die Bibel auf. Langsam las er den einundneunzigsten Psalm.

Aber während Else und Rüdiger ebenso andächtig zuhörten wie Anna und Martha, die Mägde, schaute Andrea öfters zu den beiden Fenstern, durch deren bleigefasste Scheiben man den Mondschein draußen sah. Trotzig waren die roten Lippen zusammengepresst, und ein abweisender Ausdruck lag auf ihren jugendlichen Zügen. Auch als der Vater sie alle in einem schlichten Gebet für die Nacht und kommende Zeiten dem Schutz des Allmächtigen anbefahl, änderte sich kein Zug ihres Gesichtes.

Nach dem Abendessen wünschten die Mägde eine geruhsame Nacht, ebenso Else und Andrea. Liebevoll küsste der Vater beide auf die Stirne und wandte sich an Rüdiger: „Ich muss noch zum Voigtstieg hinaus, geh mit mir.“

Sie hängten die Gewehre um. Else verschloss hinter ihnen die Haustür und zog den Schlüssel ab, damit

Vater und Bruder später hineinkonnten, und bald lag das hübsche Forsthaus in tiefem Dunkel.

Vater und Sohn gingen eine Weile schweigend auf dem Waldwege dahin, der durchs Mühlental führte. Der Mond warf zitternde Lichtstrahlen durch das dunkle Geäst, und manchmal hörte man einen Fuchs bellen oder einen Nachtvogel rufen. Sonst war alles still.

„Hast du mit den Fortmanns besprochen, was Graf Botho uns bei seinem letzten Besuch erzählte?“, brach der Förster das Schweigen.

„Nein, Vater! Ihr wart dagegen, also ließ ich es“, lautete die Antwort.

„Recht so, mein Sohn. Wozu die Gemüter in Unruhe versetzen? Nun aber sage mir bitte, was mit Andrea los war. Was war denn ihre Meinung, aus der sie so ein Geheimnis machte?“

„Ach, Vater, es tut mir Leid, euch damit Kummer bereiten zu müssen. Sie meint, der Allmächtige künde uns allen ein Strafgericht an wegen des heiligen Blutes zu Waterleer, das man fortgab. Sie erfüllt mit Sorge, dass man so hartnäckig versucht, den alten Glauben zu unterdrücken.“

„Also immer noch der gleiche Gedanke, der von Zeit zu Zeit bei ihr hervorbricht“, sagte kopfschüttelnd der Förster. „Woher hat sie das nur? Sie wurde in ein evangelisches Elternhaus hineingeboren und nach dem lutherischen Bekenntnis aufgezogen, so wie ihr anderen auch. Und nun muss ich solche Neigung zu dem überwundenen Glauben an ihr wahrnehmen! Wo mag nur die Ursache liegen?“

„Ich glaube, an ihrem Umgang. Seht, Vater, sie verkehrt ziemlich viel mit dem Fräulein von Frankerode. Die aber ist mit der früheren Äbtissin Elisabeth Grell vom Kloster zu Waterleer verwandt. Die Äbtissin ist die Tante ihrer Mutter. Auch die Eltern der Mutter sind katholisch geblieben. Frau von Frankerode ist nur ihrem Mann zuliebe zu uns übergetreten. Wen wundert´s, dass sie im Herzen katholisch geblieben ist und ihre Überzeugung auch auf ihr Kind übertragen hat.“

„Da magst du Recht haben, Rüdiger“, entgegnete der Vater, „Umgang macht viel aus. Aber da hoffe ich andererseits auf den Einfluss von Gisela Fortmann und ihren beiden Brüdern. Prächtige junge Menschen sind sie alle drei. Die Söhne haben sich in Wittenberg gut entwickelt und Henricius wird einmal ein ebenso tüchtiger Geistlicher werden wie sein Vater. War Gisela heute Abend nicht hier?“

„Nein, und ich denke, Fräulein Gisela ist mehr unserer lieben Else zugewandt als der Andrea“, antwortete der Sohn.

Sie waren an der Voigtstiegmühle angelangt. Auch hier lag alles im Dunkeln. „Nun geh du über den Henkersberg heimwärts, Rüdiger, ich nehme den Weg über den Astberg. Gib Acht, ob du etwas Verdächtiges merkst. Es sollen Fremde aus dem Blankenburgischen hier oben mit Büchsen gesehen worden sein, wie mir gestern Abend unser Bursche, der Michel, sagte", sprach Markendorf, seinem Sohn zunickend. „Gott behüte dich!"

„Und euch, lieber Vater!" Rüdiger grüßte, dann verschwand er im Dunkel der Nacht.

Auch der Förster setzte seinen Weg fort, immer an einem munteren, klaren Bach entlang, der unten im Mühlental die großen Mühlen antrieb. Er verfolgte seinen Pfad nicht mehr weit, dann überschritt er den Bach und begann drüben auf einem Fußweg den Astberg hinaufzusteigen. An einer kleinen Lichtung blieb der Mann stehen, lehnte seine Büchse an einen Baum und setzte sich auf einen dicken, gefällten Stamm. Er nahm den Hut vom Kopf und ließ sich vom Nachtwind die Stirn kühlen. Auf den markigen Zügen des Mannes, über die soeben ein Mondstrahl huschte, lag schwerer Ernst. Sein Gesicht schien sogar finster. Die buschigen Augenbrauen berührten sich fast, so sehr hatte er die Stirn zusammengezogen.

War's nicht doch am Ende ein Fehler von ihm gewesen, allein mit den vier Kindern geblieben zu sein, nachdem er seine geliebte Agnes auf dem kleinen Friedhof bei St. Theobaldi zur ewigen Ruhe gebettet hatte? Hätte er nicht doch noch einmal heiraten müssen, schon um der Kinder willen?

War er durch seinen Beruf nicht zu viel fort von zu Hause und konnte zu wenig auf die Entwicklung der Kinder achten? Anna und Martha, die schon im Hause gewesen waren, als seine Frau noch lebte, waren ihm zwar treue Helfer gewesen. Doch Konrad, mit 13 Jahren der Älteste, und Andrea, die Sechsjährige und Jüngste, hätten am meisten Mutterhand, Mutterliebe und mehr Strenge gebraucht. Heute war's zu spät, Versäumtes nachzuholen. Er hätte auch gar nicht gewusst, wen er an Stelle seiner Agnes hätte setzen mögen.

Zehn Jahre waren seither vergangen. Die Kinder waren zu selbständigen Menschen herangewachsen. Konrad und Rüdiger wählten wie er den Beruf des Försters, und gerne behielt Graf Wolfgang Georg, der regierende Herr von Wernigerode, sie in seinen Diensten. Sie beide hatten außer der Freude am Waidwerk auch die große Gestalt mit der des Vaters gemein, seine markigen Züge und dunklen Augen; dennoch waren sie so unterschiedlich, wie es zwei Brüder nur sein konnten. Rüdiger hatte den festen Charakter seines Vaters geerbt, in Konrad hingegen steckte ... ja, was steckte eigentlich in ihm? In seinen Augen flackerte es zuweilen auf, seltsam, absonderlich. Ihm war am wohlsten, auf einem schnellem Ross durch die Wälder zu jagen, den Raubvogel im Flug herabzuholen oder den Kampf mit einem Eber aufzunehmen. Rüdiger stand ihm darin in nichts nach, ihm fehlte aber jene Wildheit, die sich bei Konrad mehr und mehr bemerkbar machte und den Vater mit Sorge erfüllte.

Auch um Andrea begann er sich zu sorgen. Das Kind – eigentlich war sie es ja nicht mehr – konnte stundenlang grübelnd vor sich hinschauen, den Mund zusammengepresst, eine senkrechte Falte auf der Stirn.

Dann wieder tollte sie in ausgelassener Weise mit den beiden großen Jagdhunden herum, oder sie kletterte wie eine Katze auf irgendeinen Baum und ließ sich vom Wind in den Zweigen wiegen. Irgendetwas erinnerte in ihrem Wesen an Konrad. Ach, warum konnte sie nicht mehr ihrer Schwester Else gleichen?

Der Vater seufzte tief auf und gleichzeitig durchzog ihn freudiger Stolz, als ihm seine älteste Tochter in den Sinn kam. In ihrer goldblonden Lieblichkeit war sie ganz das Abbild seiner geliebten Agnes geworden, hatte auch von der Mutter den klaren Verstand und die tiefe Frömmigkeit geerbt. Über ihre Jahre hinaus gereift stand sie dem Hauswesen mit Treue und Umsicht vor, und wenn jemand Einfluss auf Andrea hatte, dann sie. Doch selbst der schien in der letzten Zeit auch nicht mehr sehr groß zu sein.

Sollte daran wirklich der Verkehr mit Gesche von Frankerode schuld sein? Fast wollte ihm, je länger er darüber nachdachte, scheinen, als könne Rüdiger Recht haben. Denn gerade in den letzten Monaten hatte Andrea immer deutlicher gezeigt, dass sie nicht ganz so viel vom protestantischen Glauben hielt wie die anderen alle, und wie er selbst es in seiner Familie haben wollte. Er wusste aber, dass er bei ihrem Charakter und Wesen mit Strenge nur das Gegenteil von dem erreichen würde, was er wollte, dass aber viel Liebe, freundliche Ermahnung, persönliches Vorbild und vor allem das Gebet den Einfluss bewirken konnten, den er sich so sehr wünschte.

Und von seinen persönlichen Angelegenheiten gingen die Gedanken des grübelnden Mannes zu den Ereignissen draußen in der Welt.

Er wusste mehr davon als die anderen Bürger Wernigerodes. War doch Graf Botho, der Neffe des regierenden Grafen Wolfgang Georg, ein oft und gern gesehener Gast auf dem Schloss oben, und es verging fast kein Tag, an dem er nicht mit Rüdiger gejagt oder weite Ritte und Wanderungen durch den Forst gemacht hätte. Oft kehrte er aber auch im Forsthaus ein, und manche Abendstunde hatte er mit dem Förster und dessen Kindern in angeregtem Gespräch verplaudert.

Botho war ein Sohn des Grafen Christoph, dem die Herrschaft Gedern zu Eigen war. Da Wolfgang Georg, der jetzt regierende Graf in Wernigerode, der letzte aus der Harzlinie der Stolberg war, fiel nach seinem Tode die Herrschaft an den Grafen von Stolberg-Gedern, seinen Vetter, und dessen drei Söhne Heinrich Ernst, Johann Martin und Botho. Graf Wolfgang Georg hätte am liebsten gesehen, Botho wäre ganz hierher übergesiedelt, denn er war sein Lieblingsneffe. Das aber wollte der Vater nicht, um Streitereien zwischen ihm und seinen Brüdern vorzubeugen. Dennoch verbrachte der junge Graf den größten Teil des Jahres in Wernigerode, war auch jetzt etliche Wochen hier gewesen und erst vor einigen Tagen nach Gedern zurückgereist.

Von ihm wussten Förster Markendorf und Rüdiger,

dass es sehr ernst drunten im Süden aussah und der Streit sich leicht weiter ausbreiten konnte. Die Böhmen hatten um Hilfe gebeten und sie erhalten. Mähren, Schlesien, die Lausitz, zahlreiche Freunde in Österreich und die protestantischen Fürsten der Union hatten sich ihnen angeschlossen. Das Haupt der Union, dieses großen Verbandes gegen die Katholiken, Kurfürst Friedrich der Fünfte von der Pfalz, rüstete mit aller Macht. Aber auch die Liga, der katholische Gegenbund, sah nicht müßig zu und rüstete ihrerseits.

Augenblicklich hatte sich Sachsen eingemischt mit der Absicht, zu vermitteln, und Kaiser Matthias schien damit einverstanden. Wie weit dies nun möglich sein würde, ob überhaupt ein Ausgleich noch zustande kommen konnte, musste die Zeit zeigen.

Die Spannung zwischen den Katholiken und Protestanten hatte sich seit der Einführung der Reformation und den Bauernkriegen von Jahr zu Jahr gesteigert, trotz des Religionsfriedens von 1555. Unheimliche Wetterwolken waren am Völkerhimmel aufgezogen und verdichteten sich mehr und mehr. Nun schien es, als sei das Gewitter ausgebrochen. Wann und wie würde es enden?

Markendorf seufzte auf, strich sich mit der Hand über die Stirn und sagte leise: „Ein feste Burg ist unser Gott, ein gute Wehr und Waffen.“ Dann nahm er Hut und Gewehr auf und schritt weiter.

Auf einem der Ritterhöfe dicht am Dullenturm, Ecke

Kochstraße, hatte die Familie von Frankerode ihren Sitz. Sie waren kein hervorragendes oder bedeutendes Geschlecht. Der einzige Ruhm ihrer Familie bestand darin, dass ein Vorfahr mit Friedrich Barbarossa den Kreuzzug mitgemacht haben sollte. Aber selbst darüber wusste man nichts Genaues. Ausgebreitet hatten sie sich auch nicht, und gegenwärtig stand das Geschlecht nur noch auf zwei Beinen, nämlich dem Oberhaupt der Familie, Caspar von Frankerode. Er hatte keine Söhne, nur eine bald achtzehnjährige Tochter Gesche. Seine Frau war ihm zuliebe protestantisch geworden und hatte sich durch ihre Heirat ihrer Familie entfremdet.

Ihre Tante, Elisabeth Grell, Äbtissin in Waterleer, war zwischenzeitlich auch protestantisch gewesen, hatte aber schon vor fünf Jahren derart katholische Bestrebungen gezeigt, dass der damals regierende Fürst Wolf Ernst sie abgesetzt hatte. Darauf war sie offen zur katholischen Kirche zurückgegangen und machte nun ihren ganzen Einfluss auf ihre Nichte geltend – nicht ohne Erfolg. Immer wieder wandte sie sich mit vielerlei Beschwerden an den österreichischen Kaiser und seine Gemahlin Anna.

Der Zwist zwischen ihrer Nichte, Frau von Frankerode, und ihren Angehörigen wurde nach einigen Jahren beigelegt und sie verkehrte wieder aufs freundlichste mit ihnen. Ihr Mann konnte oder wollte nichts dagegen tun. Böse Zungen behaupteten, nicht er sei Herr im Hause, sondern seine Frau.

So stand auch Gesche ganz unter dem Einfluss der Mutter, und es war nicht verwunderlich, dass sie versuchte, ihre Freundin Andrea Markendorf in ihre Gedanken hineinzuziehen.

Auch heute, an einem klaren Herbsttag, saßen die Mädchen in Gesches kleinem Stübchen. Die runden, bleigefassten Fenster standen weit offen. Ein Sonnenstrahl huschte durch das niedrige Gemach. Die beiden jungen Mädchen waren eifrig damit beschäftigt, eine Altardecke zu sticken.

„Wenn mein Vater wüsste, dass ich dir bei einer Decke für den Heiligen Franziskus zu Halberstadt helfe", lächelte Andrea, den Blick zu der Freundin erhoben, „ich glaube, er würde mir verbieten, noch einmal zu dir zu gehen."

„Mein Vater weiß ja auch nicht, dass ich sie sticke", entgegnete Gesche und warf den Kopf zurück. „Es ist ja nicht nötig, alles zu sagen. Würdest du dir das Herkommen verbieten lassen?"

Ein trotziger Zug erschien um Andreas Mund. „Niemals", sagte sie kurz, „und Konrad auch nicht", fügte sie rasch hinzu.

Ein leichtes Lächeln überflog Gesches unregelmäßige und doch ansprechende Züge, aber sie erwiderte nichts.

Einige Minuten schwiegen beide, dann legte Andrea plötzlich die Nadel hin und bat: „Gesche, erzähl mir noch einmal die Geschichte des Heiligen Blutes zu Waterleer."

„Ach, wozu, du kennst sie doch“, wehrte diese ab, „ich hab sie dir erst neulich erzählt.“

„Trotzdem“, bettelte das Mädchen, „ich möchte sie noch einmal hören, um sie niemals wieder zu vergessen.“

„Also gut“, gab Gesche nach und legte gleichfalls die Arbeit hin, „so höre.“

„In Waterleer ging einstmals eine Frau zur heiligen Kommunion. Als der Priester ihr die Oblate reichte, die doch der heilige Leib unseres hochgelobten Erlösers war, nahm sie sie schnell wieder aus dem Mund und brachte sie wohlverwahrt in einem Tüchlein nach Hause. Dort band sie sie in ein reines Leinentuch und legte sie in den Kasten, wo sie ihre Kleider verwahrte. Nach einiger Zeit entdeckte ihr Mann das Tuch und sah, dass Blut daran war. Nun bekannte die Frau, was sie getan hatte, und eiligst wurde der Priester geholt. Da er das Tüchlein öffnete, sah er mit heiligem Schauer, dass die Oblate blutete und das Tuch davon nass geworden war.

Der Bischof wurde benachrichtigt; er kam mit etlichen Chorherren, und sie alle sahen das große Wunder. Er wollte nun das Heiligtum nach Halberstadt bringen. Zu dem Zweck tat man das blutige Wunder in einen goldenen Kelch, und in feierlicher Prozession, zu der viele gekommen waren, wurde es von Waterleer fortgetragen. Aber je mehr sie sich damit vom Ort entfernten, desto heftiger floss das Blut und schäumte schließlich so sehr, dass es drohte überzufließen. Da erkannte der hochwürdige Bischof, dass dieses Gnadenwunder in Waterleer bleiben wollte, und die Prozession kehrte um. Und siehe da, je näher sie dem Ort kamen, je mehr sank der schäumende Quell in sich zusammen, bis nur noch die blutige Oblate im Kelch lag, als sie in Waterleer ankamen.

Daraufhin baute man dort ein Nonnenkloster, und das heilige Blut tat viele Wunder. Als die Reformation eingeführt wurde, blieben die Schwestern heimlich ihrem Glauben treu und behielten die Klostersitten und ihre Tracht. Deshalb ist meine gute Tante Elisabeth, die Äbtissin, vom Graf Wolf Ernst entlassen und fortgeschickt worden. Sie hatte sich unter Zwang dem protestantischen Glauben unterworfen, war aber im Herzen immer katholisch geblieben, und ist dann auch öffentlich zum römischen Glauben zurückgekehrt. Sie ist nach Österreich gegangen, um sich bei Kaiser Matthias und besonders bei seiner Gemahlin, Kaiserin Anna, über den Grafen hier zu beschweren. Der Kaiser hat durch Unterhändler und Briefe die Auslieferung des heiligen Blutes von Graf Wolfgang Georg verlangt, der inzwischen die Herrschaft nach seinem Vater übernommen hatte. Das ist dann auch im letzten Jahr geschehen. Diese Ereignisse aber werden dem Grafen und seinem Haus keinen Segen bringen.

Du musst wissen, Andrea, ich bin der festen Meinung, dass der Allmächtige und alle Heiligen nicht nur unseren Ort, sondern alle die Länder und Fürsten furchtbar strafen werden, die alles getan haben und noch tun, um unseren wahren, katholischen Glauben zu unterdrücken und den Protestantismus einzuführen. Der Jesuitenpater, der meine Tante des öfteren in Halle zu treffen pflegte, sagt das Gleiche. Und diese Männer müssen es wissen."

Mit schwärmerischem Blick hatte Andrea zugehört, nun rief sie seufzend: „Ach, und das furchtbare Licht im August – weißt du noch? Es kündigte sicher eine solche Strafe über uns alle an. Wie wird mir angst und bange, Gesche!"

„Ist unnötig", lächelte diese freundlich und vertraulich, „bete nur ohne Unterlass zur heiligen Jungfrau Maria und zur heiligen Barbara, dass sie dich und die Deinen beschützen mögen. Sicher tun sie es, und eines Tages kannst du deinem Vater und den Geschwistern sagen, wem sie eigentlich ihren Schutz in Gefahren zu verdanken haben."

„Ich weiß nur nicht, wie man das richtig macht", sagte Andrea halb traurig.

„Ach was", tadelte Gesche sie gutmütig, „mache es nur so, wie ich es dir sagte und zeigte. Aber nun ist es genug davon, nun komm noch ein wenig in den Garten."

Damit packte sie die Decke säuberlich in eine Truhe und beide gingen hinunter. Gesche meinte, das Klappern von Pferdehufen gehört zu haben, ließ sich aber nichts anmerken. Als sie in den Hof kamen, sah sie, dass sie sich nicht geirrt hatte. Dennoch schien sie sehr erstaunt, in dem Reiter, der eben absprang, Konrad Markendorf zu erkennen. Andrea winkte dem Bruder freudig zu, der grüßend den Hut schwenkte.

„Da komm ich wohl gerade noch rechtzeitig, um mir die Erlaubnis zu holen, die beiden Fräulein auf einem Weg durch den Garten begleiten zu dürfen", sagte er gutgelaunt und verneigte sich vor Gesche. Dabei flog ein rascher Blick zu ihren Augen, den sie kokett erwiderte.

„Gewiss, Herr Konrad, wenn es euch nicht langweilt, seid ihr uns willkommen. Nicht wahr, Andrea?"

„Aber freilich", lachte diese den Bruder an, „ich weiß doch auch, dass er genauso gerne herkommt wie ich."

„Ein Irrtum, Schwesterlein", neckte dieser lächelnd. „Ich komme noch lieber her als du."

Damit trat er an Gesches Seite, ergriff rasch ihre Hand und drückte einen Kuss darauf. Sie entzog sie ihm errötend und sah zu Andrea hinüber, die aber nichts gemerkt hatte. Nach einigen Rundgängen durch den kleinen Garten führte Gesche ihre Gäste ins Wohngemach zur Mutter, wo sie noch ein wenig plauderten und bald darauf Abschied nahmen, nicht ohne das Versprechen gegeben zu haben, bald wiederzukommen.

Als sie fort waren, fragte Frau von Frankerode ihre Tochter sehr ernst: „Begünstigst du immer noch den jungen Markendorf, Gesche?"

„Warum soll ich nicht, Mutter?", entgegnete diese darauf. „Ihr wisst, ein anderer kreuzte bis heute nicht meinen Weg, und wir sind von niederem Adel, dazu unbegütert. Ihr habt mir das neulich selbst klar gemacht. Erinnert ihr euch nicht?“

„Sicherlich, aber du könntest doch auch, wie deine Tante ...“

„In irgendein Kloster gehen, meint ihr, teure Frau Mutter?“, unterbrach Gesche sie mit leichtem Lächeln. „Da irrt ihr aber sehr! Wenigstens käme mir solcher Gedanke erst in allerletzter Konsequenz. Dieser Weg bleibt dem armen, unvermählt gebliebenen Fräulein von Frankerode immer noch offen. Und Konrad Markendorf gefällt mir.“ Sie warf dabei den Kopf zurück und ging hinaus.

Seufzend blickte die Mutter ihr nach. Im Grunde gab sie Gesche aber Recht. Es war leider so, wie das Mädchen gesagt hatte. Und es war immer noch besser, das wohlhabende, angesehene Weib Konrad Markendorfs zu werden, als unverheiratet, verbittert und allein durchs Leben zu gehen oder ins Kloster einzutreten.

Konrad hatte indessen sein Pferd am Zügel geführt und war langsam neben seiner Schwester her gegangen.

„Geh bald wieder hin, Andrea“, bat er, „oder noch besser, du lädst das Fräulein einmal zu dir ein, ihr macht einen Spaziergang durch den Wald und ich begleite euch. Was meinst du?“

Andrea lachte herzlich. „Wenn du willst, gerne. Aber du musst mich nicht drängen, bald mit Gesche zusammenzukommen, Konrad, ich tue es schon von mir aus, ich bin auch gerne dort.“

„Schade übrigens, dass die Fortmanns wieder nach Wittenberg gezogen sind", entgegnete er neckend, „am Ende wäre Henricius gerne auf solche Waldwege mitgegangen."

Sie wandte den Kopf erglühend zur Seite. „Dann wärst du aber schön mit mir gegangen, und Gesche mit Herrn Fortmann", erwiderte sie schalkhaft.

„Natürlich", lachte er heiter.

Mehr als ein Blick folgte dem schönen Geschwisterpaar, und manche Mutter von heiratsfähigen Töchtern hätte gerne einen der stattlichen Förstersöhne als Schwiegersohn begrüßt. Waren doch die Markendorfs seit 1500 eine alteingesessene Familie drüben in Nöschenrode, verwandt mit mancher reichen und angesehenen Familie in Wernigerode. Dazu wusste man, dass der Förster Hannes Markendorf ein hohes Ansehen bei dem gräflichen Herrn Wolfgang Georg genoss, der sich nicht zu schade war, hin und wieder bei ihm einzukehren und einen Bissen zu essen.

Andrea und Konrad merkten nichts von diesen Blicken und Gedanken. Sie waren zu sehr mit sich selbst beschäftigt und erwiderten nur freundlich die Grüße der Vorübergehenden.

Am Burgtor trennten sie sich. Andrea schlug den Weg nach Hause ein, Konrad schwang sich aufs Pferd und ritt den Burgberg hinauf; er musste einem der Männer hier oben eine Bestellung wegen Holzfällens vom Vater ausrichten.

* * *

Silvesterabend.

Tiefer Schnee bedeckte die Landschaft. Zauberhaft waren die Wälder und Berge anzusehen. Die Tannen bogen sich unter der schweren weißen Last, und das muntere Bächlein im Mühlental war ganz unter eine weiße Eisdecke geschlüpft. Überall sah man unter den Bäumen bis dicht an das Forsthaus heran Spuren von Wild, und zwischen den Hühnern, die auf dem Hof herumscharrten und alles verschlangen, was die Mägde ihnen hingestreut hatten, pickten ebenso eifrig Meisen, Sperlinge und Buchfinken mit. Der Himmel sah so grau aus, als ob er noch mehr Schnee auf die Erde ausschütten wollte.

Tiefe Stille herrschte im weiten Forst. „Die Ruhe in diesem wunderbaren Winterwald hat etwas Heiliges", sagte einer der drei Männer, die eben über eine Lichtung am Henkersberg schritten.

Es war ein schlanker Mann mit sympathischen, feinen Zügen. Der dunkelblonde Spitzbart gab dem jugendlichen Antlitz etwas Männliches, und die blauen Augen schauten gütig und ernst zugleich. Das Jägerbarett saß schräg über der Stirn, und die grüne Förstertracht stand ihm hervorragend.

„Ich liebe meinen Wald zu jeder Jahreszeit", entgegnete Rüdiger Markendorf, der an seiner Seite ging, „und ich möchte an keinem anderen Ort mehr leben."

„Wer weiß, ob wir hier auch im nächsten Jahr noch unsere Freude an der Jagd haben werden“, sagte der erste wieder. „Die sächsische Vermittlung zwischen den Böhmen und dem Kaiser scheint wenig zu erreichen, und auch hier im Norden beginnt man sich mehr mit der ganzen Sache abzugeben, als gut ist.“

„Meint ihr den Herzog Christian von Braunschweig, gnädiger Herr?“, fragte Hannes Markendorf, der an der anderen Seite des Sprechenden ging. „Ich hörte gelegentlich, dass er ein wahrer Pfaffenfeind sein soll.“

„Ihr habt nicht zu viel gehört, Herr Förster, eher zu wenig. Und weil er ein leidenschaftlicher Herr ist, dürfte es leicht geschehen, dass er sich in die Händel dort unten einmischt. Der Kurfürst von der Pfalz wirbt bei allen Fürsten um Hilfe gegen die Österreicher und soll sich auch schon an den Braunschweiger gewandt haben.

Doch, Markendorf, etwas anderes, Persönliches. Ihr wisst, wie gerne ich bei euch bin und dass ich euch schätze und achte. Auch seid ihr mir an Jahren so weit überlegen, dass ihr mein Vater sein könntet. Kennen uns auch schon gar lange Zeit. Wollt ihr mir nun eine Freude machen und nicht mehr ‚gnädiger Herr‘ zu mir sagen, sondern mich bei meinem Namen, nämlich ‚Botho‘, nennen?“

„Eure Worte machen euch alle Ehre, lieber Herr Graf“, sagte Markendorf und ergriff seine Hand, „aber ihr habt nicht den Standesunterschied zwischen euch und uns bedacht. Es gehört sich nicht für mich, den

Neffen und Nachfolger meines gnädigen Herrn bei seinem Namen anzureden, da ich nur ein einfacher Forstmann und Angestellter meines Herrn bin. Aber ihr habt mir mit eurer Bitte eine sehr große Freude und Ehre gemacht, die ich niemals vergessen werde, auch wenn ich sie nicht erfüllen kann."

„Aber warum nicht, Vater Markendorf?", beharrte der junge Graf. „Ihr wisst doch, wie ich schon als Junge oft und gern bei euch war und mich so wohlfühlte in eurem Haus, als sei es mein Zuhause. Und so ist es bis heute geblieben, oder nein, ich bin von Mal zu Mal lieber bei euch! Außerdem seid ihr mir – neben meiner guten Mutter – mit eurem festen Glauben ein echtes Vorbild unerschütterlichen Gottvertrauens geworden und habt die Ehrfurcht vor Gottes Wort tief in mein Herz geprägt. Ich verdanke euch so viel – erfüllt mir doch meinen Wunsch!"

Bewegt sah der Förster ihn an. „Ehre, dem Ehre gebühret, verlangt das Wort Gottes! Denkt doch auch daran, was mein gnädiger Herr sagen würde, wenn er hörte, wie ich euch beim Namen riefe! Nein, nein, auch wenn ich euch ‚gnädiger Herr' nenne, seid ihr mir genauso viel wert, und immer wenn ihr bei uns einkehrt, werde ich mich freuen."

„Ihr macht mich sehr traurig, Vater Markendorf", erwiderte der junge Mann bedrückt. „Ist es denn so unmöglich, was ich erbitte?"

Der Förster dachte einen Augenblick nach, dann sprach er: „Ich glaube einen Ausweg zu wissen. Ich nenne euch ‚Graf Botho', wenn ihr denn den ‚gnädigen Herrn' nicht mögt. Ist es euch so recht?"

„Nicht *ganz*", lächelte der junge Mann, „aber ich weiß, es ist euer äußerstes Zugeständnis, und deshalb bin ich damit zufrieden."

Sie waren am Voigtstieg angekommen und schlugen den Heimweg ein. Kein Mensch war weit und breit zu sehen. Hin und wieder stäubte nur ein wenig Schnee von den Bäumen, wenn ein Vogel aufflog oder der Wind ging.

„Ich denke oft, dass wir schweren Zeiten entgegengehen", sagte Hannes Markendorf nach einer Weile, „und nur in der Bibel finde ich dann echten Trost. Es ist gut, gerüstet zu sein, wenn ein Sturmwind daherbraust. Gottes Zusagen sind das einzig Sichere in bösen Zeiten. Wir haben es erfahren."

„Damals, Vater, als das große Sterben um 1598 war, nicht wahr?", sagte Rüdiger lebhaft. „Ihr habt schon manchmal davon erzählt."

„Ja", nickte dieser, „das war eine schwere Zeit! Konrad war damals schon geboren, aber wir konnten uns gar nicht recht freuen über ihn. Zu schlimm waren die Zeiten. Da haben deine Mutter und ich erst richtig den Wert des Evangeliums kennen gelernt und seither fester und fester ins Herz gefasst!"

„Wir können unserem Vater im Himmel nicht genug danken, dass er uns den Luther gesandt hat, der uns Gottes Wort brachte und, von allem Beiwerk gereinigt, die unverfälschte Lehre auf den Leuchter stellte“, sagte Graf Botho nachdenklich. „Wollte Gott, alle Menschen gingen den schlichten, geraden Weg des Evangeliums. Aber davon ist wenig zu merken, wenn man hinunter nach Österreich blickt. Und auch hierzulande ist noch nicht alles von der reinen Lehre durchdrungen.“

„Wenn auch mehr als sonstwo“, meinte Rüdiger.

„Für uns bleibt die Hauptsache, dass wir selbst davon durchdrungen sind. Wir müssen zu ihr halten und uns fest auf Gottes Wort stützen“, sprach der Vater eindringlich, „doch nun sehe ich dort drüben schon unser Haus zwischen den Bäumen“, unterbrach er sich. „Ihr kehrt doch bei uns noch ein, Graf Botho?“

Ein freudiger Zug überflog dessen Gesicht. „Gerne, wenn ihr es gestattet.“

Frohes Lachen und heitere Stimmen tönten ihnen aus dem Esszimmer entgegen, als sie den Flur betraten. Sie stampften den Schnee von den schweren Jagdstiefeln, hängten Gewehre und Mützen auf und betraten mit lautem Gruß die gemütliche Wohnstube.

Um den offenen Kamin herum saßen Konrad, Johannes Fortmann und Else, und neben dieser ein hübsches Mädchen mit fröhlich blitzenden dunklen Augen, Gisela, die Schwester der Fortmann-Brüder, Else Markendorfs Freundin. Ein brauner Jagdhund lag neben Konrad. Im Kamin prasselten ein paar große Buchenscheite, die Helligkeit und Wärme verbreiteten.

Die vier erhoben sich, als Vater und Bruder mit dem

Gast eintraten, und das flackernde Feuer schien ein eigenes Licht besonders auf Else zu werfen. Denn als sich Botho mit einem ehrerbietigen Gruß vor ihr verneigte, kam und ging die Röte auf ihrem schönen Gesicht.

Aus einer der tiefen Fensternischen traten nun auch Andrea und Henricius Fortmann in den Kreis. Der Vater bemerkte mit Freude, dass sich tiefe Gedanken auf ihren Gesichtern widerspiegelten und aus den Augen seines Kindes eine wunderbare Weichheit leuchtete, die das Gesicht fast schön machte. Sie hatten allem Anschein nach ein ernstes Gespräch miteinander gehabt. Hannes Markendorf hatte dem angehenden Geistlichen, den er um seiner inneren Festigkeit willen sehr schätzte, ein wenig seine Sorge um Andrea angedeutet und ihn um seinen Einfluss gebeten.

Freudig hatte Henricius zugesagt und sich mit Andrea absichtlich etwas zurückgezogen. Nun saßen sie aber alle um den Tisch beieinander, und wie von ungefähr hatte Graf Botho sich einen Platz neben Else gesichert.

Seine Wangen hatten jetzt eine kräftige Farbe bekommen, die wohl von der Wärme nach dem Weg draußen in der kalten Luft kam.

Aber Rüdiger konnte es doch nicht ändern, dass sein Blick heimlich zwischen Else und Graf Botho hin und her flog, bis die schelmische Gisela ihn derart gefangen nahm, dass er nicht mehr auf die beiden achtete.

Mit stiller Freude überschaute Hannes Markendorf

den blühenden Kreis junger Menschen. Wie viel Wertvolles lag in jedem Charakter, zu welchen Hoffnungen berechtigte ein jeder von ihnen hier. Wie aber würden sie sich entwickeln?

Sie alle würden ihrer Umgebung und weiteren Kreisen zum Segen werden können, wenn sie sich von dem Geist Gottes leiten ließen, der die guten Anlagen in ihnen zur vollen Entfaltung bringen konnte.

Was wohl Henricius mit Andrea besprochen hatte?

Der Förster stand langsam auf und machte sich umständlich am Ofen zu schaffen.

„Hat der werte Herr Vater nicht Lust, bald mal im Forsthaus hier nach dem Rechten zu sehen?“, fragte er dabei über die Schulter hin Henricius Fortmann.

Sogleich stand dieser auch auf und trat zu ihm.

„Er wäre längst gekommen, Herr Förster, und wenn ich richtig hörte, so hatte er für morgen die Absicht; er wollte gleichzeitig dabei seinen Glückwunsch zum neuen Jahr aussprechen.“

Merkwürdig, dass er mit dem Ofen nicht recht fertig wurde!

Henricius bemerkte es und sagte leise: „Eure Tochter, Fräulein Andrea, ist, wie ich mit Schrecken gemerkt habe, der katholischen Lehre näher, als ich glaubte. Ich habe ein ernstes Gespräch mit ihr gehabt und zu meiner Freude gesehen, dass es Eindruck gemacht hat. Natürlich war ich sehr vorsichtig und sprach so zu ihr, dass sie mir meine Verwunderung über ihre verstiegenen Ideen nicht anmerken konnte. Habt Geduld mit ihr, Vater Markendorf. Ich erzählte ihr viel von Wittenberg, und ganz selbstverständlich sprach ich da auch von unserem evangelischen Glauben und seiner Kraft."

„Das freut mich, Henricius. Macht weiter so. Ihr habt Einfluss auf sie, und Gott segne euch dabei. An meinem Gebet soll's nicht fehlen."

Jetzt brannte der Ofen sehr hell. Die beiden wandten sich wieder zum Tisch.

Aber da erhob sich Johannes Fortmann und rief: „Wir müssen heim, man wartet auf uns mit dem Nachtessen."

„Oh ja, du hast Recht", sagte nun auch Gisela und stand rasch auf, „wenn man hier ist, fliegt die Zeit dahin! Kommst du bald mal zu uns, Elselein?"

„Gern", nickte diese, die Freundin umfassend, „wenn's geht, komme ich morgen."

„Ich gehe noch mit euch!", rief Rüdiger Henricius zu, der sich eben von Andrea verabschiedete und ihre Hand gar nicht loslassen wollte.

Tief tauchte sein Blick in ihre dunklen Augen: „Eben sagte Fräulein Else ihren Besuch für morgen zu. Kommt ihr mit, Andrea?"

„Soll ich?", setzte sie schelmisch dagegen.

„Ja, kommt, weil ich euch bitte", entgegnete er ernst.

„Ich komme", sagte sie leise mit gesenktem Blick.

„Ich gehe gleich mit euch, Henricius", sprach Graf Botho, als der junge Mann ihm die Hand zum Abschied bot.

„Warum?“, fragte Hannes Markendorf, der daneben stand. „Ihr habt es nicht so weit wie die anderen, Graf Botho, und wenn ihr das Abendbrot nicht verschmähen wollt ... Was gibt es, Else?“, wandte er sich fragend an seine Tochter.

„Gebratene Hasenleber mit Pfeffer gewürzt und Zwiebeln daran, Vater, und braunen Kohl in Fett gesotten, wie ihr ihn gern mögt“, antwortete sie, „und es ist reichlich genug, wenn der Herr Graf dableiben will“, fügte sie hinzu, ihn schüchtern ansehend.

„Sehr gern, wenn ihr es gestattet“, nahm er mit einem frohen Blitzen in seinen Augen an. „Ich bleibe gern hier!“

Hannes Markendorf ging mit den andern hinaus.

„Soll ich Gesche etwas bestellen?“, flüsterte Konrad seiner Schwester zu. „Ich gehe noch zu ihr, will ihr zum Silvester einen Waldstrauß bringen.“

„Nein“, entgegnete Andrea, „sag ihr nur einen Gruß.“

„Morgen gehst du selber, nicht wahr? Soll ich's ihr sagen?“

„Nein, ich gehe nicht“, erwiderte sie rasch, „weiß auch nicht, wann ich kommen werde.“

Unwillig zog Konrad die Stirne kraus und murmelte eine Antwort, die sie nicht verstand, weil Henricius zu ihr sprach.

Inzwischen waren Graf Botho und Else allein im Zimmer geblieben. Es schien, als ob keiner von ihnen etwas zu sagen wüsste.

Plötzlich atmete Botho tief auf und trat rasch zu ihr. „Fräulein Else", sagte er weich, und tief senkte sich sein ernster Blick in ihre Augen, so dass sie ihre nicht abwenden konnte, „wollt ihr jetzt schon meinen Glückwunsch fürs neue Jahr annehmen? Möge es ein gesegnetes werden, und möge Gott euch viel, viel Glück schenken!" Er schwieg einen Augenblick und nahm ihre beiden Hände in seine. „Das wünsche ich euch, Fräulein Else, und ... mir auch."

Glühende Röte überflog ihr feines Gesicht.

„Ich wünsche euch das Gleiche, Herr Graf", sagte sie verwirrt. „Doch nun muss ich zur Küche und nach dem Nachtessen sehen. Ihr wisst, der Vater hat's gerne, dass ich alles selbst herrichte und ganz nach seinem Geschmack zubereite", fügte sie mit wiedergewonnener Sicherheit hinzu.

Aber er gab sie noch nicht frei. „Wollt ihr mir etwas zum neuen Jahr wünschen?", bat er eindringlich.

„Ich wüsste nicht was, Herr Graf." Sie machte sich rasch los. Draußen hörte man das Scherzen und Lachen der Fortgehenden, und dröhnend schlug der Vater die Haustüre eben ins Schloss.

„Denkt darüber nach, liebes Fräulein – ein Band eurer Haare oder die rote Rose dort am Stock auf dem Fenstersims ..."

Der Förster trat ein. Graf Botho stand am Kamin. Er wärmte sich anscheinend die Hände. Draußen am Herd aber bemühte sich Else umso eifriger, das Nachtessen heute ganz besonders schmackhaft zu machen.

Andrea kam, um ihr zu helfen, und bald kehrte auch Rüdiger zurück, aber ohne Konrad.

„Wir sollten nicht auf ihn warten", antwortete er auf des Vaters Frage. „Er rief mir zu, er hätte noch einen Weg und käme später heim."

Bald saß man am einladend gedeckten Tisch beisammen. Das deftige Mahl duftete in den Schüsseln, und in den Krügen der Männer schäumte Einbecker Bier.

Nach dem Abendessen bat der junge Graf: „Würdet ihr den Abendsegen noch lesen, solange ich hier bin, Vater Markendorf? Es wäre mir eine große Freude."

Rasch holte Andrea heute die Bibel, und mit besonderem Ernst las der Vater den Psalm 103.

„Grund zum Loben und Danken haben auch wir", fügte er nach beendetem Lesen hinzu, „und in diese bewahrende Gnade Gottes, von der David sagt: *So hoch der Himmel über der Erde ist, lässt er seine Gnade walten über denen, die ihn fürchten* – wollen auch wir unsere Zukunft legen."

Nach dem Abendsegen stand Botho sofort auf. „Nun muss ich aber auch heimwärts, so gerne ich noch hier bliebe! Behüte euch Gott, lieber Vater Markendorf, euch, ihr jungen Damen und meinen treuen Rüdiger."

Er gab allen die Hand. Else sah er eine Sekunde länger an als nötig und ging hinaus.

„Ich begleite euch, Herr", erwiderte Rüdiger und griff nach seiner Mütze.

„Das ist mir recht", entgegnete der Graf.

Heimlich aber drückte er ein Seidenband in der Hand und steckte es in sein Wams, es war beim Gutenachtgruß verstohlen in seine Hand geglitten.

Sie traten hinaus in die anbrechende Nacht. Vom Rathausturm her schlug die Uhr die neunte Stunde. Lautlos lag die tiefverschneite Natur, aber drohend standen in der Brockengegend schwarze Wolken.

Schweigend schritten die beiden jungen Männer den Weg entlang, der zum Schloss führte und nun vage erkennbar vor ihnen lag, da ihre Augen sich an die Dunkelheit gewöhnt hatten. Der ganze Himmel war dunkel, kein Stern schien.

Plötzlich blieb der Graf stehen. „Rüdiger!"

„Ja, gnädiger Herr."

„Du weißt, was ich deinen Vater heute bat, nun komme ich auch zu dir mit einer Bitte."

„Welche, Herr Graf?"

„Lass uns Freunde sein, Rüdiger, solche Freunde, die einander unwandelbar treu bleiben. Willst du?"

„Graf Botho", rief Rüdiger stockend, „wie kann ich, der einfache Förstersohn, euch, dem hochgeborenen und gelehrten Herrn, ein Freund sein! Gern habe ich euch von ganzem Herzen, das wisst ihr, und euer treuer Diener kann und will ich sein, immer und immer, aber Freund – es gehören Würdigere zu euch, als ich einer bin."

„Ich habe zwei Brüder", sagte der Graf im Weitergehen, „du weißt, Heinrich Ernst und Johann Martin. Wir mögen uns sehr, sind aber auch sehr verschieden.

Heinrich Ernst wird einst der Nachfolger meines Vaters in unserer Herrschaft Gedern, und hier Johann Martin und ich.

Mir liegt aber an dem Glanz nach außen so wenig, und lange schon habe ich vor, meinen Brüdern die Erbschaft hier allein zu überlassen. Ich will einen anderen Stand wählen. Wenn mein Onkel das wüsste, wär's ihm nicht nur ein Schmerz, nein, vielmehr ein bitterer Kummer und Ärger. Ich kann aber nicht anders. Daran kannst du mein Vertrauen zu dir ermessen, dass ich dir das alles mitteile, Rüdiger. Bis jetzt habe ich keinem davon erzählt. Es ist ja auch genug, wenn später davon geredet wird, wenn ich selbst den Weg klar sehe und mit meinem Vater die Sache geordnet habe. Und so wie ich in diesen Fragen ganz anders denke als meine Brüder, so ist's eben in vielen anderen Dingen auch. Meine ritterlichen Freunde aber würden mich in manchem, was ich dir jetzt noch nicht sagen kann, ganz und gar nicht verstehen. Aber bei euch fand ich Verständnis und werde es auch später finden. Bei euch fühle ich mich wohl. Rüdiger, lass die Scheu vor dem Grafensohn fallen! Wäre ich ein Förster wie du, was tätest du?"

Er blieb wieder vor ihm stehen.

„Ich würd' eingeschlagen haben, Graf Botho, weil ich –."

„So schlag auch jetzt ein", bat dieser.

„In Gottes Namen – dann soll es so sein", rief Rüdiger, und ein fester Händedruck besiegelte eine jener

Freundschaften, wie sie selten, aber gerade darum wertvoll und kostbar sind.

„Nur im Beisein aller anderen bleibst du mir der Herr Graf", erklärte Rüdiger bestimmt, „da lasse ich nicht mit mir reden."

„Sollst du auch nicht", lächelte Botho. „Es ist nicht nötig, dass unsere Freundschaft jetzt schon von anderen beurteilt wird. Sie werden später noch genug schwätzen."

Rüdiger lachte. „Und wird dich das dann nicht kränken?"

„Nicht im Mindesten", entgegnete Graf Botho gleichmütig. „Ich gehe meinen Weg, und niemand soll mich hindern."

„Wir sollten darauf achten, dass unsere Freundschaft für uns beide ein Segen wird", sagte Rüdiger, „dann mag sie anderen in den Kram passen oder nicht, das ist gleich. Solange wir unseren Herrn als Ersten in unseren Bund mit einbeziehen, wird es ein gesegneter Bund sein."

Sie waren am Schloss angelangt. Bewegt umarmte Botho den neuen Freund. „Treu bis zum Tod", entgegnete er fest.

Die beiden gleich großen, stattlichen Gestalten standen nebeneinander wie zwei starke Eichen, doch am Horizont zog schon drohend das Wetter herauf, das sie bis in die Wurzeln hinein erschüttern sollte!

Im Schloss wurde der junge Graf bereits von seiner Familie erwartet. Der regierende Herr, eine mittelgroße Gestalt mit grauem Haar, spielte gerne mit ihm am Abend ein Brettspiel, und so hatte der Diener auch heute schon alles bereitgestellt.

„Du bist lange fort gewesen, Botho", begrüßte ihn Graf Wolfgang.

„Verzeiht, verehrter Onkel, ich saß nach dem Waldweg noch ein wenig im Forsthaus."

„Du bist oft dort", erwiderte der alte Herr mit einem Seitenblick auf den sich entfernenden Diener.

„Man muss sich dort wohlfühlen", lautete die Antwort.

„Markendorf hat zwei hübsche Töchter", sagte der Onkel, während er die Figuren ordnete.

Ein verhaltenes Lächeln zuckte um Bothos Mundwinkel, aber er nickte nur gleichmütig: „Zwei sehr hübsche, besonders die älteste ist sogar schön zu nennen. Vergesst auch nicht die tüchtigen Söhne, Oheim."

„Gewiss nicht", entgegnete dieser. „Nun, ich lasse dich unbesorgt dort hingehen."

„Das könnt ihr, Onkel", antwortete Botho mit leichter Schärfe, und ein tiefes Rot färbte seine Stirne. „Ich weiß die Ehre anderer zu schätzen."

Ein wenig wortkarg waren beide Herren zu Anfang des Spieles, dann aber legte sich die kleine Verstimmung und herzlich boten sie sich bald nach zehn Uhr den Gutenachtgruß.

Da es nicht zum Besten stand um die Gesundheit von Graf Wolfgang Georg, wohnte er heute Abend nicht dem Gottesdienst in St. Sylvestri bei wie sonst alle Jahre.

Auch Botho blieb daheim, es war zu spät für ihn geworden. Der Gottesdienst fand heute um zehn Uhr statt. So ging er in sein Zimmer, setzte sich an den Tisch, der in der Mitte des großen Gemaches stand, und nahm seine Bibel zur Hand.

Er schlug im Matthäusevangelium das zwanzigste Kapitel auf und las langsam wieder und immer wieder die Geschichte von den Arbeitern im Weinberg.

„Gehet ihr auch hin in den Weinberg", darauf blieb sein Auge immer wieder haften, und ihm war zumute, als ob der Herr des Weinberges selbst vor ihm stände und zu ihm persönlich spräche: „Du auch!"

Tief und immer tiefer beugte er das Haupt. „Ja, Herr, ich will so gerne", sprach er leise, und immer wieder überdachte er den Entschluss, den er schon vor einiger Zeit gefasst hatte und der immer fester in ihm wurde.

Zwar würde es Kämpfe geben. So ohne weiteres war das nicht getan, was er wollte. Sein Vater und besonders der Onkel würden ihm heftig widerstehen in allem, was er wollte – er wusste es genau. Aber er hoffte auf den Beistand seiner Mutter und: „... besonders auf deinen Beistand, du Meister des Weinbergs", sagte er halblaut, „in der einen wie in der anderen Sache."

* * *

Frühlingsstürme durchbrausten die Harzwälder. Der Schnee hatte diesmal lange gelegen, nun war die große

Schmelze gekommen. In unzähligen Bächlein und Rinnsalen flossen die Wasser zu Tal. Aufgeweicht waren die Wege, glitschig und morastig. Aber an den Bäumen schwollen die Knospen, und aus dem nassen Laub, das den Boden bedeckte, brachen sich die blauen Leberblümchen gewaltsam Bahn und blinzelten der Sonne entgegen. In den Gärten drunten in Nöschenrode und Wernigerode schauten die Schneeglöckchen heraus und läuteten den Frühling ein, auch wenn sie diesmal weniger als sonst beachtet wurden.

Mehr als auf Frühlingsstürme horchte man auf den unheimlichen Sturm, der im Süden Deutschlands tobte und dessen Ende nicht abzusehen war.

Hannes Markendorf saß mit dem Magister von St. Sylvestri, Herrn Johannes Fortmann, in dessen Studierzimmer zusammen. Die beiden Männer waren langjährige Freunde, weshalb die Kinder auch so zusammenhielten. Gerne saßen sie wie heute eine Stunde beisammen und sprachen über alles, was ihnen auf dem Herzen lag.

Johannes Fortmann hatte eine harte Jugend hinter sich. Beide Eltern starben kurz nacheinander. Da er kaum zwei Jahre alt gewesen war, wurde er abwechselnd bei der Großmutter, einem Schwager und später einem älteren Bruder erzogen. Als Kind hatte er nicht gerade viel Liebe kennen gelernt, erst später in seiner sehr glücklichen und vorbildlichen Ehe mit Ursula Hayn.

Diese harte Jugend hatte ihm frühzeitig tiefen Ernst

aufgeprägt, aber er hatte auch gerade dadurch sehr früh die Zufluchtsstätte für alle einsamen und verlassenen Menschen kennen gelernt. In der Leidensschule war er vorbereitet und gereift zu dem, was er heute war: ein glaubensstarker Mann, ein klarer Wegweiser seiner Herde zu Gott.

Durch die Fenster des Studierzimmers sah man hinaus auf den ehrwürdigen Bau der Kirche. Einige Kinder spielten auf dem freien Platz davor.

Johannes Fortmann ließ den Blick darüber schweifen, nun wandte er die Augen zu seinem Freund hin, schob den Stuhl mit der runden Lehne, auf dem er an seinem Schreibtisch saß, ein wenig herum und zog die Falten seines Rockes zurecht.

„Weißt du, lieber Freund“, sagte er langsam, „mir ist, als beginne ein böses Ringen zwischen unserem Herrgott und dem Antichrist. Es liegt etwas Schlimmes in der Luft. Sieh dir nur einmal die Sache genauer an. Unter Kaiser Matthias wäre es vielleicht noch zum Ausgleich zwischen Katholiken und Protestanten gekommen, er starb zu früh für diese Angelegenheit. Und Kaiser Ferdinand ist so vollständig in den Händen der Jesuiten, dass von ihm nichts zu erhoffen ist. Dass ihm die Böhmen den Kurfürsten von der Pfalz als Gegenkaiser gegenübergestellt haben, würde zu großen Hoffnungen Anlass geben, wenn er sich durchzusetzen wüsste. Doch daran kann ich nicht glauben.“

„Er ist zu viel Calvinist“, warf Markendorf dazwischen.

„Eben“, fuhr der Magister eifrig fort, „und ob ihm sein Schwiegervater, der englische König, die Hilfe sendet, die er braucht, ist mehr denn fraglich.“

„Am meisten fürchte ich den ‚tollen Christian‘, den Herzog von Braunschweig“, entgegnete der Förster und strich gedankenvoll seinen langen, schon etwas grau gefärbten Bart. „Wie mir von drüben mitgeteilt wurde, brennt er geradezu darauf, einzugreifen.“

„Also weißt du bereits davon“, antwortete Johannes Fortmann, „und es bleibt fragwürdig, ob sein Eingreifen aus Liebe zum protestantischen Glauben oder aus Lust an Händel und Streitsucht geschähe.“

„Ich neige zu Letzterem. Wie leicht kann das für uns und unser Land noch böse Folgen haben“, erwiderte Hannes Markendorf.

Beide schwiegen einige Augenblicke. Dann legte der Pfarrer die Hand auf die große geöffnete Bibel, in der er gelesen hatte, als der Förster gekommen war, und sagte mit fester Stimme: „Freund, mag kommen, was will: ‚Das Wort sie sollen lassen stahn und kein'n Dank dazu haben!‘ Und das Wort ist unser Fels in diesen ernsten Zeiten, der nicht wankt und weicht.“

„Gelobt sei Gott dafür“, sagte Hannes Markendorf voller Inbrunst, „sonst wär's auch schlimm. Und auf ihn können wir auch unsere persönlichen Sorgen werfen.“

Teilnehmend sah der Magister ihn an. „Drückt dich etwas, Hannes?“

„Nichts Besonderes, mein Freund“, entgegnete dieser, „zumindest kann man nicht von ‚Druck' dabei reden. Doch ich möchte es mit dir besprechen. Hast du nicht bemerkt, dass euer Sohn Henricius, wenn er hier ist – und er kommt oft von Quedlinburg – viel bei uns ist? Weißt du auch, was ihn zu uns zieht? Ich fühle die Pflicht in mir, es dir offen zu sagen: es ist Andrea, meine Tochter."

Überrascht fuhr der Magister auf.

„Wer? Andrea? Du irrst, es ist nach meinem Dafürhalten Else."

„Nein, nein, Andrea", beharrte der Förster, „und ich weiß, dass dir dies ebenso bedenklich erscheint wie mir."

„Hm", machte der geistliche Herr und stützte nachdenklich das Kinn in die Hand, „nimm es mir nicht übel, wenn ich dir Recht gebe, Markendorf. Else hätte ich mit Freuden als Tochter begrüßt. Sie ist ganz anders als Andrea, älter, gereifter, ernster. Du weißt, wie ich's meine. Auch Andrea ist mir lieb, aber du selbst hast des öfteren geklagt, dass sie nicht fest in unserem Glauben steht und von dem Verkehr mit Gesche von Frankerode nicht lassen will. Mich bewegt die Frage, ob sie eine richtige Pfarrfrau für Henricius würde. Außerdem sind doch beide viel zu jung zum Heiraten."

Der Förster reichte ihm die Hand. „Genau das waren auch meine Gedanken, und es freut mich, dass wir eines Sinnes sind. Sprich mit deinem Sohn und erkläre ihm unsere Bedenken. Halte ihn um seinetwillen davor zurück, sich so bald zu binden."

„Will ich tun“, nickte der Magister.

Dann fuhr er nach einem Augenblick fort: „Dennoch, Hannes, müssen wir uns vor einem hüten, dass wir nicht die Wege Gottes kreuzen. Es könnte doch sein, er hätte die beiden füreinander bestimmt. Wer sind wir dann, dass wir das verhindern wollten? Und ob wir zu Recht meinen, Else passe besser für Henricius ... Wir sind kurzsichtige Menschen, und der Allerhöchste muss die Wege unserer Kinder leiten.“

„Wohl wahr, lieber Freund, aber wir sind bestimmt, über Wohl und Wehe unserer Kinder zu wachen“, entgegnete Markendorf. „Natürlich bin ich völlig deiner Meinung. Du weißt, Henricius ist mir als Schwiegersohn jederzeit hochwillkommen. Ich gäbe keinem anderen eine meiner Töchter lieber als ihm. Auch ich hätte Else am liebsten an seiner Seite gesehen, doch es geht halt nicht immer nach unseren Wünschen! Nur bitt' ich dich um eins, Johannes. Wenn du mit deinem Sohn redest, und er bleibt bei seinem Interesse an Andrea, dann setze ihm doch eine Prüfungsfrist. So kann sich ihre Neigung zueinander bewähren.“

„Vielleicht ist das am besten, du hast Recht“, sagte der Magister gedankenverloren.

„Wie ist es mit Graf Botho?“, fragte er plötzlich nach einer Weile. „Er ist nun schon lange fort. Weißt du mehr von ihm?“

„Unser gnädiger Herr sagte mir neulich, man erwarte in Kürze sein Kommen“, erwiderte der Förster, „und je eher er kommt, desto mehr würde es mich freuen.

Er war im letzten Jahr noch einmal hier, zur Jagd im November, und auch da nur ganz kurz. Das ist man von ihm gar nicht gewöhnt."

Er war aufgestanden und griff nach seinem Hut.

„Willst du fort, Markendorf?", fragte der Magister gleichfalls aufstehend. „Geh mit Gott und kehre bald wieder bei uns ein."

„Grüße deine Frau und dein Töchterlein und beehre unser schlichtes Forsthaus, sobald du kannst. Wie wär's morgen zum Nachtessen?"

„Mit Freuden, alter Freund, du weißt, wir kommen gerne", dankte der geistliche Herr und geleitete den Förster hinaus.

In Gedanken versunken schritt er danach in seinem Gemach hin und her und schüttelte ab und zu sein Haupt. Ihm ging das, was er über seinen Sohn gehört hatte, nicht aus dem Sinn. Hier galt es mit viel Weisheit zu handeln, und die erbat er sich jetzt von Gott.

Schneller als er gedacht hatte, sollte er Veranlassung haben, mit seinem Sohn zu reden.

Noch waren nicht ganz zwei Wochen verstrichen, als Henricius aus Quedlinburg herüberkam, wo er einen erkrankten Diakon vertrat. Als er zu seinem Vater ins Zimmer trat, sah dieser sofort, dass er etwas auf dem Herzen hatte. Das offene, von einem spitzen Bart gerahmte Gesicht, aus dem ein Paar helle Augen blickten, zeigte heute einen besorgten Ausdruck.

„Wie ist es dir ergangen, mein Sohn?", fragte der

Vater und schob ihm einen Stuhl hin. „Setz dich zu mir und erzähle."

Und der junge Geistliche erzählte von seinen Predigten, von den Besuchen in den Häusern der Armen und von Einladungen zu vornehmen Leuten.

Aber der Vater sah, dass ihm noch etwas anderes auf dem Herzen lag. Lächelnd schaute er ihn an und ermutigte ihn in einer kleinen Pause, die eingetreten war: „Nun, und weiter, du hast doch noch etwas zu sagen."

„Ja, lieber Vater", sagte Henricius mit einem dankbaren Blick, „denk dir, ich bekam einen Ruf an die Stadtkirche von Wittenberg, um dort vorerst den gebrechlichen Diakon zu vertreten und zu entlasten. Und für die Zukunft darf ich wohl hoffen, bei seinem Abgang die Stelle zu erhalten."

„Da hat dir Gott eine große Aufgabe gestellt, mein Sohn", sagte Fortmann sehr ernst. „Ich freue mich aber von Herzen über diesen ehrenvollen Ruf in die Stadt, von der das Licht des Evangeliums ausging. Du wirst dort an geweihter Stätte stehen. Sei ein guter Diener deines Meisters."

„Ja, Vater, mit Gottes Hilfe", entgegnete der junge Mann bewegt, „ich hätte aber noch etwas zu fragen ...", er stockte und rang heftig seine Hände, „wenn es euch nicht zuwider ist, möchte ich ... dachte ich ... ich wollte ..."

Er schien keine Worte zu finden, aber der Magister wusste, was kommen sollte, und vollendete: „ ... um

Andrea Markendorfs Hand anhalten. Ist es nicht so, Henricius?“

Erstaunt sah ihn dieser an. „Ihr habt es geahnt, lieber Vater?“

Der schwieg zuerst, dann fragte er: „Liebst du sie von Herzen?“

„Von ganzem Herzen“, entgegnete der Sohn.

Nun hielt der Magister die Zeit für gekommen, mit ihm zu reden. Er sprach zuerst von seiner und Markendorfs Unterredung und schloss: „Wenn Gott euch beide füreinander bestimmt hat, dann sollte es uns ferne liegen, anders zu wollen. Aber wir befürchten beide, wie ich dir eben sagte, dass Andrea keine passende Pfarrfrau sein wird. Sie ist noch nicht reif genug dafür. Auch ist sie noch sehr jung. Also prüft euch beide. Dein Umzug nach Wittenberg kommt genau zur rechten Zeit. Für eine Weile werdet ihr euch selten sehen. So kann die Zeit zeigen, ob deine Liebe echt ist und ob Andrea an dich denkt und fest wird und bei der protestantischen Lehre bleibt. Denn das ist die Hauptsache für die Ehefrau eines evangelischen Geistlichen. Wenn sich die Dinge in diese Richtung entwickeln, dann folge deinem Herzen.“

Henricius schwieg lange. Auf seinem Gesicht lag ein trauriger Zug.

Endlich sprach er: „Ich weiß, ihr wollt mein Bestes, teurer Vater. So schwer es mir auch fällt, das zu sagen – ihr habt Recht, wenn ihr und Vater Markendorf an Andrea einen noch nicht ganz gefestigten Charakter tadelt. Oft habe ich selbst mit ihr über die Fragen unseres Glaubens gesprochen und gemerkt, dass sie nicht immer so dachte wie wir. Doch jedes Mal, wenn ich mit ihr redete, hatte ich sie am Ende immer gewonnen, und ich denke, als meine Frau wird sie sicherlich ganz und gar den Weg einschlagen, den wir alle als den richtigen sehen."

„Oder sie wird dir ein schwerer Klotz am Bein, mein Sohn! Was nicht aus innerer Überzeugung kommt, ist nicht echt. Ein Glaube, der um irdischer Liebe willen angenommen und beibehalten wird, kann nicht standhalten im Feuer des Leidens. Und dem entgeht kaum einer, Henricius. Wie sehr wünsche ich dir dasselbe Glück, das deine beiden älteren Schwestern in ihren Ehen fanden! Aber da vereinte sich auch nicht nur Herz mit Herz, sondern sie waren auch eins im Glauben. Lass uns deine Sache dem Herrn ans Herz legen, er wird dich recht führen. In der Trennungszeit wird sich erweisen, ob *dein* Einfluss oder der von Gesche stärker ist. Wann reist du?"

„In acht Tagen muss ich fort", erwiderte Henricius bedrückt.

„Du kehrst doch erst morgen nach Quedlinburg zurück?", fragte der Magister.

„Ja, ich wollte hier übernachten und heute am Abend die Markendorfs besuchen."

„Tu das, mein Sohn, und grüß meinen alten Freund recht herzlich."

* * *

Die Nacht war hereingebrochen. Tiefes Schweigen umfing das Forsthaus am Eingang des Christianentales, kein Licht brannte darin, alles schien zu schlafen. In seiner Hütte vor dem Hause lag der große Hofhund, wachsam die Ohren bei jedem Geräusch spitzend.

Mit weitgeöffneten Augen starrte Andrea oben in ihrem Stübchen ins Dunkel, die Hände auf der Decke des Bettes geballt. Fort war er, auf unbestimmte Zeit, vielleicht auf lange. Er war gegangen, ohne das auszusprechen, was sie gemeint hatte, in seinen Augen lesen zu können.

Sie drückte die Hände auf den Mund, um nicht in Zorn und Schmerz aufzuschluchzen. Was war los mit ihm? Sie hatte das unbestimmte Gefühl, es sei etwas geschehen. Wie unendlich traurig hatte er sie einige Male angesehen, und wie ein Hauch waren seine Worte beim Abschied gewesen: „Warte auf mich!" Oh, sie hatte es genau gehört!

Froh und glücklich stimmte sie das wohl, doch Trotz und Ärger stritten dagegen. Warum nur so etwas beim Abschied, wo er doch Gelegenheit gehabt hätte, mehr zu sagen? „Warte auf mich!" Ja, das wollte sie wohl. Aber wenn sie nun vergeblich wartete?

Und ganz leise flüsterte eine Stimme in ihrem Innern: „Das wäre dann die Strafe dafür, dass du nicht zu den Heiligen gebetet hast, wie Gesche es dir so oft gesagt hat und sie und ihre Mutter es tun. Der alte Glaube ist eben der richtige. Wie könnte es der sein, der den Aufstand der Bauern vor hundert Jahren, dann so viel Elend und jetzt die neue Fehde in Böhmen hervorgerufen hat?“

Dann aber hörte sie wieder die Stimme von Henricius Fortmann, wie er zu dem Vater heute Abend sagte: „Wie unendlich wertvoll ist unser Glaube! Erst wenn einem das Herz so schwer ist, merkt man, was man an ihm hat.“ Nein, nein, sie wollte treu bleiben, treu dem Glauben des Vaters, auch um des Geliebten willen. Und warten wollte sie auf ihn. Unter leise fließenden Tränen schlief sie nach langem Wachsein endlich ein.

* * *

Am weit geöffneten Fenster seines Gemachs oben auf der Burg stand Graf Botho von Stolberg-Gedern und schaute mit frohem Blick hinaus in die lachende Frühlingslandschaft.

Wie mit einem grünlichen Schleier bedeckt lagen die Harzberge vor ihm. Hellgrün waren die feinnadeligen Lärchen, goldgrün leuchteten die jungen Birken aus dem bräunlichen Ton der Buchen und Eichen hervor. Unten im Tal blühten die Obstbäume. Sie sahen aus, als lägen weiße Tücher über ihnen. Ein lichtblauer Morgenhimmel wölbte sich über all der blühenden und grünenden Schönheit und kündigte einen schönen Tag an.

Die aufgehende Sonne grüßte den Brocken, vergoldete mit ihrem Licht den Armeleuteberg, Eichberg, Jägerkopf und all die anderen Bergspitzen. Duft und Glanz lag über der taufrischen Morgenwelt. Dazu jubelten und zwitscherten Tausende von Vogelkehlen ihre schönsten Lieder dem Licht entgegen.

Unten von der Landstraße her, am Fuß des Schlossberges, sah man aus den Häusern der Bürger und Handwerker Rauch aufsteigen; früh schon waren die Hausfrauen beschäftigt damit, die Morgenspeise vorzubereiten. Im Mühlental draußen lag noch leichter Nebel und die Sonnenstrahlen waren noch nicht weit genug vorgedrungen, um ihn zu verscheuchen.

Botho breitete die Arme aus. „Grüß dich Gott, du herrliche Welt", kam es leise über seine Lippen, „und grüß dich Gott, du vertrautes Forsthaus!"

Es hielt ihn nicht in der Burg, und wäre er nicht erst gestern ziemlich spät am Abend unerwartet mit einigen Männern hier angekommen – er wäre sofort in den Wald hinabgeeilt. So aber musste er sich gedulden bis nach dem Morgenmahl.

Dennoch hielt es ihn nicht in seinem Zimmer. Er wollte wenigstens einen Rundgang in der Burg machen. So stieg er die Wendeltreppe hinab, ging über den großen Flur und trat hinaus in den Schlosshof.

Die Diener und Burgleute waren überall, wo er hinkam, schon eifrig bei der Arbeit. Hier wurden Pferde geputzt, dort Holz kleingemacht, Mägde holten Wasser vom Brunnen, und schwanzwedelnd sprangen Jagdhunde dazwischen herum. Lustig gackerte und scharrte im unteren Hof eine große Hühnerschar, und ein Schwarm Tauben flog der Magd entgegen, die soeben mit Futter auf den Hof schritt.

Botho sah all das und freute sich über die fröhlichen Gesichter derer, die ihm ehrerbietig den Morgengruß boten. Es war ein schönes Gefühl, zu wissen, dass er hier ein gern gesehener Gast war!

Jetzt war die Zeit des Frühmahles. Er ging zurück, hinauf in den Speisesaal. Wie vertraut war ihm das Beisammensein mit seinem verehrten Onkel Wolfgang Georg und seiner lieben Tante, was gab es da alles zu erzählen! Die erste Frage des Grafen Wolfgang galt natürlich dem Vater, Graf Christoph.

Da legte sich über Bothos Freude der Schatten, der schon seit langem auf seiner Familie lag, war doch der Besitz der Grafschaft Gedern für ihr Geschlecht nicht mehr so bedingungslos sicher, wie er es gewesen war, ehe der Krieg ausbrach. Zwar hatten sie mit Böhmen nichts zu tun, aber die Pfalz lag gar nicht so weit ab. Und ob die Fehde sich nicht auch nach Gedern ziehen würde, nun, da der Kurfürst Friedrich V. von der Pfalz die Königswürde angenommen hatte und mit England und Frankreich in Verbindung getreten war, schien doch mindestens fraglich.

Botho erzählte, wie der Vater vor kurzem am Fenster des Schlosses gestanden und seufzend ausgerufen hatte: „Wenn hier durch unser friedliches Land plündernde und mordende Scharen zögen, was könnte ich mit meinen wenigen Leuten tun?" Da war die Mutter zu ihm getreten, hatte die Hand auf den Arm gelegt und tröstend gesagt: „Lass unseren Herrgott sorgen! Er kann uns schützen, wenn Not kommt, und will er es nicht, dann hat er andere, sichere Wege für uns. Vertrau auf ihn! Warum sich heute fürchten, wo es nichts zu fürchten gibt?"

„Nun, da ihr ja sowieso meine Nachfolger und Erben seid, habt ihr hier immer eine Zufluchtsstätte", lächelte Wolfgang Georg, als Botho schwieg, „aber deine Mutter hat Recht, warum sich absorgen, wo doch nichts zu sorgen ist!" Der Diener kam herein und meldete den Hofmeister, Herrn von Lasperg. Die Gelegenheit nahm Botho wahr, küsste seiner Tante ehrerbietig die Hand und ging.

Zwar schritt er kräftig aus, als er in den frühlingsgrünen Wald kam, weil es ihn mit tausend Fäden zu dem schlichten Forsthaus zog, doch war seine Freude gedämpft. Was er vorhin seinen Verwandten erzählte, hatte den Gedanken an eine andere Unterredung, die zwischen ihm und seiner Mutter stattgefunden hatte, wieder sehr lebendig gemacht.

Sie hatte ihm am Schluss liebevoll über das Haar gestrichen, aber doch unter Tränen gesagt: „Botho, Botho, überlege dir das alles reiflich, ehe du handelst. Der Allmächtige hat nicht umsonst deine Wiege in unseren Stand gesetzt, der heilige Pflichten hat. Vergiss das nie, gib die Pflichten und die Vorrechte nicht ohne weiteres auf. Ich verstehe dich ja in deinen Plänen, und du hast dir auch ein schweres Amt ausgesucht. Aber du siehst, wie ernst die Zeiten sind. Deshalb warte noch ab, ob dich Gott der Herr nicht andere Wege führt. Wenn aber nicht und du bleibst fest, dann will ich dich bei Vater und Onkel unterstützen, denn auf Kämpfe mit diesen beiden musst du dich einstellen."

Er hatte sich all das selbst oft genug gesagt und versprach ihr, noch zu schweigen und zu warten. Aber er tat es mit schwerem Herzen.

Und nun war er wieder hier. Wenn er aber auch in der einen Sache schweigen und warten wollte, in der anderen – nein, das konnte er nicht! Und ob seine Angehörigen ...

„Botho, bist du es wirklich? Willkommen, mein Freund!"

„Rüdiger, grüß dich Gott! Hätt ich mir denken können, dich irgendwo im Wald zu treffen."

Die beiden Freunde begrüßten sich aufs herzlichste.

„Ja, aber wir sind ja hier im Annental, und ich wollte doch zu euch", sagte der junge Graf, sich erstaunt umsehend.

Rüdiger lachte herzlich. „Dann hättest du dich nicht gar so tief in deine Gedanken versenken dürfen. Wie ein Träumender kamst du daher, so dass ich mir erst die Augen rieb, ob du's auch wirklich bist."

Botho stimmte in sein fröhliches Lachen ein, sie ließen sich auf einer kleinen Wiese nieder und Rüdiger fuhr fort: „Du kannst unser Haus von hier aus schon sehen, dort unten im Tal ragt das rote Dach zwischen den Bäumen auf."

Ein verträumtes Lächeln glitt über Bothos Züge, doch gleich ging es ans Fragen und Erzählen zwischen den beiden Freunden, die sich so lange nicht gesehen hatten.

Endlich sagte der Graf: „Du hast mich vorhin in tiefe Gedanken versunken daherkommen sehen, Rüdiger, und ich will dir, meinem Freund, auch anvertrauen, was mich erfüllt und welche Pläne ich habe."

Tiefernst war sein Gesicht geworden und er fuhr sich ein wenig aufgeregt durch das dichte, dunkelblonde Haar.

„Ich bin entschlossen, Stand und Rang abzulegen und ein schlichter Pfarrer zu werden, der den reinen evangelischen Glauben verkündet", sagte der Graf mit leicht zitternder Stimme.

Sprachlos sah der Freund ihn an. „Botho, dein Ernst?"

„Ganz und gar, Rüdiger! Ich weiß wohl, was ich damit tue. Es wird auch nicht leicht sein, die Einwilligung meines Vaters zu bekommen, erst recht nicht die seines Bruders, aber ich kann nicht anders! Mein ganzes Herz drängt mich dazu. Mir ist zumute, als stände Jesus selbst immer wieder vor mir und spräche: ‚Gehe du auch hin in den Weinberg.' Ich muss folgen, Rüdiger, ich muss! Als Graf sorge ich für das leibliche Wohl meiner Untertanen. Das werden meine Brüder auch tun. Ist aber nicht die Seele mehr als der

Leib? Ich will für die Seelen sorgen, sei's hier, sei's an einem andern Ort. Meine Mutter weiß bereits davon. Es ist ihr schwer gefallen, aber sie ist nicht dagegen. Nur habe ich ihr versprechen müssen, Stillschweigen zu bewahren. Das habe ich auch aus freiem Herzen getan, weil ich selbst die Notwendigkeit ihrer Bitte einsah, vorerst noch zu schweigen und zu warten, wie sich die gegenwärtig gefährliche Weltlage entwickeln wird. Hoffentlich dauert es mit den Streitereien nicht mehr allzu lange, dann ziehe ich nach Wittenberg. Und dann ...

Ja, Rüdiger, ich muss dir noch eins sagen", er holte tief Atem und seine blauen Augen strahlten, „wenn ich ein Pfarramt habe, ist deine Schwester Else meine vielgeliebte Frau, meine Pfarrfrau geworden – das erhoffe ich voller Sehnsucht."

Rüdiger sprang auf.

„Botho, wohin verlieren sich deine Gedanken!", rief er nun selbst in höchster Erregung. „Was für ein Unding ist das! Du, der Grafensohn – sie, die Förstertochter! Was würden die Deinen dazu sagen. Und meinst du, mein Vater sagte auch gleich Ja und Amen dazu? Da irrst du!"

„Ich mache mich dabei auch auf harte Kämpfe gefasst", entgegnete Botho, der jetzt ganz ruhig geworden war, „aber ich bleibe fest. Liebt mich deine Schwester genauso wie ich sie und hat Gott unsern Bund beschlossen, soll und wird ihn niemand hindern."

„Dann nicht", erwiderte Rüdiger und strich sich mit

der Hand über die Stirn, „aber ob es sein Weg für euch ist, bleibt abzuwarten. Es geht so ganz gegen all unsere Traditionen."

Erregt ging er hin und her, auch Botho war aufgestanden.

„Wäre ich dir als Schwager nicht willkommen?", fragte er leicht lächelnd.

„Wie kannst du so fragen?", entgegnete Rüdiger unwillig. „Du weißt, wie lieb du mir bist. Ich fürchte nur all die Kämpfe für dich und Else."

„Ich nicht", sagte Botho fest und energisch, „mein Weg ist kein unrechter, und Gott wird ihn segnen."

„Möge er es tun. Ich wünsche dir und Else von Herzen Glück", antwortete Rüdiger halb bedrückt.

Nach einigen Augenblicken sprach Botho: „Mir macht nur eins in der Gegenwart Sorge, ob Else ...", fragend sah er den Freund an.

„Ja, solches wird sie dir wohl selbst am besten sagen können", musste dieser nun wider Willen lachen, „darüber kann ich dir keine Auskunft geben."

„Soll sie mir auch sagen", nickte Botho ernst.

„Aber doch nicht sofort?", fragte Rüdiger, nun auch wieder ernst werdend.

„Doch", beharrte der Graf, „ich will wenigstens in dieser Sache klar sehen. Aber", fügte er hinzu, als er des Freundes sorgenvolles Gesicht sah, „ich werde auch mit Vater Markendorf reden und einig werden – so schwer das auch werden mag."

„Das freut mich, Botho", entgegnete Rüdiger aufatmend. „Du triffst ihn heute Nachmittag drüben im

Zwölfmorgental. Sie fällen dort Bäume, er muss dabei sein. Soll ich dich anmelden?"

„Nein, Rüdiger, sag ihm und Else nur meinen lieben Gruß, nichts weiter. Doch es ist inzwischen Mittagszeit geworden und ich muss gehen, mein Freund, und hoffentlich bald mein Bruder."

Sie schüttelten sich die Hände und trennten sich.

* * *

Auf dem grünen Waldweg, der im Mühlental, nicht weit von der Waldmühle, links im Friederikental abbiegt, schritt langsam Else Markendorf dahin. Der feine Kopf war leicht gesenkt, als ob die Fülle der goldblonden Flechten ihr zu schwer sei.

Seit sie heute Mittag den Gruß von Graf Botho bekommen hatte, war sie ganz aus dem inneren Gleichgewicht gekommen und sehnte sich danach, in der Waldesstille und Einsamkeit Ruhe und Seelenfrieden zurückzugewinnen. War sie doch als echtes Försterkind von jeher mit allen ihren Gedanken und Empfindungen am liebsten in den Wald geflüchtet. Sie hatte immer das Gefühl gehabt, hier dem Urquell alles Seins, ihrem Gott, irgendwie näher zu sein.

Am meisten liebte sie das anmutige Friederikental. Hier hatte sie es auch heute hingezogen. Sie kam zu einer Bank, die am Berghang unter mächtigen Buchen stand, durch deren zart grün schimmernde Zweige schräge Lichtstrahlen fielen.

Plötzlich aber blieb sie wie gebannt stehen, rot und weiß wurde ihr Antlitz. Sie konnte den Blick nicht abwenden von den leuchtenden Augen des schlanken Mannes, der neben der Bank hinter einer Buche hervortrat und auf sie zukam.

„Else“, kam es über seine Lippen. „Fräulein Else!“

Er bot ihr seinen Arm und führte das bebende Mädchen zur Bank.

„Ich habe euch erschreckt, verzeiht“, bat er, „aber ihr wisst nicht, wie ich mich freute, als ich euch sah. Hab’ ja nicht damit rechnen können, euch hier zu treffen. Ich dachte, ihr seid drunten im Forsthaus, wo ich euch heute Abend besuchen wollte.“

Else fehlten gänzlich die Worte, so sehr hatte das unerwartete Wiedersehen mit Botho sie verwirrt.

Aber mit Gewalt nahm sie sich zusammen und entgegnete leise: „Rüdiger richtete dem Vater und mir euern Gruß aus, Herr Graf, so wusste ich, dass ihr wieder hier seid. Seid willkommen in unseren Bergen und Wäldern.“

Sie versuchte, ihm ihre Hände zu entziehen, aber er hielt sie mit leisem Druck fest. Vergessen war alles, was sich hindernd zwischen ihn und sein Glück stellen konnte, ob das seine Angehörigen waren, Elses Vater, sein Stand ... Er fühlte und empfand nur eins: seine tiefe, alles überwindende Liebe, und er war fest entschlossen, diese unverhoffte Begegnung nicht ungenützt verstreichen zu lassen.

„Habt Dank für euren Willkommgruß. Aber, liebes

Fräulein, sagt mir, ob ich auch euch, gerade euch, willkommen bin. Daran ist mir am meisten gelegen."

Tief senkten sich seine Augen in die ihren. Da war aufs Neue das stürmische Herzklopfen, das ihr die Sprache rauben wollte! Doch plötzlich kam ihr der Gedanke an den großen Unterschied zwischen ihnen. Hastig machte sie sich los und sagte leise mit abgewandtem Gesicht: „Ob ihr mir besonders willkommen wärt, Herr Graf, muss euch gleich sein."

„Verzeiht, Fräulein Else, ich kam euch doch wohl nie zu nahe, dass ihr mir so antworten müsst." Ein schmerzlicher Ton lag in seiner Stimme, mit aufsteigender Beklommenheit sah er sie an.

Sie gab keine Antwort, der Frühlingszauber schien ihr plötzlich wie fortgewischt. Ach, warum war sie nicht zu Hause geblieben! Zwei große Tränen hingen an ihren langen Wimpern, und da war es vorbei mit des Mannes Beherrschung.

„Else!"

Er ergriff aufs Neue ihre Hand. „Ihr müsst doch nicht weinen! Hört mich an und dann ...", er atmete tief durch, „dann antwortet mir!"

In hastigen, sich überstürzenden Worten legte er ihr seine Zukunftspläne dar und schloss endlich: „Nun wisset ihr das eine, das mich unablässig bewegt, und ich hoffe inbrünstig, bei euch Verständnis zu finden. Bitte, weist mich nicht ab!"

Bald nach seinen ersten Worten hatte das Mädchen aufgehorcht und ihm das liebliche Gesicht voll zugewandt. Oh, wie sie ihn verstand, wie sie sich innerlich eins mit ihm fühlte in seinem Wunsch und Verlangen, den Mitmenschen das Evangelium zu bringen!

Und zugleich stieg in ihr ganz leise und scheu eine große Freude auf: der Mann, der solche Gedanken hegte, konnte nicht in anderen Dingen leichtfertig sein. Nein, nein, niemals! Dann aber ...

Schier atemberaubend pochte ihr Herz, als er nun in einem vertraulichen Ton weitersprach: „Ins Pfarrhaus aber gehört auch eine Pfarrfrau." Wie aus der Ferne tönten wunderbare Worte an ihr Ohr, und ein Singen und Klingen hob plötzlich um sie her an. Sie fühlte sich von zwei starken Armen so fest umschlungen, als sollte sie nie wieder freigegeben werden, und schmiegte sich schwindelig vor Glück in diese Arme.

Wer von ihnen zuerst Worte fand, was sie dann miteinander redeten, das wussten sie beide nachher nicht mehr. Es war eben die uralte, ewig neue Sprache der Liebe, dieses schönste irdische Geschenk, das der Schöpfer einer gefallenen Menschheit geben konnte.

Lange, lange saßen die beiden glücklichen Menschen dort auf der Bank unter den Buchen im Friederikental beisammen und sprachen die Pläne Bothos, auch alle die voraussichtlichen Kämpfe durch.

Endlich mahnte Else aber doch zur Rückkehr. „Ich brauche mindestens eine Stunde Zeit, um mich wieder in der Gewalt zu haben", sagte sie lächelnd. „Das muss sein, ehe die anderen heimkommen."

„Aber ehe wir uns für heute trennen, Else, lass uns

unseren Bund dem anvertrauen, der unsere Herzen vereinte, unserem Herrn im Himmel", entgegnete er, nahm ihre Hände in die seinen, und ein Dankgebet stieg empor zum Himmel.

Langsam traten sie den Heimweg an. „Ich komme heute Abend", sprach Botho, „aber ich bleibe nicht lang. Es ist zu befürchten, dass ich mich sonst verrate. Morgen rede ich dann mit dem Vater. Ich wollte es heute schon. Rüdiger sagte mir, ich träfe ihn drüben im Zwölfmorgental. Aber es zog mich heute hierher, ich weiß nun auch, warum!"

„Du triffst ihn morgen wieder dort", antwortete Else. „Das Holzfällen dauert etliche Tage. Mir ist jetzt schon bange vor der Aussprache mit ihm, aber ich vertraue auf Gott."

„Und er wird helfen", erwiderte zuversichtlich der junge Graf.

Um sieben Uhr wurde auf dem Schlosse zur Nacht gegessen, und eine Stunde später trat Botho mit fröhlichem Gruß ins Forsthaus. Der Förster empfing ihn selbst und führte ihn in die Wohnstube, wo Rüdiger und Konrad ihre Büchsen reinigten.

Die beiden Schwestern waren gerade oben im ersten Stock an einem Wäscheschrank beschäftigt, den sie neu ordneten. Als drunten des Grafen Stimme erklang, färbte glühende Röte Elses Wangen, sie bückte sich so rasch über einen Stoß Wäsche, dass dieser auseinander fiel und sich auf dem Fußboden verteilte.

„Aber Else!", wollte Andrea rufen, doch das Wort

erstarb ihr, als sie die Schwester ansah. Ein unendliches Staunen zeichnete sich auf ihren Zügen ab, halb mit Schreck gemischt, und ein verständnisvolles Lächeln glitt über ihr Gesicht, verschwand aber sofort wieder.

Schweigend wandte sie sich dem Schrank zu. „Komm, gehen wir hinunter“, mahnte sie dann nach einigen Minuten, „Besuch ist gekommen, vielleicht erfahren wir Neues aus der weiten Welt.“

„Geh nur, ich komme schon nach“, sagte Else, die ihre volle Ruhe wiedererlangt hatte, und ließ Andrea allein hinuntergehen.

Aber bald nachdem auch sie ins Wohnzimmer gekommen war, stand der junge Graf auf und wünschte eine gute Nacht. Konrad und Rüdiger gingen mit ihm. Sie wollten, wenn's möglich wäre, einem Wilddieb nachspüren, sagten sie.

Auch Else sagte dem Vater gute Nacht und ging hinauf. Nicht lange, so folgte ihr Andrea. Sie fand die Schwester am Fenster stehend und trat rasch zu ihr.

„Else, Schwesterlein! Heute Abend sah ich etwas ... Nun kann ich dir mein Herz ausschütten und ich weiß, dass du mich verstehen wirst.“ Sie umschlang das Mädchen und brach in Tränen aus.

Erschrocken zog Else sie an sich. Leidenschaftlich weinte Andrea eine lange, lange Zeit. Dann kam stockend in leisen Worten das Leid ihres jungen Herzens über ihre Lippen.

Ja, Else verstand sie gut und sprach ihr tröstend zu.

Still ließ Andrea den Kopf an ihrer Schulter ruhen. Es tat so gut, sich trösten zu lassen, und Else sprach ganz anders als Gesche.

Ein heller Strahl des Mondes fiel durchs Fenster und auf das Bänklein, wo die beiden Schwestern eng umschlungen saßen.

Ein glücklich verträumter Ausdruck lag auf Elses Zügen. Andrea sah es, und mitten in ihren Tränen musste sie plötzlich lächeln.

„Elselein, und nun beichte du!"

Lange war die Mitternacht vorüber, als die beiden Mädchen endlich in ihre Betten krochen. Aber der heutige Abend hatte um die beiden so unterschiedlichen Charaktere ein noch ganz anderes Band als das der Blutsverwandtschaft geschlungen.

Und wenn es auch im Sturm der nächsten Jahre mehrmals zu zerreißen drohte, es sollte seine bindende Liebeskraft dennoch beweisen.

* * *

Am Wegesrand unter mächtigen alten Tannen gingen der Förster Markendorf und Graf Botho auf und ab. Äußerste Anspannung lag auf ihren Gesichtern.

Das war ein harter Wortwechsel zwischen den beiden gewesen! Der junge Graf musste zur Genüge erfahren, dass der schlichte Hannes Markendorf auch seinen Stolz hatte und es sich gar nicht zu einer großen Ehre rechnete, dass der Neffe seines Herrn um seine Tochter warb. Botho hatte sich dies und noch viel mehr sehr nachdrücklich sagen lassen müssen und zu allem geschwiegen oder nur wenig erwidert, um den Förster nicht noch mehr zu reizen. Aber dieser redete sich dabei immer mehr in die Hitze hinein und rief schließlich erbost: „Und um Liebeleien anzubändeln ist mir meine Tochter zu schade und ihre Ehre zu wichtig!"

„Förster Markendorf, hütet eure Zunge!", rief nun aber Graf Botho aufgebracht. „Ihr kennt mich doch. Gab ich euch jemals Anlass, so übel von mir zu denken? Bin ich nicht euren Töchtern stets mit Ehrerbietung begegnet? Meint ihr, ich würde, um mit Else ein leichtfertiges Spiel treiben zu können, mir erst eure Erlaubnis erbitten? Ich werbe bei euch ehrlich und offen um sie als mein Weib. Ist das ein Unrecht oder eine Sünde an euch oder ihr? Und überdies sagte ich euch, dass ich Stand und Rang ablegen und ein einfacher Pfarrherr werden möchte. Darauf seid ihr gar nicht eingegangen. Ihr bleibt nur daran hängen, dass ich eure Else begehre. Ist das richtig von euch?"

Markendorf fand nicht gleich die richtige Antwort darauf. Im Grunde musste er dem jungen Mann Recht geben. Dennoch – ein Unding blieb das Ganze.

Aber als Botho merkte, dass er nun den rechten Ton angeschlagen hatte, wandte er seine ganze Beredsamkeit auf, sprach so überzeugend, bat und nahm seine Liebe zu Else zur Hilfe, bis Markendorf halb ärgerlich noch, aber doch schon mehr zur Nachgiebigkeit geneigt, ausrief: „Wenn ihr ein Pfarrer werden wollt und euren Rang ablegt, dann mag es in Gottes Namen sein! Aber eine Bedingung stelle ich dabei: Nur dann, wenn auch eure Eltern euch den Segen nicht verweigern, habt ihr den meinen, sonst nicht."

„Seid versichert, ich würde nie heiraten ohne den Segen der Eltern", sagte Botho. „Zu dem Vorhaben, Pfarrer zu werden, habe ich bereits die Einwilligung meiner Frau Mutter."

„Und noch eine Bedingung stelle ich", fuhr Markendorf fort. „Else darf nichts von eurer Liebe und Werbung erfahren, hört ihr? Kein Wort!"

Ein kaum wahrnehmbares Lächeln zuckte über das Gesicht des jungen Mannes. „Vater Markendorf", entgegnete er bittend, „ihr dürft nicht so hart sein! Ich kann diesen Wunsch nicht erfüllen, denn ich habe bereits ihr Wort und drückte den Brautkuss auf ihre Lippen. Fahrt nicht hoch, hört erst, wie es kam, und denkt daran, dass auch ihr einmal jung wart."

Kurz erzählte er dem grimmig dreinschauenden Alten, wie er Else am Tage zuvor getroffen und um sie geworben hatte.

„Seid nicht böse auf uns, teurer Vater Markendorf", bat er. „Seid gewiss, euch kann Else kaum mehr am Herzen liegen als mir. Sie soll jetzt nicht nur einen Schutz in euch haben, nein, auch ich will künftig Sorge tragen um ihr Wohl."

Der Förster setzte sich schweigend auf einen gefällten Stamm. Ach, wenn er jetzt seine Agnes gehabt und sie ihm geraten hätte! Was sollte er nun tun? Die Jugend war gekommen und hatte über ihn hinweg ihr Recht geltend gemacht, selbständig zu entscheiden. Ja, aber hatten er und Agnes es damals anders gemacht? Waren nicht auch sie vor die Eltern hingetreten und hatten dem brummenden Vater die Einwilligung geradezu abgerungen? Und im letzten Grunde hatte er sie ihnen gerne gegeben. So gerne, wie er sie nun selbst dem jungen Grafen gab, wenn er Pfarrer geworden war! Wahrlich, einen besseren Charakter würde seine Else nicht finden, er konnte sie ihm ruhig anvertrauen. Und alles andere, ja, das musste Botho selbst ordnen. Er war ja ganz und gar die Persönlichkeit, etwas durchzuführen, und war es Gottes Wille, dann geschah es auch!

Der Graf hatte sich neben den Förster ins Gras niedergelassen.

Er beobachtete mit Sorge den wechselnden Ausdruck in den gebräunten Zügen des Mannes.

„Erlaubt mir, mit Else als meiner Braut zu verkehren, wenn ich hier bin. Ihr wisst, ich komme nicht so oft und bin auch nie lange hier“, bat er eindringlich und sah mit Freude, dass das finstere Gesicht sich zu glätten begann.

Mit einem tiefen Seufzer reichte Markendorf endlich dem jungen Manne die Hand. „Es geht mir alles gegen den Strich, Graf Botho. Ihr habt mich in allem überrumpelt. Ihr wisst, wie ich euch schätze und lieb habe. Wärt ihr ein schlichter Bürger, ich hätte euch ohne weiteres meine Einwilligung und den Segen gegeben, so aber ... Nun denn, ist es Gottes Wille, dann wird euer Vorhaben gelingen. Wie könnte ich dagegen sein?“

In tiefer Bewegung und Dankbarkeit drückte der junge Graf einen Kuss auf die Hand des Försters, der aber zog ihn an sich und sprach feierlich: „Der Segen des Allmächtigen sei über euch beiden! Er leite deine Wege und gebe dir, dass du ein Segen für viele seist und ein tapferer Streiter für die Wahrheit werdest.“

Nach einigen Augenblicken fuhr er fort: „Von einer rechten Verlobung kann natürlich ohne eure Eltern nicht die Rede sein, Botho. Aber da ihr euch einander schon versprochen habt, will ich für meinen Teil euer Vorhaben segnen. Seid ihr erst Pfarrer und wissen eure Eltern von eurer Wahl, dann mag die Verlobung mit der Hochzeit auf einen Tag fallen.“

„Wär's doch schon so weit!“, rief Botho mit solcher Euphorie, dass der Förster sich eines Lächelns nicht erwehren konnte.

Der Abend vereinte alle im Forsthaus am kleinen Teich unten im Christianental. Es war ein fröhlicher Kreis. Über Else hatte das Liebesglück einen solchen Zauber ausgegossen, dass nicht nur Botho, sondern auch die Geschwister und der Vater sie immer wieder ansehen mussten. Selbstverständlich sollte die ganze Angelegenheit auf Befehl des Vaters geheim bleiben, bis der richtige Zeitpunkt gekommen war, darüber zu reden.

So war denn das Glück im stillen Forsthaus eingezogen. Würde es für immer dort bleiben, oder als flüchtiger Gast nur kurze Zeit rasten, um dann weiterzuziehen?

* * *

Am Hang des Armeleuteberges, dort, wo er mit schlanken Fichten bestanden ist, lag in der Frühe eines Augusttages Konrad Markendorf und schaute in die Ferne. Er war schon gestern aufgebrochen und nach Elend hinübergewandert, hatte auf der Hohne genächtigt, war von dort noch bei Dunkelheit aufgebrochen und dachte zu Mittag wieder zu Hause zu sein. Wenn nicht, war's auch gleich.

Gewehr und Hut lagen neben ihm auf dem mit Fichtennadeln bedeckten glatten Waldboden, ein brauner Jagdhund hatte sich zu seinen Füßen ausgestreckt.

Die Hände unter dem Kopf verschränkt lag der junge Förster da und ließ seine Gedanken schweifen. Von der taufrischen Morgenschönheit ringsumher sah er nur wenig. Der Brocken war klar und scharf in der reinen Morgenluft zu sehen, auch die übrigen Bergspitzen hoben sich deutlich vom Himmel ab, nur tiefer in den Wäldern hingen noch Nebelschleier, und über dem Dörflein Hasserode, das hier im Tal vor den Mauern von Wernigerode lag, zog noch leichter Frühnebel hin.

Eine Morgenglocke klang von irgendwoher durch

die Wälder zu dem einsamen Mann herauf, eifrig klopfte ein Specht über ihm am Baumstamm und ein Reh eilte nicht weit von ihm entfernt über den Weg, er aber achtete nicht darauf.

Die Lippen unter dem dunklen, starken Schnurrbart waren fest zusammengepresst, das starkknochige, gebräunte Gesicht zeigte einen düsteren Ausdruck. Der laute Schrei eines Habichts riss ihn jetzt aus seiner Versunkenheit. Er richtete sich halb auf und sah dem Vogel nach, der langsam seine Kreise zog. Jetzt stieg er in die Höhe und verschwand drüben über den Bergen.

„Du glückliche Kreatur, die du hoch ins Weite kannst, wie du willst“, flüsterte Konrad leise vor sich hin, und seine Sehnsucht flog mit dem Vogel hinaus in die Ferne, weit fort. Wohin?

Ja, wohin!

Er wusste genau, dass er schon als Kind voller Neugier gewesen war zu wissen, „was hinter den Bergen sei“. Er erinnerte sich, wie er schon als Junge gern mit dem Vater auf die Spitzen der Berge kletterte, um „rübersehen zu können“, und dann bitter enttäuscht war, wenn dahinter auch „nur Berge“ waren. Mit dem Jungen war die Sehnsucht zu wandern gewachsen, aber der Vater hatte ganz selbstverständlich dem damals Sechzehnjährigen nicht nachgegeben und ihm alle seine Wandergelüste kurzerhand abgeschnitten: „Wenn du älter und verständiger bist, lasse ich dich ziehen, jetzt nicht. Da du Lust am Waidwerk hast, bleibst du bei mir in der Lehre. Ich habe hier mein Auskommen, du kannst das deine auch haben."

Damit war die Sache wohl abgetan, aber die Sehnsucht nicht. Die Liebe zum Wald und zu dem Beruf eines Försters machte es ihm jedoch leichter, sich damit abzufinden, dass er vorläufig auf Jahre hinaus hier bleiben musste.

Ganz in der Stille aber machte er seine Pläne für später und war drauf und dran, sie ausführen zu wollen, da lernte er Gesche von Frankerode kennen.

Was war's eigentlich, das ihn so an sie gefesselt hatte? Sie war nicht hübsch zu nennen, aber mit ihrer schlanken, mittelgroßen Gestalt, den lockigen Haaren, die so eigenwillig wie ihr Charakter waren, vor allem aber den klugen, kühl blickenden Augen, die dennoch strahlen konnten, war sie für ihn das schönste Mädchen, das er kennen gelernt hatte. Oft schien ihm, sie erwidere seine Neigung, und dann war er entschlossen, sie sich sehr bald zu sichern. Beim nächsten Mal wieder konnte sie derart ablehnend trotz aller Freundlichkeit sein, dass ihm der Mut sank und er sich wieder weitab vom Ziel sah. Er, der sonst so rasch hochfahrende und hitzige Konrad Markendorf, kannte sich dann kaum selber wieder! Er ärgerte sich über Gesche und sich selbst, gelobte sich, nicht mehr oder nur selten hinzugehen – und ging todsicher nach höchstens drei Tagen wieder hin, um hochbeglückt zu sein, wenn sie ihn dann so verheißend anlächelte.

Was wohl der Vater dazu sagen würde? Wie oft, so

zuckte Konrad auch heute die Schultern bei dem Gedanken. Solches war ihm ganz gleich. Mit ihrer unverkennbaren und auch ungeleugneten Zuneigung zum katholischen Glauben würde sie ihm niemals als Schwiegertochter willkommen sein. Nun, der Vater hatte ja auch nicht mit ihr zu leben, sondern er, und ihm war dieser Punkt ganz gleich. Seinetwegen konnte sie sogar öffentlich zum katholischen Glauben übertreten. Ihn berührte das nicht.

So ein Aufhebens um den Protestantismus zu machen, die reine, unverfälschte Lehre, wie sie es nannten und wie es der Vater, Rüdiger, Else, die Fortmanns, Graf Botho und andere taten, fand er lächerlich. Sicher war er in diesem Glauben geboren und erzogen, nun aber durch diesen Glauben etwas Trennendes zwischen sich und den Katholischen zu sehen – warum denn? Die Katholiken glaubten von sich ja auch, dass sie den wahren, allein selig machenden Glauben hatten. Ihn jedenfalls sollte dies nicht hindern, seinen Weg zu gehen und seine Absicht zu verfolgen. Mit dem Vater würde er schon fertig werden, und die Geschwister würden ihn auch nicht fragen, ob ihm der oder jener als Familienglied willkommen sei! Das muss jeder selbst entscheiden.

Andrea, ja, die würde ihn verstehen und ihm auch zur Seite sein, ihm und Gesche. Obwohl auch sie ihm in der letzten Zeit irgendwie verändert vorkam. Aber das schien wohl nur so. Sie ging seltener als früher zu Gesche und fing an, sich mehr an Gisela Fortmann zu halten. Nun, das hatte seine guten Gründe! Was tat man nicht alles um der Liebe willen! Er würde es fertig bringen und um Gesches willen den katholischen Glauben annehmen, wenn sie es verlangte. Warum sollte Andrea, deren Neigung zu diesem Glauben er sehr gut kannte, nicht um Henricius Fortmanns willen dem Papst und allen Heiligen absagen und protestantisch bleiben? Dazu gehörte natürlich auch, dass sie sich etwas von Gesche zurückzog. Und selbst wenn sie sich schließlich auch von ihm abwandte und zu den anderen hielt, wenn er Gesche heiratete – gut, dann sollte sie nur, er würde auch ohne sie fertig werden.

Er brauchte keinen!

Er hatte es ja auch nicht nötig, drunten in Nöschenrode im Dienste des Grafen Stolberg-Wernigerode zu bleiben. Es gab andere Herren genug, die tüchtige Förster brauchten. Und dass er sein Fach gut verstand, wusste er genau. Die Wilddiebe fürchteten ihn mehr als den Vater und den Bruder, seit er mal einen niedergeschossen hatte. Der Mann war wohl nicht draufgegangen, aber ein Hinkebein geblieben: Jedenfalls wilderte der nicht mehr. Danach hatten sie lange Zeit Ruhe vor den Wilderern gehabt. Um eine gute Stelle brauchte er sich also keine Sorgen zu machen. Außerdem lernte er dann die große weite Welt kennen, und Gesche würde mit ihm gehen als seine Frau.

Wenn sie es aber nicht tat?

Er ballte die Faust und stieß einen Fluch aus, so dass

der Hund zu seinen Füßen erschreckt den Kopf hob und ihn anschaute. Er kannte diesen bösen Ton in der Stimme seines Herrn!

Konrad bemerkte es nicht, er spann seine Gedanken weiter, doch an eine Zukunft ohne Gesche wollte er nicht denken – nein, niemals!

Eigentlich war es auch Unsinn, sich damit zu plagen. Er kannte fast alle von Gesches Bekannten. Da war keiner, auf den er hätte eifersüchtig sein müssen.

Rasch beruhigte er sich bei diesem Gedanken. Lieber darüber nachsinnen, wohin er mit Gesche ziehen würde, wo sie sich niederlassen und ein Nest bauen könnten. Am liebsten recht weit weg im Süden, dort, wo vom blauen Himmel eine wärmere Sonne lachte als hier. Auch Gesche zog es dorthin, das wusste er. Sie hatte es ihm erzählt, als ein langer Brief der Äbtissin Grell, ihrer Tante, gekommen war.

Doch jetzt im Augenblick war die Zeit schlecht gewählt, in den Süden zu gehen, der stand in hellen Flammen! Hatte doch des Kaisers Ferdinand Vetter und Freund, der Herzog Maximilian von Bayern, die Liga organisiert und war mit 30 000 Mann in Oberösterreich eingefallen. Dem Kurfürsten von Sachsen war er freundschaftlich verbunden, und so hatte dieser die Lausitz besetzt. In Graf Tilly stand dem Bayernherzog ein tüchtiger Feldherr zur Seite, dessen scharfer Verstand von unschätzbarem Wert war. Diesem war es geglückt, in Spanien Hilfe zu erlangen. Während der Herzog in Oberösterreich und Böhmen die

Stände zur Huldigung zwang, griff ein spanisches Heer die Rheinpfalz an, ohne dass Kurfürst Friedrich V., der augenblickliche Gegenkönig von Kaiser Ferdinand, etwas zum Schutz seines Landes tun konnte. Denn er hielt sich beim Heer der Union an der böhmischen Grenze auf.

Die Streitigkeiten und der Kampf waren also bereits ein Stück näher gekommen. Konrads Augen funkelten. Wenn Gesche von Frankerode nicht gewesen wäre, wer weiß, vielleicht kämpfte er dann auch dort unten auf der einen oder anderen Seite mit! Dann wäre er schon vor Jahren hinausgezogen in die Welt und sicherlich dort unten in die Händel hineingeraten.

Schön musste es sein, als freier Reiter die Welt zu durchziehen, zu kämpfen für die Sache, die einem richtig erschien. Doch schöner war es, in einem stillen Forsthaus mit seinem Glück zu leben, sich lieben zu lassen und wieder zu lieben.

Er sprang auf und reckte seine große Gestalt. Mochten sie dort unten aufeinander einschlagen, er wollte jetzt erst mal heimwärts und dann am Nachmittag zu Gesche gehen. Vielleicht bot sich heute die Gelegenheit.

„Komm, Raff", sagte er zu dem Hund, der schwanzwedelnd vor ihm stand, „wir gehen zum Essen nach Hause, das wird uns beiden gut tun."

Als er im Forsthaus ankam, traf er niemand anderen als Else, die das Mittagsmahl vorbereitete. Wie er erfuhr, hatte der Vater nach ihm Ausschau gehalten, er wollte mit Rüdiger und ihm einiges besprechen. Ein Stück Wald, drüben nach dem Brocken zu gelegen, sollte gefällt werden, ein Stück Land hinter dem Henkersberg war von dichtem Unterholz zu säubern, und auf dem Eichberg sollten Neuanpflanzungen von Tannen vorgenommen werden.

Konrad nickte flüchtig dazu und bat um ein Stück Brot und Speck, er hatte Hunger nach der langen Morgenwanderung. Else brachte ihm beides, dazu einen Topf frische Milch und ein Glas. Sie goss ihm ein, setzte sich plaudernd zu ihm und freute sich, dass es ihm schmeckte.

„Wirst du mich auch so bedienen, wenn du erst gräfliche Pfarrfrau geworden bist, Elselein?", fragte er sie neckend. „Am Ende ist es dir dann ganz lieb, wenn der wilde Konrad selten oder gar nie bei dir anklopft!"

Sie drohte ihm lachend mit dem Finger. „Warte nur, du Böser, so was überhaupt zu denken! Du weißt, wie herzlich willkommen du mir jederzeit sein wirst. Ob ich dann aber so viel Speck und Milch wie hier anzubieten habe, weiß ich noch nicht. Pfarrersleute sind meistens nicht so reich", schloss sie schalkhaft.

„Besonders nicht gräfliche Pfarrer", sagte er etwas trocken.

Sie lachte hell auf und spann den Scherz weiter: „Dass Schmalhans nie Küchenmeister bei uns werde, dafür müssen allerdings meine beiden Brüder sorgen, da Förster sowieso alles im Überfluss haben."

„Soll geschehen", nickte er und trank die Milch aus.

Sie stand auf, um den Tisch abzuräumen, da trat er mit raschem Schritt auf sie zu, legte den einen Arm um sie, hob mit der andern Hand das zarte Gesichtchen empor und sah ihr tief in die klaren Augen.

„Mein Bruder“, lächelte sie warm, „du weißt ...“

„Else“, unterbrach er sie, „ist es nicht so – wir Geschwister halten zusammen und stehen zueinander, komme, was mag.“

Befremdet sah sie in sein Gesicht, in dem es eigenartig zuckte.

„Ganz selbstverständlich, Konrad. Wie kannst du fragen?“

„Ich meine, es könnte auch mal so kommen, dass man einander nicht versteht, oder dass ihr mich nicht versteht“, sagte er fast heftig. „Werden wir auch dann zusammenhalten und zueinander stehen, nicht gegeneinander?“

„Nie gegeneinander“, erwiderte sie jetzt, „wir Geschwister halten zueinander, komme, was mag.“

Da drückte er einen Kuss auf ihre Stirn und gab sie mit tiefem Atemzug frei.

Bald darauf kamen der Vater und Rüdiger. Der alte Förster teilte nun die Arbeit zwischen sich und den Söhnen ein, wies jedem eine Anzahl der Waldarbeiter zu, die sie noch benachrichtigen mussten, und nickte dabei seiner Tochter Andrea zu, die soeben aus der Stadt heimkam.

Etwas später rief Else zum Mittagsmahl. Der Vater sprach das Dankgebet, und mit großem Appetit machte man sich an das schmackhafte Essen.

Nach Tisch gönnte sich der Vater gerne ein Stündchen Ruhe, so auch heute. Rüdiger ging mit einem Buch hinaus. Konrad aber zog eine andere Jacke an und griff nach seinem Barett.

Mit leichtem Herzen schritt er durch den Wald nach Wernigerode, schlug den Mühlbachweg ein und ging am Stadtgraben entlang bis an das Nottor am Dullenturm. Hier war er an den Ritterhöfen und wollte eben in die Straße einbiegen, als er Gesche von Frankerode in einem hellen Sommerkleid aus zartrotem Stoff mit gestickten Borten am Tramm'schen Besitz entlanggehen sah. Aber sie war nicht allein, in ihrer Gesellschaft befand sich ein zierlich gekleideter Junker mit federgeschmücktem Barett und einem kleinen Dolch an der Seite.

Konrad stutzte. Wer war das? Den kannte er nicht. Das musste er wissen.

Mit ein paar langen Schritten hatte er die beiden eingeholt, trat neben das Mädchen und sagte ganz unvermittelt: „Verzeiht, edles Fräulein, ich wollte gerade bei euch vorsprechen, um mich nach eurem und der lieben Frau Mutter Befinden zu erkundigen, da sah ich euch hier."

Flammendes Rot und ein leichtes Erschrecken waren einen Augenblick über Gesches Antlitz gehuscht, aber sogleich zeigte es wieder vollkommene Ruhe. „Ihr erschreckt mich, Herr Konrad. Seid ihr aus dem Erdboden emporgestiegen, dass ihr so plötzlich hier neben mir steht?"

Freundlich klangen die Worte, aber ihr Auge glitt kühl über ihn hin. „Wie ihr seht, haben wir lieben Besuch“, fügte sie sofort hinzu, auf ihren Begleiter weisend. „Es ist mein Vetter Albert von Frankerode, drüben aus dem Holsteinischen. Er kam gestern ganz unvermutet hier an und wird uns die Freude machen, ein paar Tage hier zu bleiben.“

Mit liebreizendem Lächeln sah sie den Junker dabei an. „Herr Förster Konrad Markendorf ist der Bruder einer lieben Freundin von mir, Herr Vetter, und besucht uns hin und wieder.“

Die beiden jungen Männer tauschten einen prüfenden Blick, der bei Konrad den Gedanken auslöste: Ungefährlich! Klein wie ein Mädchen und zierlich von Wuchs, kleiner sogar als Gesche – den könnte ich mit einer Hand aufheben und herumwirbeln.

Albert von Frankerode aber dachte: Was für ein ungeschlachter Kerl. Wie kommt meine hübsche Base zu so einem Umgang? Den muss sie sich vom Halse schaffen.

Ohne Aufforderung blieb Konrad an Gesches Seite, musste aber trotz seiner Einschätzung wahrnehmen, dass Gesche sich viel mehr mit dem Vetter abgab als mit ihm. Für Konrad schien sie nur noch jene kühle Freundlichkeit übrig zu haben, die er so verabscheute.

Als sie am Westerntor waren und nach Hasserode hinausgehen wollten, verabschiedete er sich und schlug den Weg zum Markt ein.

„Habt ihr noch mehr solche Bekannte, Bäschen?", fragte der Junker spöttisch. „Scheint mir ein ziemlich merkwürdiger Mann zu sein, dieser Förster."

„Macht euch nicht lustig über ihn, lieber Vetter", lächelte Gesche liebenswürdig. „Er ist ein vortrefflicher Mann aus guter Familie und wohlangesehen bei allen. Mag sein, dass er sich heute schon über irgendetwas ärgern musste. Doch nun aber seht, unsere schönen Berge müssten eigentlich ein ganz besonderes Erlebnis für euch sein. Derartiges habt ihr bei euch sicher nicht." Klug wandte sie das Gespräch auf ein anderes Thema.

Sie machte sich dabei leichte Vorwürfe, zu Konrad nicht freundlicher gewesen zu sein. Es galt jetzt vorsichtig zu sein. Konrad Markendorf war keine schlechte Partie, aber, wenn sie hätte wählen dürfen, wäre sie doch lieber Herrin auf dem reichen Gut der Frankerodes droben im Norden geworden statt schlichte Förstersfrau!

Und umsonst war der Vetter kaum aufgetaucht! Freilich, äußerlich hielt er einem Vergleich mit Konrad nicht stand: Klein die Gestalt, nichtssagend das Gesicht, hochmütig der Blick der wasserhellen Augen. Dagegen der Förster ...

Wie kraftvoll war seine Figur, wie lodernd und leidenschaftlich konnte der Blick der dunklen Augen sein, wie männlich war das Gesicht! Gesche nahm sich vor, bei der nächsten Gelegenheit ihre heutige kühle Höflichkeit wieder gutzumachen.

Konrad war inzwischen mit langen Schritten die Westernstraße entlang zum Markt gegangen. Nun stand er unschlüssig still und es war ihm auch ganz gleichgültig, wohin er sich wandte!

Seine Gedanken drehten sich unablässig um Gesche und ihren Vetter. Für „ungefährlich" hielt er ihn plötzlich nicht mehr.

Als er auf dem Heimweg wieder im Wald war, atmete er auf. Nun war auch sofort sein Entschluss gefasst: Er wollte das Mädchen noch mehr umwerben als sonst und den Kampf mit diesem dummen Vetter aufnehmen. Schwer durfte der kaum werden! Damit war sein inneres Gleichgewicht wieder hergestellt, und keiner merkte ihm etwas an, als er zum Abendessen nach Hause kam.

* * *

Man schrieb das Jahr 1623.

Die Kriegsfackel, deren blutigroter Schein den Süden in den vergangenen Jahren beleuchtet hatte, war nun auch im Norden aufgeflammt. Bischof Christian von Halberstadt, Herzog von Braunschweig, „der tolle Christian" oder auch der „Pfaffenfeind" genannt, hatte seinem brennenden Wunsch, in die Händel einzugreifen, nicht mehr widerstehen können. Er meinte dies mit umso mehr Recht tun zu dürfen, als der Krieg ein Religionskrieg war. Dass alle Beteiligten mehr oder weniger dabei auch auf ihren eigenen Vorteil bedacht waren und möglichst viel für sich herauszuschlagen suchten, konnte ihnen keiner übel nehmen.

Es war eben Krieg!

Auch war noch gar nicht abzusehen, wann sich all die Händel schlichten würden. Böhmen lag völlig am Boden. Die Protestanten waren zum Teil vertrieben, zum Teil hingerichtet, ihre Güter konfisziert. Mehr als 30 000 Familien und 200 Herrengeschlechter hatten ihr Vaterland verlassen und waren nach Preußen, Holland und der Schweiz geflüchtet. Kaiser Ferdinand ließ blutige Strenge walten und kannte kein Erbarmen. Die Union hatte sich aufgelöst. Kurfürst Friedrich V. von der Pfalz war nicht nur vom Königsthron verjagt worden, er verlor auch sein Land, wurde geächtet, und der Bayernherzog Maximilian an seiner Stelle mit der kurfürstlichen Würde belehnt.

Maximilians Bundesgenosse, der Graf von Mansfeld, war von den Schlachtfeldern Böhmens durch die Oberpfalz bis ins feindliche Elsass gezogen, wo er den Krieg unvermindert fortsetzen wollte. Herzog Christian von Braunschweig aber zog dem elsässischen Landesherren, dem Markgrafen von Baden, zu Hilfe. Als aber der Badener am 6. Mai bei Wimpfen und der tolle Christian am 20. Juni 1622 bei Höchst geschlagen worden waren, zog sich der Herzog nach Braunschweig zurück. Doch mit ihm kamen nun seine Verbündeten, die Weimar'schen Haufen.

Der Herzog plante seine Feldzüge nach dem Grundsatz, dem auch alle anderen Heerführer seiner und späterer Zeiten folgten, „den Krieg durch den Krieg zu ernähren“. Land und Volk aber mussten bitter darunter leiden.

Auch der Oberharz war nicht verschont geblieben. Die wilde Soldateska war bereits um 1622 bis dicht an Wernigerode herangekommen. Ilsenburg und Drübeck waren geplündert worden, aber dann zogen die Söldnerheere merkwürdigerweise nach Norden ab, und die Einwohner von Wernigerode und den angrenzenden Ortschaften atmeten erleichtert auf.

Der Rat der Stadt und Graf Wolfgang Georg waren in diesen Jahren eifrig darauf bedacht gewesen, die Mauern zu verstärken, die Wachttürme und Tore besetzt zu halten und die Einwohnerschaft mit Waffen und Munition zu versorgen. Tag und Nacht standen die Wachen bereit.

Das Schloss war stark befestigt worden. Trutzig und drohend schaute es von seiner waldumstandenen Höhe herab ins Land. Aber all die Befestigungen und Rüstungen hatten Geld gekostet. Außerordentliche Steuern mussten das wieder einbringen. Die Chronik des Kantors Schmidt von der Oberschule in Wernigerode aus jener Zeit berichtet von „der achten Soldatenschatzung“, die zu den üblichen Abgaben hinzukam!

Mit all diesem und den Verwüstungen, die die Soldaten überall anrichteten, ging eine allgemeine Teuerung Hand in Hand, die langsam und stetig wuchs. Kostete doch bereits ein Scheffel Gerste 33 Mariengroschen, ja fast einen Taler, ein unerhörter Preis! Und für ein Fass Bier legte man gar sieben Taler auf den Tisch.

Dennoch herrschte im Großen und Ganzen keine Unzufriedenheit unter der Einwohnerschaft, wenn es auch Einzelne gab, die gegen jede Anordnung des Rates und des gnädigen Herrn aufbegehrten und es entschieden besser gemacht hätten. Diese wenigen drangen aber nicht durch mit ihrer Meinung, denn der regierende Graf und seine Familie waren mit dem Rat und den Einwohnern in allem einig, was Sparsamkeit und Einfachheit anging, ja sie waren darin vielfach noch ein Vorbild für manche Familie. Fest und treu standen Herrschaft und Volk zusammen, füreinander und miteinander.

Auf Graf Wolfgangs inständige Bitte war Botho jetzt fast ständig auf dem Schloss, und es stand zu erwarten, dass seine Eltern und Brüder ihm in Kürze folgen würden, denn die Sicherheit ihres Besitzes Gedern wurde immer ungewisser.

Dem regierenden Grafen in Wernigerode aber war es eine gewisse Beruhigung, in seinem jungen Neffen eine tatkräftige und pflichttreue Persönlichkeit um sich zu haben.

Pflichttreu – ja, das war Botho in jeder Beziehung, und diese Eigenschaft machte ihn besonders dem alten Förster immer lieber, ließ Else mit unendlicher Hochachtung zu dem Geliebten aufsehen.

Und aus dieser Pflichttreue heraus war es für die

beiden selbstverständlich, dass bei der zunehmenden Schwere der Zeit ihre eigenen Wünsche und Pläne in den Hintergrund traten und Botho seinem Onkel eine starke Stütze wurde. Leicht wurde es ihnen nicht, aber sie waren beide starke Seelen, die sich nicht gegenseitig mit Klagen das Leben schwer machten, sondern im Vertrauen auf Gott ihren Weg gingen.

Hannes Markendorf unterstützte sie nach Kräften dabei. Besonders wurde er ihnen durch seinen unerschütterlichen Glauben ein Vorbild.

Viel öfter als sonst sah man ihn über der großen Bibel sitzen. Nie versäumte er die wöchentlichen Zusammenkünfte bei dem Magister Fortmann, wo noch der Bürgermeister, Herr Heinrich Bona, der Magister von Unserer Lieben Frauen, Herr Heinrich Burchardi, und von St. Johannes Herr Liborius Helius teilnahmen.

Da lasen sie die Bibel miteinander und suchten in ihr Licht für die gegenwärtige Zeit. „Und man bekommt immer neuen Mut und Zuversicht auf Gottes Barmherzigkeit über uns armselige Menschlein", pflegte der Förster oft zu sagen.

Manchmal begleiteten ihn auch Rüdiger und Botho, Konrad aber war nie zum Mitgehen zu bewegen.

Die warme Freundschaft zwischen den Familien Markendorf und Fortmann war seit einem halben Jahr durch das Herzensbündnis zwischen Rüdiger und Gisela noch inniger geworden. In aller Stille wurde ihre Verlobung in den Familien gefeiert. Fürs Erste wollten sie noch mit der Hochzeit warten und sehen, wie sich die Lage im Lande entwickeln würde.

Mit schwerem Herzen hatte Andrea bei der stillen Familienfeier dabeigesessen. Henricius war seit jenen Tagen nicht wieder daheim gewesen. Zuerst hatte er Zeit gebraucht, um sich in sein Amt einzuleben, dann war der Pfarrherr dort, den er vertreten sollte, gestorben und der junge Fortmann sein Nachfolger geworden. Nun hatte er erst recht zu tun, und dazwischen flammte der Krieg auf. Wer heuer nicht unbedingt reisen musste, blieb wegen der zunehmenden Unsicherheit der Landstraßen und Wege zu Hause.

So blieb Andrea nichts weiter übrig, als zu warten.

Etliche Freier hatte sie schon abgewiesen – das schlanke Waldkind hatte es schon manchem angetan. Für sie aber kam keiner in Frage als der eine. Aus dem sprudelnd heiteren Mädchen, dem schier kein Baum zu hoch gewesen war, war eine liebliche und mehr zum Ernst neigende junge Frau geworden.

Selten nur brach der Übermut noch einmal bei ihr durch. In den dunklen Augen lag zuweilen etwas Düsteres, Forschendes, das Else oft etwas Sorgen bereitete. Doch sie fragte nicht, um Andrea nicht zu verletzen.

Um einen aber machten sich alle die gleichen Gedanken, und das war Konrad. Etwas Unstetes war über ihn gekommen. Seine Augen flammten und funkelten oft sonderbar. Wortkarg und still war er geworden, und auf seinem Gesicht lag meist ein finsterer, grübelnder Zug.

„Was hat er nur?“, fragte Else immer und immer wieder in stillen Abendstunden die Schwester. „Ihn drückt etwas. Ist es denn unmöglich, ihm zu helfen?“

Da kam es einmal in einer solchen Abendstunde über Andreas Lippen mit einem tiefen Seufzer: „Er trauert um seine Freundschaft mit Gesche von Frankerode, die fast seit einem Jahr droben im Holsteinischen bei ihren Verwandten zu Gast ist.“

Else wurde blass.

„Um Gesche! Ja, meinst du, er hat was für sie übrig?“

„Mehr, als ich selbst gedacht habe“, entgegnete Andrea traurig. „Ich wusste, dass er sie sehr gern hatte, hielt es aber nicht für so tiefgehend bei ihm.“

„Aber sie ist doch katholisch“, sprach Else kopfschüttelnd, „da kann ich Konrad nicht verstehen. Er würde das unserem Vater nie antun. Hat sie ihm denn Hoffnung gemacht?“

„Ja und nein“, sagte die Schwester nachdenklich. „Ich wurde ja nie klug aus ihr, und Konrad ist es genauso gegangen. Sonst hätte er längst um sie geworben trotz ihrer anderen Konfession.“

„Du meinst, er hätte es wirklich getan? Sie passt so gar nicht zu uns.“

„Sicher nicht“, gestand Andrea kleinlaut, „aber ich fürchte, in dieser Sache geht Konrad mit dem Kopf durch die Wand. Doch was soll man sich jetzt noch den Kopf darüber zerbrechen. Der Vetter Albert von Frankerode, der vor einem Jahr auftauchte, ist gut katholisch, und ich fürchte, Gesche ist es mittlerweile auch geworden und hat ihn bereits geheiratet. Armer Konrad!“

* * *

Es war in den ersten Märztagen desselben Jahres.

Draußen regnete es in Strömen auf den Schnee, der in der letzten Woche gefallen war.

Über und über voll Schmutz und völlig durchnässt war Hannes Markendorf vor zwei Stunden nach Hause gekommen. Es war ihm gerade recht, dass niemand von den Seinen daheim war. Rüdiger hatte Else und Andrea trotz des Regens zu seiner Braut begleitet. Konrad war irgendwo im Wald, man sah ihn fast nur noch zu den Mahlzeiten.

Der Förster zog sich um, während Anna, die Magd, ihm heiße Milch und etwas Essen bereitstellte. Er dankte flüchtig und aß ein wenig. Es mussten schlimme Dinge sein, die ihn bewegten. Man sah es dem sorgenvollen Gesicht an, als er so gedankenverloren im geschnitzten Lehnstuhl am Fenster saß.

„Ja, es ist nun das Nächste und Wichtigste, den Grafen zu benachrichtigen“, sagte er plötzlich halblaut und stand auf.

Da hörte er draußen die Haustür gehen. Harte Tritte auf den Fliesen stampften den Schmutz ab, und fast ebenso nass, wie er es gewesen war, kam Graf Botho herein.

„Gut, dass ihr kommt, ich wollte gerade zu euch", sagte Markendorf, ehe jener noch reden konnte. „Ich kam vorhin vom Hundsrück und bringe böse Neuigkeiten mit."

„So", horchte Botho auf, Platz auf der Fensterbank nehmend. „Und welche?"

„Die Weimarschen sollen aufs Neue im Anmarsch sein."

Nun wurde auch die Miene des jungen Grafen sorgenvoll. „Die Weimarschen? Eine üble Gesellschaft! Wisst ihr Genaueres, Vater Markendorf?"

„Nein, Graf Botho; Waldwart Nehring oben auf dem Hundsrück wusste auch nicht mehr, als was er mir mitteilte. Er hat drüben im Braunschweigischen an den letzten Abenden glutroten Schein am Himmel wahrgenommen und meinte, es könnte solches nur von den Kriegshorden herrühren, die das Dorf Schafften angezündet hätten. Für Brände von einzelnen Höfen wäre der Schein zu groß gewesen. Ein Waldarbeiter wollte dann noch gehört haben, die Weimarschen seien wieder unterwegs unter persönlicher Leitung des Herzog Wilhelm."

„Hm, er ist mit uns befreundet, wenigstens mit Herzog Christian, aber ..."

„Ich denke wie ihr, Graf Botho. Ob wir uns wirklich auf seine große Liebe verlassen können?"

„Wir müssen auf alle Fälle gerüstet sein, Vater Markendorf. Wenn ihr den Bürgermeister benachrichtigen wollt, werde ich den Onkel benachrichtigen und einen Boten nach Halberstadt senden. Herzog Christian ist wieder einmal in Halberstadt, um seinen Bischofssitz zu besichtigen."

Ein leichter Spott lag in Bothos Stimme, auch um Markendorfs Mund zuckte es.

„Vielleicht ist Staub draufgekommen", sagte er trocken und stand auf.

Auch Botho erhob sich. „Gehen wir noch ein paar Schritte zusammen", sprach er und hing sich den regenschweren Mantel wieder um.

Schweigend traten sie hinaus.

„Wisst ihr, Vater Markendorf, dass ich mir um euch alle hier im Forsthaus Sorgen mache?", sagte er mit belegter Stimme, als sie nach einer Weile den Weg am Fuß des Schlossberges entlang einschlugen.

„Und warum?", fragte der Förster.

„Stellt euch vor, wenn die Feinde kämen und euch das Dach über dem Kopf anzündeten. Ihr glaubt nicht, wie der Gedanke mich beunruhigt!", rief Botho. „Ihr seid hier so abgeschnitten von aller Hilfe ..."

„Das mag wohl sein", nickte Hannes Markendorf, „ich hatte auch schon solche Gedanken. Doch die Feinde fürchte ich vielleicht noch weniger als die Freunde, wenn von Furcht im eigentlichen Sinne überhaupt die Rede sein kann. Mir ist bange um die Frauen, um meine Söhne und mich nicht. Aber, Graf Botho, der Allmächtige hielt bisher seine Hände über unser Heim, sollte er es nicht auch weiterhin tun? Außerdem liegen wir sehr versteckt im Wald, abseits der Heerstraße. Dennoch traf ich mit Nehring heute eine Verabredung für alle Fälle. Und wenn ihr wollt, könnt ihr uns dabei helfen, wenigstens euer Leibknappe."

„Gerne, Vater Markendorf. Welcher Art ist die Verabredung?"

„Alles entbehrliche Vieh und Futter wird zum Hundsrück ins Waldwärterhaus gebracht, nur das Notwendigste behalten wir unten. Anna, die älteste unserer Mägde, geht mit hinauf, hilft dort oben und bringt uns Milch und Eier herunter, so viel wir benötigen. Oder wir holen es. Auch überflüssige Betten, Kleider, Decken und wertvolle Dinge kommen hinauf. Nehring will uns sogar eine Stube für Hausrat frei machen. Doch ich glaube, das ist nicht nötig. Sollte einmal die Gefahr hier unten sehr groß werden, so ist man sehr schnell auf dem Hundsrück. Dort oben in den Bergen im Wald versteckt suchen die Feinde nie und nimmer nach Beute. Damit wir aber hier im Christianental nicht so leicht gesehen werden können, ließ ich das Unterholz in den letzten Jahren wachsen. Der beste Schutz aber, Graf Botho, ist und bleibt unser Herrgott."

Der Graf nickte. Sie waren an St. Theobaldi angelangt. „Ich komme heute Abend noch, wenn es möglich ist", sagte er.

„Gott behüte euch, Botho."

Der Bürgermeister, Herr Heinrich Bona, der auf dem Klint hinter dem Rathause wohnte, fuhr sich erregt mit der Hand durchs Haar, als er die Nachricht vom Förster Markendorf erhielt. „Ob die Weimarer als Freund oder Feind kommen, ist gleich“, sagte er sorgenvoll, „es bleibt uns auch nichts anderes zu tun übrig, als wir bisher taten: ihnen geben, was sie wollen, und den Herzog um Schonung bitten.“

Markendorf nickte und wandte sich zum Gehen. „Ich will noch zum Magister Fortmann“, sagte er und reichte dem Bürgermeister die Hand. „Werde heute Abend nicht an unserer Zusammenkunft teilnehmen können. Da will ich mich entschuldigen.“

„Tut's für mich auch“, bat Herr Heinrich Bona. „Ich muss sofort herumschicken und die Vertreter der Zünfte zusammenrufen.“

Wie ein Lauffeuer durcheilte die Kunde vom Herannahen der Söldner den ganzen Ort, und überall sah man an diesem Abend sorgenvolle Gesichter.

Zwei Tage später stieg Else am Nachmittag zum Hundsrück hinauf. Anna begleitete sie. Sie trugen einen wohlverschlossenen Kasten, in dem Wertstücke wie Schmuck, silberne Löffel, Goldmünzen und dergleichen mehr verwahrt waren.

In dem weltabgeschiedenen Waldwärterhaus dort oben wurden sie herzlich begrüßt. Den Kasten nahm Waldwart Nehring in besonderen Verschluss. Else und Anna stärkten sich mit Milch und Schwarzbrot, woraufhin Anna den Heimweg allein antrat. Else hatte noch allerlei Notwendiges wegen der Überführung ihrer entbehrlichen Habe mit dem Waldwart und seiner Frau zu besprechen. Danach erst machte auch sie sich auf den Weg nach Hause. Der Waldwart wollte sie durchaus begleiten, aber Else wehrte ab. Sie wusste, Graf Botho würde sie bald treffen.

Sie war auch kaum fünf Minuten vom Waldhaus entfernt, da kam die hohe, ritterliche Gestalt des Geliebten ihr entgegen und schloss sie in seine Arme. Glückselig schmiegte sie sich an ihn. Dann zog er ihren Arm durch den seinen, und langsam schritten sie durch den schweigenden Wald dahin.

„Lass uns durch den Eichengrund gehen“, bat Botho. „Wir hatten uns lange nicht so ungestört wie heute.“ Und sie wählten den ziemlichen Umweg heimwärts.

Über so vieles hatten sie wieder ihre Gedanken auszutauschen, und wie glücklich machte sie dieses ungestörte Beisammensein. Nach Scherzen war ihnen beiden nicht zumute, war doch die Zeit so schwer geworden.

Aber eine tiefe Liebe verband sie, die umso inniger wurde, als sie sich nach außen verborgen halten musste. Sie wussten sich eins in allen ihren Meinungen und Ansichten, eins vor allem im Glauben und Gottvertrauen, und je unsicherer sich die Zukunft gestaltete, desto gewisser wurde es ihnen, dass sie in Gott und nur in ihm allein ihren festen Halt hatten.

Wohl kamen auch über sie Augenblicke, in denen der starke Mann das Mädchen fest an sein Herz drückte und traurig sagte: „Mein Liebes, wie lange werden wir noch auf ein eigenes Heim warten müssen? Wie lange wird uns Gott noch auf die Probe stellen?“

Aber unter Tränen lächelnd hob sie dann ihr Haupt mit den klaren, großen Augen zu ihm auf und tröstete ihn: „Lass uns Geduld haben, Botho. Unsere Liebe hilft uns tragen, und wir wissen es ja und glauben es fest: wenn die richtige Zeit auch für uns gekommen ist, krönt Gott unsere Liebe. Die Hauptsache bleibt, wir gehören einander!"

In leidenschaftlicher Zärtlichkeit drückte er sie dann an sich, küsste ihr goldblondes Haar, ihre Augen, ihren Mund, und beide vertieften sich in Zukunftspläne.

Nur in der letzten Zeit wollte dieses Pläneschmieden nicht mehr so recht glücken. Ein anderer Gedanke war in ihm aufgestiegen, leise, ganz leise, aber er war da. Und wenn er auch zuerst versuchte, ihn zu unterdrücken, er kam immer wieder.

War's nicht seine Ritterpflicht, in allererster Linie für die Sache des Evangeliums zu streiten, statt hier oben auf der Burg zu sitzen? Zwar war er nicht untätig, aber seinen Platz konnten andere ebenso gut ausfüllen. Gerade wenn nun auch noch die Eltern und Brüder herkamen, würde er ganz und gar überflüssig. Freilich wäre er auch ein guter Streiter des Evangeliums, wenn er erst mal Pfarrer wäre, aber da nun doch das Schwert entscheiden sollte, wer den Sieg behielt, die Protestanten oder die Katholiken, war's da nicht selbstverständlich für ihn, auch das Schwert zu ziehen und einzusetzen für seine Überzeugung?

Dieser Gedanke trieb ihn um. Oft drängte es ihn, mit der Geliebten darüber zu reden, aber er unterließ es jedesmal. Nein, erst wollte er abwarten, was die nächsten Monate bringen würden. Dann war's immer noch Zeit, mit ihr darüber zu reden und ihre Meinung zu hören.

Natürlich wusste er heute schon, dass eine Else Markendorf ihn nie davon abhalten würde, seine Pflicht zu tun, aber war es denn seine Pflicht?

Gibt es eine Gedankenübertragung bei Menschen, die innerlich so ganz eins und verbunden sind? Es muss wohl so sein, denn auch Else war in der letzten Zeit dieser Gedanke gekommen und hatte sie sehr beunruhigt. Sie wollte aber nicht zögern, ihn auszusprechen, und wartete nur auf eine Gelegenheit, um darüber ungestört mit Botho zu reden.

Nun war sie heute gekommen, schneller als sie gedacht hatte. Dennoch wurde es ihr schwer, sehr schwer, ihren Gedanken Ausdruck zu geben.

Kaum hatte sie begonnen, als Botho stillstand und sie mit erstaunten Augen ansah.

„Else, ist das möglich? Was für ein Gleichklang unserer Seelen!"

Es war eine tiefgehende Aussprache, die nun folgte. Immer fester und inniger zog der Mann die schlanke Gestalt des Mädchens an sich, die mit traurigem, aber festem Blick zu ihm aufsah.

„Niemals einer Pflicht ausweichen, Botho", sagte sie endlich. „Gott wird uns auf dem Weg der Pflichterfüllung segnen, auch wenn er uns noch so schwer erscheint. Auch Christus ist diesen Weg gegangen."

„Und so schwer wird unser Weg niemals, wie der seine war“, fügte Botho ernst hinzu, „und es bleibt auch noch dabei, Else, dass der himmlische Vater seinen Kindern nie mehr auflegt, als sie tragen können.“

„So wollen wir ihm die Angelegenheit anbefehlen, und den Weg, den er dir zeigt, den sollst du, den wollen wir gehen.“

Sie waren im Christianental angelangt. Vor ihnen lag die kleine Waldwiese. Grau drückte der Himmel auf die bräunlichen Bäume der waldbestandenen Berge, und in den Wipfeln rauschte es. Ein Schwarm Krähen flog krächzend über den Wald. In der Ferne hörte man Räderknarren, und eine Peitsche knallte.

Schweigend gingen die beiden weiter.

Als sie am kleinen Teich waren, neben dem das Forsthaus lag, blieb Botho stehen und sagte: „Ich muss noch zur Stadt hinunter, dem Rat einen Auftrag des Onkels ausrichten. Dann will ich zum Magister Fortmann. Ich möchte ihm alles sagen, was mich bewegt. Meinen Plan, Pfarrer zu werden, und auch die gegenwärtigen Gedanken.“

„Tu das! Er wird dich verstehen und dir einen guten Rat geben“, erwiderte Else, ihm lange die Hand drückend.

Sie sah ihm nach, bis seine Gestalt bei der Biegung des Weges verschwand, und ging nachdenklich nach Hause.

In der geöffneten Tür kam ihr Andrea entgegen. „Gott sei Dank, Else, dass du da bist! Ich habe schon lang nach dir Ausschau gehalten. Schlechte Nachrichten bringe ich mit heim von Gisela Fortmann, wo ich war. Ich bin nur froh, dass der Vater und die Brüder nicht daheim sind."

„Was ist geschehen?", forschte Else und sah bestürzt in ihr blasses Gesicht im Dämmerschein. „Komm herein und erzähle. Sind neue Feinde im Anmarsch?"

„Nein, nein, das müssten ja die Männer zuallererst wissen." Sie traten ins Wohnzimmer ein und Andrea zog die Tür hinter sich zu. „Es geht uns an: Gesche von Frankenrode ist wahrhaftig verheiratet, und das schon sechs Monate. Was wird Konrad sagen? Du weißt, wie er sich verändert hat, seit sie weggegangen ist."

Erschrocken zog Else sie auf die Fensterbank. „Gisela hat dir das gesagt? Aber kann sie nicht falsch unterrichtet sein, Andrea?"

„Das dachte ich auch, deshalb ging ich sogleich zu Frau von Frankenrode, die mir die Geschichte bestätigte. Sie machte viel Worte dazu von der ach so guten Versorgung ihrer Tochter in dieser trüben Zeit, dass sie dort auch sicher aufgehoben sei im Holsteinischen, dass sie den Herrn Vetter gar so sehr liebe und dergleichen mehr."

Andrea zögerte ein wenig, sprach dann aber schnell weiter: „Katholisch ist sie auch geworden, sagte die Mutter. Sie war schon immer dem alten Glauben verhaftet ..."

„Das Letztere wird unseren Bruder hoffentlich klar

sehen lassen, dass Gesche nicht zu ihm passte", sagte Else ein wenig beruhigter.

„Meinst du?", entgegnete die Schwester kopfschüttelnd. „Wie ich Konrad kenne, hat das keine Bedeutung für ihn."

„Dann müssen wir erst recht für ihn beten", rief Else, aufs Neue erregt, „damit Gott ihm helfen kann."

„Beten?", fragte Andrea mit seltsam klingender Stimme dazwischen, stand auf und trat zum Fenster.

Es war fast ganz dunkel geworden: Aus den tiefen Ecken des Gemaches krochen dunkle Schatten. Else lief ein Schauer über den Rücken und ihr wurde beklommen zumute. Nahte ihnen ein Unheil?

Rasch trat sie neben die Schwester. „Ja, beten, Andrea, es ist das Einzige, was in allen Dingen hilft."

„Dir vielleicht. Mir aber nicht und Konrad auch nicht", kam es über Andreas Lippen. „Wie habe ich um mein Glück gebetet, und, und ...", sie brach ab.

„Oh Andrea", rief Else schmerzlich, „wenn ich auch so reden wollte! Wir können doch unseren Glauben nicht einfach so zur Seite schieben."

„Du?", fuhr Andrea herum. „Du kannst nicht mitreden! Hätte ich das, was du hast, ich wollte kein Wort sagen. Gesche hat die Heiligen angerufen, da kam das Glück zu ihr. Sie riet mir immer, es auch zu tun. Vielleicht ..."

„Halt ein, Andrea! Wenn Henricius das wüsste, würde er nie um deine Hand anhalten. Du könntest ihm keine gute Pfarrfrau sein!" Elses Worte waren aus tiefem Schmerz heraus emporgestiegen. Da klammerte sich das Mädchen auch schon an sie und brach in heftiges Schluchzen aus.

„Else, Else! Du weißt nicht, wie ich leide unter der Trennung und der Ungewissheit. Vergiss meine Worte! Sie waren unbedacht. Nie und nimmer würde ich so etwas tun! Henricius soll in mir eine treue Gefährtin haben."

Fassungslos weinend barg sie den Kopf an der Schulter der Schwester.

Else stand ratlos diesem Gefühlsausbruch gegenüber. Sie hatte ein so ganz anderes Naturell, ebenfalls voll tiefster Empfindung, aber mit einem so festen Gottvertrauen, dass sie in allem, was ihr bis jetzt begegnet war, zuerst nach Gottes Rat suchte. Freilich war über sie auch noch nie ein schwerer Sturm hereingebrochen.

Andreas Schmerz ging ihr nach. Zärtlich drückte sie die Schwester an sich, strich ihr immer wieder beruhigend übers Haar und flüsterte leise: „Mein armes, liebes Kind!"

Allmählich beruhigte sich das Mädchen. Andrea drückte Else und bat noch einmal: „Vergiss meine törichten Worte!"

Da fiel die Tür draußen ins Schloss. Der Vater kam mit Konrad heim. Seit langer Zeit hörten die Schwestern den Bruder wieder einmal lachen. Sie fassten sich unwillkürlich bei der Hand, aber dann entzündete Else rasch die Lampe.

Sie brannte eben, als der Vater hereinkam. „Im Dunkeln?“, scherzte er, und Konrad fügte lächelnd hinzu: „Noch sind keine Feinde da, vor denen man sich hüten muss, und wenn, wir wüssten euch zu schützen.“

„Ja, mein Bruder, wir vertrauen auch gern euren starken Armen“, sagte Else und legte ihm liebevoll die Hand auf den Arm.

Er wandte sich Andrea zu und Else ging, um nach der Abendmahlzeit zu sehen. Bald saßen sie um den gedeckten Tisch beieinander, und gerade als der Vater das Tischgebet gesprochen hatte, kam auch Rüdiger herein. Man sprach von den Vorbereitungen zum Empfang der Weimarschen, falls sie kämen, und dass man besser beraten sei, wenn man solche „Freunde“ miede, redete dann davon, dass am nächsten Tag wieder einiges aus dem Haus zum Hundsrück gebracht werden sollte. Hin und her ging das lebhafte Gespräch.

Plötzlich wandte sich der Vater an Andrea und sagte traurig: „Hab’ heute so allerlei gehört über deine ehemalige Freundin Gesche von Frankerode, mein Mädchen. Und ich bin gar nicht mal so traurig darüber, dass sie auf und davon ist und Wernigerode den Rücken gewandt hat. Das war kein richtiger Umgang für dich. Ihre Mutter will hinter ihr her, der Vater aber weigert sich. Er will bei den Leuten des Grafen bleiben. Das gefällt mir an dem Mann. Wie ich hörte, will seine Hausfrau trotzdem fort und trotz aller Gefahr und Unsicherheit die Reise antreten.“

Erst erschreckt, dann erstaunt hatte Andrea den Vater angeblickt. „Eure Neuigkeiten sind mir neu, Vater. Ich wusste bis jetzt nichts davon."

„So, dann weißt du auch nicht, weshalb sie zu ihrer Tochter will? Gesche ist verheiratet seit sechs Monaten und erwartet nun ein Kind. Da will die Mutter ihr beistehen."

„Ich habe erst heute Nachmittag von ihrer Hochzeit gehört", brachte Andrea mühsam heraus und wagte kaum aufzublicken aus Furcht vor dem, was Konrad empfinden müsse.

Angstvoll hatte Else den Bruder bei den Worten des Vaters angesehen. Sie konnte nicht weiteressen vor innerer Erregung. Sein Gesicht war aschfahl, und unheimlich glühten seine Augen.

Jetzt schlug er ein höhnisches Lachen an. „Na, das ist ja mal eine schöne Geschichte, Herr Vater! Die hübsche Gesche hat verstanden, sich einen passenden Mann zu angeln. Ist eure Quelle sicher?"

„Meister Broling erzählte mir's", entgegnete Hannes Markendorf, dem plötzlich bewusst wurde, wie sehr diese Sache Konrad berühren musste. Als Andrea sah, dass doch nichts mehr zu verbergen war, fügte sie schnell hinzu: „Ich weiß es von Frau von Frankerode selbst."

Da stieß Konrad den halbleer gegessenen Teller so hastig von sich, dass er gegen einen Becher voller Bier polterte, der dahinter stand, und einen breiten Strom über den Tisch schickte. Sein Stuhl flog krachend hinter ihm zu Boden. Die Stubentür knallte, dann die Haustür, und draußen verhallte sein harter Schritt.

Die Zurückbleibenden sahen sich an, keiner sprach ein Wort.

Endlich brach der Vater das Schweigen. „Hab' nicht geglaubt, dass das Mädel ihm so tief im Kopf steckte. Es ist hart für ihn und er tut mir Leid, auch wenn sie nicht zu ihm passte und es gut so ist, wie es kam. Hätt' ich's gewusst, ich hätte nichts gesagt. Aber erfahren hätt' er's doch."

„Dann aber hätte ich's ihm heute Abend gesagt, Vater", sagte Andrea leise.

Mit besonderem Ernst betete der Vater beim Abendsegen für seinen Sohn. Es war ihnen allen, als wollte sich eine dunkle Wolke über ihnen zusammenziehen.

Und wenn sie sich entladen sollte und nur noch schwerere Wolken nach sich ziehen würde – würde ihr Glaube auch dann standhalten, das Gottvertrauen nicht wanken?

Lange nach Mitternacht hörte Else den Bruder heimkommen. Sie hatte in wachsender Sorge auf ihn gewartet, nun trat sie ihm entgegen. Vorsichtig schützte sie das Licht mit der Hand gegen den Zug. Ein unsicherer Schein fiel über ihre blassen Züge, die klaren Augen blickten Konrad mit Liebe und Besorgnis an.

„Ich habe auf dich gewartet. Komm, hier ist noch etwas Warmes zu trinken", sagte sie.

Ohne ein Wort zu erwidern, folgte er ihr ins Wohnzimmer. Wie elend er sich innerlich fühlte, konnte er nicht sagen, und daneben beherrschte ihn unbändige

Wut. Elses Liebe war wie eine milde Hand, die sich auf seine Seele legen wollte und ihm für einen Augenblick wenigstens gut tat.

Schweigend trank er das warme Bier, das sie ihm bot, und aß ein paar Bissen. Dann wandte er sich wieder zur Tür.

Aber sie trat ihm in den Weg. Beide Hände legte sie auf seine Schultern und sah ihn an. Der flackernde Lichtschein ließ da und dort eine Spitze ihres Haares golden aufleuchten. Ihr Blick senkte sich tief in den seinen, aus dem lieblichen Gesicht sprach ihre Seele voll Liebe und Trauer.

„Konrad, mein Bruder, lass mich dir tragen helfen! Du wirst überwinden als starker Mann, und ich will immer für dich beten, immer, Konrad, immer!"

Eine höhnische Antwort wollte sich über seine Lippen drängen, aber Elses Liebe bezwang ihn. Ja, hier war ein wahrhaft treues Herz, und nicht nur hier, auch bei den andern fand er es. Und er wollte ...

Da stand das Bild des Mädchens, das ihn betrogen hatte, wieder vor ihm. Ihre letzten Worte klangen in seinen Ohren: „Wenn ich auch länger verreise, Konrad, ich denke euer stets in Treue." Heiß wallte es in ihm auf. Er drückte einen flüchtigen Kuss auf Elses Haar, murmelte irgendetwas und ging rasch nach oben.

Aber der Blick der Schwester und ihre Worte sollten ihn nicht mehr loslassen – ihm immer wieder in späteren Jahren im Herzen klingen.

* * *

Nun waren sie da, die unliebsamen Gäste.

Bis zum letzten Augenblick hatten der Rat und die Bürger gehofft, sie würden nicht kommen, aber vergeblich. Sie hielten, Einlass begehrend, vor dem Rinkertor, und der Torwächter zögerte nicht, Folge zu leisten. Etwa dreihundert Mann und noch mehr schoben, drängten und stießen sich durchs Tor hindurch. Dem Torwächter und denen, die es sahen, sackte das Herz in die Hose. Bald hatte fast jedes Haus Einquartierung, und die Truppen machten es nicht anders, als sie es früher gemacht hatten. Sie betrachteten das Eigentum der Bürger als das ihre und taten danach. Bald schmorten und brodelten in den Töpfen Hühner, Tauben und anderes. In den Schenken standen sie zuhauf und riefen nach Bier. Ja, ja, Gastfreundschaft gegen solche „Freunde" zu üben war in Wahrheit ein Zu-Kreuze-Kriechen!

Die Offiziere hatten sich die Häuser der Ratsherren und Geistlichen zur Unterkunft ausgesucht. Mit Seufzen mussten die Hausfrauen ihnen die besten Zimmer einräumen und an Vorräten hergeben, was möglich war. Die Töchter und jungen Mädchen durften sich nirgends sehen lassen, auch die jungen Frauen hielten sich soweit wie möglich verborgen. Wüstes Geschrei aus den Schenken, johlende Lieder und Lärm tönten am Abend durch die sonst so stille Stadt.

Auch in Röschenrode hatten diese „befreundeten

Truppen“ sich in der gräflichen Schenke an der Langenstraße eingefunden, sonst aber nur etliche Hühner für sich und Heu für ihre Pferde von den Einwohnern geholt. Sie zogen es vor, in der Stadt Quartier zu haben. Hier draußen war es ihnen zu einsam.

Im Forsthaus hatte man die Fensterläden fest geschlossen und die Fenster von innen noch verhängt, damit kein Lichtschein herausfiel. Sie saßen alle im Esszimmer beieinander, nur Konrad fehlte.

Fragend blickten sich der Vater und Rüdiger an, aber keiner sagte etwas.

Auch Gisela war bei ihnen. Mit Recht hielt Magister Fortmann seine Tochter hier draußen im Forsthaus für sicherer als in der Stadt. Rüdiger war es nur recht so. Er saß neben seiner Braut, aber ihre Mienen zeigten den Eindruck der Sorgen, die sie umtrieben. Das reizende Schelmenlächeln, das das frische Gesicht des Mädchens sonst so anziehend machte, fand sich lange nicht mehr so oft wie früher auf ihren Lippen.

„Es wird wiederkommen, wenn du erst mein geliebtes Weib bist“, sagte Rüdiger öfter. „Oh Gisela, was wird das für ein Glück hier im Forsthaus werden! Und weißt du, was unser gnädiger Herr mir neulich sagte? Er wollte mir auf dem Büchenberg ein kleines Haus bauen lassen neben dem Zechenhaus. Er meinte, ich könne dann den Vater noch besser in der Arbeit unterstützen als jetzt, wo der Forst doch so ausgedehnt sei. Gisela, ob's dann wohl zwei glücklichere Menschen gibt als uns beide?“

Else und Andrea saßen mit Wäscheausbessern beschäftigt am Tisch. Martha, die Magd, stopfte Strümpfe. Der Vater schnitzte an dem Griff für einen kleinen Dolch. Rüdiger saß neben seiner Braut, die ihren zukünftigen Schwägerinnen half, und reichte den Mädchen Nähfäden, Knöpfe und dergleichen zu.

Es war ein Bild tiefen häuslichen Friedens. Nur Else schaute hin und wieder auf und blickte in die dunklen Ecken des vertrauten Raumes hinüber. Wuchsen nicht wieder diese unheimlichen Schatten empor, größer und schwerer als die letzten? Vor dem Kamin lag Juno, die braune Jagdhündin des Vaters, und träumte. Die flackernde Flamme der Wurzelknorren beleuchtete ihr glänzendes, schönes Fell. Plötzlich spitzte sie die Ohren, jetzt knurrte sie leise.

„Ruhig, Juno“, gebot der Vater rasch, aber sie horchten alle auf.

„Es ist nichts, der Wind heult“, sagte Gisela und sie sprachen weiter über die frohe Nachricht, die sie heute Abend mit ins Forsthaus gebracht hatte.

Ihr Bruder Johannes hatte in Halle das Examen als Doktor der Heilkunde bestanden. Die Nachricht war heute Morgen gekommen. Nun hofften die Eltern, er werde in nicht allzu langer Zeit nach Wernigerode kommen und dem einen der beiden Schwiegersöhne, die beide Stadtärzte waren, zur Hand gehen. Diese beiden waren Brüder, Tobias und Jakobus Haberstroh, und hatten Magister Fortmanns älteste Töchter, Barbara und Anna-Katharina, geheiratet.

Und zu diesen Neuigkeiten von Johannes, die sie heute alle hoch erfreut hatte, war noch eine große Freude gekommen. Am Nachmittag, etwa eine Stunde vor Ankunft der Truppen, war bei Anna-Katharina ein Töchterlein zu den beiden Söhnen geboren worden. Die Markendorfs nahmen großen Anteil an diesen Nachrichten. Rüdiger, Andrea und Vater Markendorf seien als Paten vorgesehen, berichtete Gisela, und gerne sagten diese zu.

„So dringt in all das Trübe unserer Zeit immer wieder ein Lichtstrahl von unserem freundlichen himmlischen Vater", sagte der Förster dankbar.

Da klopfte es ganz vorsichtig und leise an den Fensterladen.

Alle horchten erschreckt auf. Rüdiger gebot dem Hund Ruhe, der bellen wollte. Der Vater trat ans Fenster und lauschte.

„Botschaft vom Schloss", hörte er vorsichtig flüstern.

„Ich komme", gab er zurück und verständigte Rüdiger, der schnell die Tür öffnete.

Graf Bothos Leibdiener trat ein.

„Was gibt's, Wilhelm?", fragten Markendorf und Rüdiger zugleich.

„Mein Herr lässt euch, Herr Rüdiger, fragen, ob ihr bereit wärt, für ihn zur Tag- oder Nachtzeit einen Ritt nach Halberstadt zu machen. Es kann auch sein, dass ihr den Weg zu Fuß unternehmen müsst."

„Sofort, wenn er will, ich bin bereit", gab Rüdiger rasch Antwort.

Und der Mann sprach weiter: „Herzog Wilhelm, der selbst die Truppen befehligt, kam heute um fünf Uhr mit seinen obersten Offizieren, etwa zwanzig an der Zahl, aufs Schloss gesprengt. Er begrüßte unsere Herren Grafen freundlich, hat sich aber dann benommen, als sei er der Besitzer des Schlosses und nicht der Gast. Die Offiziere ebenso. Es ging dann drunter und drüber. Durch alle Gemächer sind sie gepoltert und haben sich die besten zum Wohnen ausgesucht. Mit ihren großen Stiefeln und Sporen liegen sie auf den Sofas und Ruhebetten herum und benehmen sich so, dass unsere gnädigste Frau sich vor Angst und Aufregung in ihr Schlafzimmer eingeschlossen hat. Unser Graf Wolfgang steht dem Treiben machtlos gegenüber, nur Graf Botho tritt dem Herzog kühn entgegen. So fragte er ihn gerade vorhin, als ich mich zum Zimmer hinausdrückte, seit wann es Sitte in deutschen Landen sei, dass die Fürsten und Herren, die als Gast zu ihresgleichen kämen, sich dort wie die Eigentümer aufspielten. Die Antwort hörte ich nicht mehr. Sie muss aber wohl so gewesen sein, dass mein gnädiger Herr mir daraufhin das sagte, was ich euch jetzt ausrichte.

Hört, Herr Rüdiger. Wenn der Herzog sein Verhalten nicht ändert und in der Stadt seine Leute so hausen, wie anzunehmen ist, dann soll ihm mit Gewalt ein richtiges Benehmen beigebracht werden. Dann soll der Herzog Christian von Braunschweig aus Halberstadt mit seinen Leuten zu Hilfe kommen, und wir alle von oben und aus der Stadt dazu. Ich glaub', dann lernt er's! Doch nur einer von uns könnte als Bote gesandt werden. Vom Schloss aber kann niemand so lange weg, wie nötig wäre, um nach Halberstadt und zurück zu gelangen. Uns haben die Offiziere alle in ihren Dienst genommen. Wenn einer länger fehlt, steht zu befürchten, dass der Herzog Lunte riecht! Da kam mein gnädiger Herr auf euch. Er lässt euch sagen, sobald er euch vom Schloss ein leeres Stück Papier schickt, sollt ihr nach Halberstadt eilen und Hilfe holen."

Rüdigers Augen funkelten.

„Sagt eurem Herrn, ich hielte mich von jetzt an daheim auf und ginge keinen Schritt zur Tür hinaus, bis der Herzog im Guten fort ist oder die Botschaft von eurem Herrn kommt. Dann bin ich schon fünf Minuten später auf dem Weg und bringe die Hilfe gleich mit. Wird sie aber der Bischof auch gewähren?"

Wilhelm nickte. „Ich selbst ritt vor einigen Tagen mit einem Brief vom Herrn Grafen Botho zu ihm. Da er gelesen, sagte er nur mit blitzenden Augen: ‚Bestellt eurem Herrn, wenn sie kämen und er brauchte meine Hilfe, dann käme ich gleich.'

Mein Herr lachte laut, als ich ihm das meldete, und ich musste auch lachen. Der ‚Dulle' ist also vorbereitet und erwartet Nachricht."

„Dann ist alles gut", sagte Vater Markendorf, „bestellt auch noch von mir, dass, wenn mein Sohn doch mal zum Rat müsste und die Botschaft derweilen käme, ich selbst den Weg machen würde."

Wilhelm stand auf. „Mein gnädiger Herr weiß, auf wen er sich verlassen kann“, sagte er und schüttelte den Männern die Hand. „Ich habe mich wie ein Dieb aus dem Schloss und hierher geschlichen. Nun muss ich zusehen, dass ich unbemerkt wieder hineinkomme. Der Torwächter passt gut auf, auf den kann ich mich verlassen. Wir werden unseren Freunden schon eine Nase drehen.“ Er lachte, sagte gute Nacht und verschwand in der Dunkelheit.

„Dort oben muss es bös ausschauen“, sagte der Vater kopfschüttelnd, „und wenn schon die Freunde so sind, da bewahre uns unser Herrgott vor den Feinden. Doch nun wollen wir zur Ruhe gehen.“

Ja, es sah in der Tat bös auf dem Schloss aus, und der Leibdiener des Grafen hatte nicht zu viel erzählt, im Gegenteil. Aber das war heute erst der Anfang.

Erleichtert atmeten die Schlossbewohner auf, als sich zu später Nachtstunde endlich Ruhe einstellte und die Gäste schliefen. Aber wie sah der schöne Speisesaal aus, als Graf Wolfgang mit seinem Neffen noch einen Gang durch die verschiedenen Gemächer machte. Halbaufgegessene Hühner, Teile von Rind- und Kalbsbraten, Brotreste, umgestürzte und ausgegossene Weingläser und Bierkrüge ...

Der alte Graf schüttelte ärgerlich den Kopf und rief händeringend: „Botho, wie lange soll das gehen?“

„Lasst, Onkel“, redete der ihm zu, „vielleicht besinnt sich der Herzog und ist morgen vernünftiger.

Jedenfalls wisst ihr, dass wir Hilfe haben können, wenn's zu arg wird, und der Rat ist auch verständigt."

„Durch wen?", fragte der Graf.

„Durch meinen Diener, er ist jetzt eben hinunter. Nicht leicht für ihn, aber er wird sich durchschlagen."

„Und das sollen Freunde sein? Dass Gott erbarm!", seufzte der alte Herr. „Der Allmächtige bewahre uns in Gnaden vor den Feinden."

„Ich fürchte, Onkel, auch die werden kommen. Ihr wisst, wie die böhmischen Vertriebenen Anstrengungen von Holland und England aus machen, König Christian IV. von Dänemark für ihre Sache zu gewinnen, und Bischof Christian hilft ihnen dabei. Dann hätten wir hier nichts Gutes zu erwarten."

Sorgenvoll ging der Graf in sein Schlafgemach, Botho aber blieb noch auf und wartete auf Wilhelm.

Endlich kam dieser. „Unten ist's wie hier", berichtete er, „aber der Rat ist bereit, und noch jetzt in der Nacht oder gleich morgen werden die wehrhaften Bürger benachrichtigt. Der Wächter auf dem Westerntor hat besonderen Befehl erhalten, auf die rote Fahne hier oben Acht zu haben; sobald sie erscheint, werden die Bürger zusammenkommen. Sie sind sehr froh über eure Botschaft, gnädiger Herr."

Am nächsten Tag wurde es im Schloss noch schlimmer statt besser, wie Botho tröstend gehofft hatte.

Schon am frühen Morgen ging das Kochen, Braten und Backen wieder an. Die Offiziere taten sich am

Weinkeller gütlich, und die Diener konnten nicht genug Humpen heraufholen.

Herzog Wilhelm aber machte sich daran, die Schränke und Kasten von innen zu untersuchen. Bald sahen die einzelnen Zimmer wie Trödlerbuden aus, so warf er alles herum, und kein Einspruch des Grafen Wolfgang half.

Zornsprühend kam Botho plötzlich gegen Nachmittag herein: „Herr Herzog, ich muss euch nachdrücklich ermahnen, eure Leute in Zaum zu halten. Eben rettete ich gerade noch im letzten Augenblick eine junge Magd aus der Gewalt zweier Kriegsknechte aus eurem Haufen."

Achselzuckend lachte der Herzog: „Über so etwas regt ihr euch auf, Graf Botho? Wozu sind die jungen Weiber denn sonst da? Lasst doch den Leuten ihr Vergnügen. Um so was kann ich mich nicht auch noch kümmern."

„Und das sagt ihr, ein evangelischer Fürst, und schämt euch nicht?", brauste Botho auf. „Unsere gute und gerechte Sache wird entehrt, und wir laden den Zorn Gottes auf uns, wenn wir als Herren den Leuten nicht mit allem Ernst Zucht und Sitte beibringen und darauf achten, ihnen auch selbst mit gutem Beispiel voranzugehen und sie zu strafen, wenn wir sie bei solchen Untaten ertappen."

Dröhnend lachte der Herzog auf und sofort stimmten etliche seiner Offiziere mit ein, die im Zimmer waren. Dabei stieß er einen Schrank auf, dass die Tür krachend splitterte, in dem Graf Wolfgang Georg, wie Botho wusste, Briefe und dergleichen verwahrte.

„Halt, Herzog Wilhelm“, rief der alte Herr schier außer sich, „ihr werdet euch nicht an Briefen vergreifen, die für euch wertlos, mir aber teure Andenken sind!“

„Und warum nicht?“, lachte er spottend.

„Weil wir's nicht wollen, dass ihr unser Eigentum berührt!“, rief Botho zornig. „Weil wir hier die Herren sind, nicht ihr!“

Unbemerkt war Wilhelm mit einigen Weinkrügen eingetreten. Er stellte sie sehr langsam hin. Niemand achtete auf ihn.

„Da, du junger Kerl“, rief der Herzog, der nun auch in Wut geriet, in Bothos Worte hinein, „hier ist meine Antwort!“

Ein Paket Briefe flog ihm mit solcher Wucht ins Gesicht, dass er zurückwich und dabei Wilhelm zu sehen bekam.

„Und hier“, schrie der Herzog, ein zweites Paket zerreißend und mit den Füßen zertretend, „und hier!“ Dem alten Grafen flogen eine Anzahl Akten um den Kopf, vom Hohngelächter der Offiziere begleitet.

„Ich bin hier der Herr, dass ihr's wisst, und ich werde tun, was mir beliebt und nun erst recht euer Felsennest hier untersuchen!“, dröhnte des Herzogs Stimme.

„Und ihr, meine Offiziere, sagt den Leuten drunten, sie dürften sich aus den Kaufläden mitnehmen, was ihnen gefällt, und der Rat soll bis morgen früh hundert Taler aufbringen, sonst setzen wir den roten Hahn aufs Rathaus. Tod und Teufel, ich werd' euch lehren, mir Sitten beibringen zu wollen!"

Jetzt sah er ebenfalls Wilhelm. „Hinaus!", brüllte er ihn an.

„Ja, fort, aber sogleich!", rief auch Botho befehlend.

Wilhelm verschwand, griff jedoch rasch nach einem Brief, der bis zu ihm geflogen war und eine leere halbe Seite zeigte.

Botho wusste, sein Getreuer hatte ihn verstanden!

Der Herzog aber warf sich in einen Sessel und lachte wieder schallend. „Ihr wollt von mir Respekt, Gräflein, und habt ihn nicht mal bei euren Dienern! Der Mann belustigt sich nun mit dem Liebesbrief irgendeiner vermoderten Gräfin. Er soll heute Abend einen Krug extra von mir haben. Und nun weiter", er sprang auf, „eure Schränke machen mir Freude, Graf Wolfgang, und ihr öffnet mir auch die Gewölbe."

Schweigend war Graf Botho hinausgegangen. Ein Küchenjunge sauste in langen Sätzen den Schlossberg hinab zum Forsthaus hin.

Eine halbe Stunde später wanderte ein junger Bauer quer durch den Wald auf geheimen Wegen Silstedt zu, um die Straße nach Halberstadt zu erreichen.

Gegen Mitternacht wurde es im bischöflichen Palast zu Halberstadt unruhig. Der Herzog Christian, Bischof von Halberstadt, hatte mit höchstem Unwillen vernommen, dass ihn ein Bauer aus Wernigerode unbedingt selber sprechen wollte. Nun stand dieser an seinem Bett und hatte die Bitte um Hilfe vorgebracht.

Da lachte der „Dulle Bischof" – so hieß er allgemein und hörte es selber nicht ungern – laut auf und rief: „Daher also die Störung meines schönen Schlummers! Dir sei vergeben, Bäuerlein, es ist gut, dass du dich nicht hast abweisen lassen. Geh jetzt, man soll dir Brot und Wein bringen. Deine vier Stunden bist du sicher gewandert, was? Und wie ist's, willst du morgen früh mit uns zurückkehren? Kannst du überhaupt reiten?"

Nun musste Rüdiger lachen. „Und ob, Ehrwürden!"

„So! Bist am Ende kein Bauer?"

„Nein, ganz und gar nicht."

„Und heißt?"

„Rüdiger Markendorf."

„Hallo, den Namen kenn' ich von Botho! Seid also doppelt willkommen und wartet auf mich im Nebengemach. Ich leer' gern meinen Becher mit euch."

Bald war's lebendig im Palast, und Boten eilten nach allen Seiten.

„Der Dulle Bischof wird mal ein Wörtlein mit seinem alten Freund, dem Herzog, reden, dass ihm die Ohren gellen sollen", lachte dieser händereibend, als er zu Rüdiger hereinkam.

* * *

Am selben Abend saß in der zehnten Stunde in einer Schenke am Westerntor ein starkknochiger, finster dreinschauender Mann einem Feldwebel der Weimarschen gegenüber beim Humpen Bier. Er trug zwar schlichte Bürgerkleidung, doch unheimlich glühten seine dunklen Augen. Des öfteren fuhr er sich mit der Hand in die Halskrause, als sei sie zu eng.

„Ist also abgemacht. Weißt du schon, wann ihr fortzieht?"

„Es kann jede Stunde Befehl kommen, halt dich also tagsüber in meiner Nähe."

Der andere erwiderte nichts. Er stürzte nur seinen Humpen auf einen Zug hinunter.

„Echte Landsknechtart", lachte sein Genosse und tat es ihm gleich.

* * *

Am frühen Morgen erblickten die Bürger der Stadt oben am Schloss ein kleines rotes Fähnlein. Das wirkte, als ob ein Stock in einen Ameisenhaufen gestoßen wurde.

Schon am frühen Vormittag standen sie in Haufen da und dort beieinander, unter ihren Mänteln gerüstet. Sie warteten nur auf den Augenblick, da die Halberstädter erscheinen würden.

Um zehn Uhr kamen sie herangesprengt, wohl an die vierhundert schwerbewaffnete Reiter. Laut blies der Wächter vom Rinkertor ein begeistertes Willkommen. Mit erstaunten Blicken sahen die Weimarschen zu, wie die Halberstädter draußen vor dem weitgeöffneten Tor hielten und ein stattlicher Trupp, etwa siebzig Mann stark, zum Schloss abbog und den Weg hinaufritt.

Als sie aber auch sahen, dass die Bürger ihre Mäntel abwarfen und gerüstet waren, kam ihnen allmählich der Gedanke, das könne ihnen gelten, und es wurde ihnen schwül dabei, denn sie sahen sich einer dreifachen Übermacht gegenüber.

Inzwischen war der Bischof mit zwanzig Offizieren und fünfzig Landsknechten im Schlosshof eingeritten, froh begrüßt von allen. Kaum war er vom Ross gesprungen, da kamen ihm auch schon die beiden Grafen entgegen.

„Willkommen“, rief Graf Wolfgang Georg, „ihr seid wahrlich Hilfe in der Not, Herr Vetter!“

Der Bischof lachte, aber ihm verging das Lachen, als Graf Botho ihm in kurzen Worten vom Unwesen berichtete, das der Herzog im Schloss getrieben hatte.

„Warte, Brüderchen, dir wollen wir das Handwerk legen!“, rief er grimmig mit einem recht ungeistlichen Fluch. „Wo ist er denn, der gute Freund!“

Botho schritt ihm voran, einige Offiziere folgten.

Die Mannschaft war unten im Hof von den Pferden gestiegen und stand bereit, auf den Wink ihres Herrn loszuschlagen.

Wilhelm öffnete mit tiefer Verbeugung die Tür zu dem Wohngemach, aus dem dem Bischof schauerlicher Lärm und Gesang entgegentönte.

Herzog Wilhelm und seine Offiziere saßen oder lagen auf den Sesseln und Ruhepolstern herum, auf Tisch und Teppich standen leere und volle Weinkrüge. Das sonst so schöne Zimmer bot einen wüsten Anblick. Sämtliche Herren hatten Pokale und Humpen vor sich, und auf dem Fußboden lagen überall zertretene und zerrissene Briefe.

„Da komme ich wohl zur rechten Zeit!“, rief Herzog Christian finster, während die Herren erstaunt und verblüfft aufsprangen, als sie ihn so völlig unvermutet eintreten sahen.

„Ei, ei, hochwillkommen, Herr Bischof, guter Freund“, rief Herzog Wilhelm mit schwerer Zunge, „ihr kommt grad recht zum Mittun. Prost, Herr Bruder“, und er goss seinen Wein in langem Zuge hinunter.

„Zum Mittun? Glaubt ihr, ich sei ein Saufkopf wie ihr und die euren? Schämt euch, Herzog Wilhelm! Ihr habt euch hier nicht wie ein ‚Freund‘ benommen, im Gegenteil. Ihr habt euren Namen befleckt mit eurem Auftreten hier, habt unserer Sache Schande gemacht!“ Zornbebend klang des Bischofs Stimme. Mit einem Schlag waren die trunkenen Herren ernüchtert.

„Hoho, Bischof Christian, so denkt ihr? Nun, dann wollen wir mal sehen.“ Kirschrot wurde Herzog Wilhelms Gesicht, aber er kam nicht weiter.

„Was der Dulle Bischof von euch will, meint ihr, nicht wahr?“

Er pflanzte seine mächtige Gestalt mit den schweren Reiterstiefeln, die seine Beine bis an den Leib bedeckten, vor dem Herzog auf, stieß sein Schwert zur Erde, dass es klirrte, und sprach felsenfest: „Ich will's euch sagen, Herzog Wilhelm, das ist bequemer für euch. In einer Stunde seid ihr mit diesen Herren hier oben und euren Leuten unten aus dem Ort auf und davon, oder" – seine Stimme klang wie Donnergrollen – „meine Leute, die unten im Hof stehen und meine vierhundert Halberstädter Reiter drunten vor dem Tor weisen euch und euren Leuten den Weg. Habt ihr begriffen? Solche ‚Freunde' können wir hier gut entbehren."

Der Herzog rang nach Luft vor Wut, aber ein Blick auf den Hof belehrte ihn, dass der Bischof nicht zum Scherzen aufgelegt war.

So gab er, ohne dem Bischof oder Graf Wolfgang ein Wort zu entgegnen, Befehl zum Aufbruch. Nur dem Grafen Botho raunte er wutbebend zu: „Ich tränk' dir's ein, du Spitzbube!"

Eine Stunde später zogen die bösen Gäste tatsächlich durchs Westerntor ab. Nicht ohne dass Herzog Wilhelm vorher noch die hundert Taler in Sicherheit gebracht hatte, die der Rat am Morgen zu ihm aufs Schloss gesandt hatte, doch ohne dass seine Leute mitnahmen, was sie konnten.

Als sie hinausritten, zogen durchs Rinkertor die Halberstädter ein, und der Rat ließ es sich nicht nehmen, sie mit Bier und Brot zu bewirten. Zugleich wurde ein Dank- und Bittgottesdienst für den Nachmittag um sechs Uhr in St. Sylvestri öffentlich angesagt.

Oben auf dem Schloss aber hatte die Herrin des Hauses dankbar die neuen Gäste begrüßt und sie in ihre Gemächer geführt, die wenigstens unberührt geblieben waren. Rasch ging die Dienerschaft daran, die anderen Räume zu säubern und wenigstens das Speisezimmer herzurichten, und unten in der Küche wurde mit viel Freude ein schönes Mittagsmahl hergestellt. Man gönnte es dem Dullen Bischof tausendmal mehr als dem Herzog Wilhelm.

„Einer aber müsste von Rechts wegen beim Festmahl mit dabei sein, Botho“, sagte der Bischof zu diesem, als er mit ihm und Graf Wolfgang zusammen die Gewölbe besichtigte, die der Herzog hatte öffnen lassen, „das ist der junge Bauer, der mich diese Nacht herausklopfte.“

Er lachte herzlich und erzählte ihnen den ganzen Hergang.

„Solche Leute sind wertvoller als Edelsteine“, schloss er sehr ernst werdend, „und es würde mich freuen, wenn ich wüsste, dass ihm der Heimritt gut bekommen ist.“

„Er ist mir ein lieber Freund, den ich hoch schätze“, erwiderte Botho schnell. „Ich werde ihn holen lassen.“

Beim fröhlichen Mahl saß man beieinander, und erst in der vierten Nachmittagsstunde ritt der Bischof mit seinen Leuten heimwärts, nicht ohne eine starke

Schutztruppe für Burg und Stadt zurückgelassen zu haben.

Nach dem Dankgottesdienst in der überfüllten Kirche waren die Markendorfs bei Magister Fortmann zum Nachtessen geblieben. Dass Konrad fehlte, waren sie gewohnt. Man sprach nicht viel davon. Jeder wusste, Markendorf trug schwer an dem Wesen seines Ältesten.

Else und Andrea gingen mit Gisela zusammen Frau Ursula, des Magisters Frau, zur Hand, um alles herzurichten. Andrea glühte vor heimlicher Freude, hatte doch Frau Ursula ihr mehrmals freundlich über die Wange gestrichen und „mein liebes Töchterchen" genannt. Ja sogar der Herr Magister hatte es getan! Mit dankbarem Herzen saßen sie alle nach dem Essen im Wohnzimmer beieinander.

Eine frohe Stimmung lag über dem ganzen Kreise. Jetzt erst konnten sich alle über die Nachricht von Johannes freuen, und ganz besonders über die Enkelin im Haus des Herrn Jakobus Haberstroh. Für Sonntag war die Taufe angesetzt. Es sollte eine stille, schöne Familienfeier werden.

„Wenn der gnädige Herr dir bald ein neues Haus drüben auf dem Büchenberg baut, Rüdiger, dann könnte bald noch ein anderes Familienfest stattfinden", sprach der Magister frohgelaunt.

„Ach wenn, Herr Schwiegervater", seufzte Rüdiger und zog seine erglühende Braut an sich, „ich möcht' gleich morgen bauen!"

Sie lachten alle. Da trat die Magd herein und meldete den Schmiedemeister Hinrich Vroling, der durchaus Herrn Förster Markendorf sprechen müsse.

„Geht in mein Studierzimmer", sagte der Magister, und der Förster ging hinaus. Es dauerte lange, bis er wiederkam.

„Was mag da los sein?", wunderte sich der Magister und wollte eben selber hinübergehen, als Markendorf eintrat, hinter ihm Vroling.

„Um Gottes willen, Vater!", rief Else, als sie sein bleiches Gesicht sah.

„Was ist, alter Freund?", fragte der Magister bestürzt. „Was hattet ihr zu berichten, Meister Vroling?"

„Übles für ihn, Herr Magister", entgegnete dieser.

Markendorf war zum Tisch getreten und stützte sich schwer darauf. In seinem Gesicht zuckte es, aber er bezwang sich.

„Konrad ist mit den Weimarschen mit und in die Welt hinaus", sagte er dann langsam.

„Ja, er ritt heute mit ihnen. Ich glaubte meinen Augen nicht zu trauen, als ich ihn in der Schar erkannte", erzählte Hinrich Vroling. „Er rief mir vom Gaul her zu, ich möchte den Seinen ausrichten, er hätte schon immer in die weite Welt hinausgewollt, sie wüssten es ja. So wolle er nun die Gelegenheit wahrnehmen, fortzukommen. Sie sollten nicht auf seine baldige Heimkehr warten, er wüsste nicht einmal, ob er jemals wieder heimkehren wolle. Vielleicht fände er ja einen frühen Tod als Landsknecht. Er ließ allen einen Gruß sagen, dem Vater besonders, und sie sollten seiner in Liebe gedenken. Es ist mir ein schwerer Gang zum Forsthaus gewesen“, schloss der alte Mann und wischte sich mit dem Handrücken über die Augen, „man ist nie gern ein schlimmer Bote.“

Lähmendes Schweigen hatte sich zuerst über alle gelegt, nun schluchzte Andrea leise auf: „Es ist bestimmt wegen Gesche ...“

Liebevoll umarmte Gisela sie, während ihr selbst die Tränen über die Wangen rollten. Else aber trat zum Vater, legte ihm zärtlich die Hand auf den Arm und blickte ihn voller Liebe an. „Lieber Vater, nicht verzagen, nur umso treuer beten! Und wir tragen gemeinsam. Wir wollen ihn zurückbeten, unsern Konrad, nicht wahr, Vater?“

Ihre Stimme erstickte in aufsteigenden Tränen.

Auch Rüdiger war zu ihm getreten, doch er konnte nicht sprechen und es zuckte in seinem Gesicht. Andrea aber umschlang laut aufweinend den Vater.

Da ging es wie ein Aufatmen über den Mann hin. Er sah auf seine drei Kinder und umschlang sie alle drei mit seinen starken Armen.

„Ja, meine Kinder, wir tragen gemeinsam, und wir wollen unsern armen Konrad zurückbeten.“ Es glänzte verräterisch in seinem Auge.

Meister Vroling wandte sich rasch zum Fenster. Frau Ursula weinte leise, und schüchtern war Gisela zu den vier Menschen getreten.

„Lasst mich auch dazugehören, Vater“, bat sie

schluchzend, und liebevoll zog sie der Förster mit in den Kreis.

Der Magister aber war zum Tisch getreten, hatte seine Bibel aufgeschlagen und las mit seltsam rau klingender Stimme aus dem Lukas-Evangelium die Geschichte vom verlorenen Sohn.

Aus vollem Herzen brachte er dann die Trübsal, die über Markendorfs im Besonderen, aber auch über ihn und seine Familie gekommen war, dem Herrn der Welt dar, der auch auf die Landsknechte Acht hatte. Es wurde ein Gebet voller Zuversicht auf Erhörung, und als er schloss: „Jesus, du Sohn des Allmächtigen, erbarme dich seiner und unser aller, Amen", da kam ein kräftiges „Amen", von ihnen allen als Antwort darauf.

Wortlos, aber innig drückten sich die beiden Freunde die Hand, und still gingen die Markendorfs heim.

So endete der für Wernigerode, Stadt, Schloss und die einzelnen Familien so ereignisreiche 23. März Anno 1623.

* * *

Auf dem Büchenberg war ein schlichtes, aber festgefügtes Haus entstanden, umgeben von einem idyllischen Gärtchen. Munter scharrte eine stattliche Hühnerschar auf der Wiese herum, die sich an den Garten anschloss. Gravitätisch stolzierte der Hahn zwischen seinen Hennen umher, als echter Hausherr auf Ruhe und Ordnung haltend. Behaglich wiederkäuend lagen zwei Kühe im saftigen Gras. Im Stall grunzte vergnügt ein Schwein, und auf dem Dache gurrte ein Täuberich sein Täubchen an.

Hier hatte Rüdiger im Juni dieses Jahres seine junge Frau hineingeführt und seither so manchen glücklichen Tag verlebt.

Weltabgeschieden lebten sie hier mit einer fleißigen älteren Magd und einem tüchtigen Jägerburschen. Alles schien hier Friede zu atmen, selbst die graue Hauskatze schien gute Freundschaft mit Beppo, Rüdigers weiß geflecktem Hund, zu halten.

Nicht allzu oft, aber umso lieber kamen die Eltern und Geschwister herauf. Das war dann jedes Mal ein Fest hier oben, und die junge Hausfrau strahlte vor Freude, wenn das, was sie ihnen vorsetzen konnte, allen gut schmeckte. Johannes, der seit Weihnachten bei seinem Schwager Tobias Haberstroh als junger Arzt mithalf, kam allerdings öfter, ebenso Vater Markendorf.

Es war mehr als ein Jahr seit jenem 23. März vergangen. Die Zeit hatte die Haare des Försters an den Schläfen grau gefärbt, aber sein Gang war aufrecht wie immer. Nur noch selten flog das gütige, freundliche Lächeln darüber hin, das er so gern gezeigt hatte. Still lebten die drei im Forsthaus beieinander. Besonders innig und warm, ohne viele Worte darüber zu machen, war das Verhältnis zwischen Else und ihrem Vater geworden. Mit ihr besprach er alles, und oft genügte ein Wort, eine Andeutung, ja ein Blick, und sie hatte verstanden.

„Meine Else“, sagte er dann zärtlich, zog sie an sich und strich ihr übers Haar.

Manchmal dachte sie sorgenvoll daran, wie einsam er sich fühlen würde, wenn auch sie einmal fortzöge. Aber die Zeit lag vielleicht noch sehr fern. Und immer wieder legte sie mit einem stillen Seufzer ihre Zukunft in die Hände Gottes.

Auch um Andrea machte sie sich Sorgen. Ein herber Zug lag um den meist schweigsam geschlossenen Mund der Schwester. Zuweilen flammte es wild auf in ihren dunklen Augen. Dann erinnerte sich Else mit Schrecken an Konrad. Ihre frühere Heiterkeit war fast ganz verschwunden. Liebevoll strich Else ihr dann und wann übers Gesicht und sagte leise: „Habe Geduld, Andrea!“, woraufhin sich diese mit bebendem Mund abwandte.

Von Konrad hatten sie nichts erfahren, aber Else hielt beharrlich fest an dem, was sie ihm einst gesagt hatte. „Ich will immer für dich beten, Konrad.“ Ihr Vater war auch darin mit ihr eins.

Aber so friedlich das Leben im Büchenberghaus, wie das Häuschen im Verwandtenkreis hieß, und das in der Försterei im Christianental dahinging, so stürmisch war es draußen in der Welt.

Von Frieden konnte keine Rede sein, es rechnete auch niemand damit, dass er bald kommen könnte. Im Gegenteil. Der König von Dänemark, Christian IV., zeigte immer mehr Neigung, den Bitten der vertriebenen Böhmen nachzugeben und an die Spitze der protestantischen Heere zu treten. Auch England hatte bereits Hilfe durch Geldmittel und Truppen zugesagt. Inzwischen durchzogen allerlei Söldnerscharen plündernd und brandschatzend das Land, und auch Wernigerode blieb nicht von ihnen verschont. Aber meistens waren sie nur ein bis zwei Tage, oft nur Stunden lang dort. Mehrfach lagerten sie auch draußen vor den Toren und ließen sich Verpflegung herausbringen. Wenn es nicht schlimmer kam, konnten die Bürger wohl zufrieden sein, auch mit der Teuerung.

Sie drückte allerdings arg, und so gut wie im Büchenberghaus und in der Försterei hatten es nicht alle. Aber die Försterfamilie teilte redlich mit manchem Notleidenden im Ort. Else Markendorf war ganz in der Stille eine oft und gern Gesehene in mancher armen Stube geworden. Manchmal bat sie Andrea, mitzugehen, die einmal mit ihr kam, auch zweimal, dann aber nicht mehr mochte. Und Else ließ sie.

Die wöchentlichen Betstunden an jedem Montagabend versäumten Markendorfs nie. Die Kirchen waren gut besucht. Keiner der Herren Magister durfte unzufrieden sein.

Sehr oft kam auch der Graf mit seiner Gemahlin in die eine oder andere Kirche. Er war in dieser Zeit ein alter Mann geworden, dem die Not seiner Untertanen am Herzen lag, und der sie doch nicht wenden konnte. Seit einiger Zeit kam er allein, die Gräfin war krank und Graf Botho schon vor einiger Zeit nach Gedern zu seinen Eltern gereist.

Es war im September. Blau wölbte sich der Himmel

über der Erde. Auf den Wiesen blühte die Herbstzeitlose in ihrer blassen Schönheit. Über den Bergen lag jener feine Dunst, der auf anhaltend gutes Wetter schließen ließ, aber die leichte Färbung der Harzwälder kündigte doch den nahenden Herbst an.

Else saß auf ihrem Lieblingsplatz im Friederikental. Von Grashalm zu Grashalm zogen sich silbrige Fäden, die hell in der Sonne glitzerten. Das Bächlein murmelte leise. Feine Fäden flogen auch durch die milde Luft, vom leichten Wind getragen. Sie setzten sich auf Elses dunkelgrünes Gewand und legten sich über das weiße Leinen ihres Brustlatzes. Von irgendwoher pfiff eine Drossel. Wie wohl dieser Friede dem unruhigen Herzen tat!

Ja, unruhig – sie war es, und wenn sie sich auch mit Gewalt beherrschte, so musste sie doch hin und wieder in die Stille flüchten, um sich wieder zu sammeln.

War doch Graf Botho nach Hause gereist, um mit den Eltern über ihre Verlobung zu reden und dem Vater seine Zukunftspläne darzulegen. Aber noch etwas anderes wollte er. Ihr tat das Herz weh dabei, doch sie konnte und durfte ihn nicht davon abhalten. Er wollte mit den Eltern seinen Eintritt in die Armee König Christians besprechen, sobald dieser den Oberbefehl übernommen habe. Dann hieß es, sich von dem Geliebten zu trennen, nicht wie jetzt für kurze Zeit, nein, auf lange, lange. Vielleicht – sie erzitterte bei dem Gedanken – vielleicht für immer!

Gequält schlug sie die Hände vors Gesicht und suchte

Trost bei dem, der gesagt hat: „Kommet her zu mir, ich will euch erquicken."

Eigentlich hatte sie noch gar keine Ursache, sich zu sorgen. Es konnte ja noch alles anders, besser kommen, als sie dachte.

Bald fasste sie wieder Mut. Was wäre denn so schlimm daran, wenn sie noch ein paar Jahre warteten? Sie waren beide jung, und jede Kugel traf ja doch nicht.

Ein Eichhörnchen fiel von einem Ast vor ihr nieder. Erschreckt sah es das Menschenkind an, das es vor seinem kühnen Satz gar nicht bemerkt hatte. Aber da es ihm nichts tat, setzte es sich aufrecht hin und putzte sich. Else musste lächeln und sah mit Interesse dem zierlichen Ding zu. Jetzt verschwand es auf einem Baum, und das Mädchen machte sich auf den Heimweg.

Zu Hause fand sie Andrea in heller Aufregung vor. Vor zehn Minuten waren Rüdiger und Gisela zum Büchenberg aufgebrochen. Sie waren bei den Eltern in der Stadt gewesen und hatten die Botschaft mitgebracht, dass Henricius endlich kommen könne. Er sei schon in Halberstadt, von wo er einem Boten die Nachricht mitgegeben hatte, den der Bischof an den Rat der Stadt sandte.

„Heute Abend kann er schon hier sein", hatte Gisela gesagt, und nun bebte Andrea vor Erwartung dessen, was kommen konnte. Es war fast unmöglich, sie zu beruhigen.

Bald ging sie zur Küche, bald vor die Haustür. „Lass

sie nur“, sagte Vater Markendorf lächelnd zu Else. „Ich hoffe, ihre Wartezeit ist bald zu Ende.“

Und sie war zu Ende! Am Vormittag des nächsten Tages, noch zu ziemlich früher Stunde, stand Henricius vor dem Förster, bleich vor Bewegung sein Gesicht. Markendorf aber rief seine Tochter, legte die Hände der beiden ineinander und segnete sie mit zitternder Stimme.

Dann ging er schnell hinaus.

Als Else nach einer halben Stunde fröhlich hineinschaute, fand sie zwei strahlend glückliche Menschen. Jubelnd flog Andrea ihr entgegen, und dabei liefen ihr doch die Tränen über die Wangen.

So frohe Gesichter wie heute hatte die Sonne seit langer, langer Zeit nicht mehr beschienen, als am Nachmittag draußen auf der Waldwiese hinter dem Forsthausteich an weiß gedeckter, schöner Festtafel die ganze Familie beisammensaß: der würdige Magister mit seiner Ehefrau Ursula, die beiden ältesten Töchter Barbara und Anna-Katharina mit ihren Männern Tobias und Jakobus Haberstroh, der junge Arzt Johannes Fortmann und die Markendorfs, auch die vom Büchenberg.

Alle lobten den guten Gedanken Elses, hier draußen den Tisch gedeckt zu haben. Die würzige Waldesluft war köstlich und wundervoll der Blick auf die Berge. „Wahrhaftig ein weltabgeschiedenes Plätzchen zum Kräftesammeln“, sagte Henricius und tat einige tiefe Atemzüge. „Erst jetzt merke ich, was ich entbehrte draußen im Stadtleben, und das in doppelter Hinsicht", und zärtlich drückte er die Hand seiner strahlenden Braut.

Es schien, als ob der heutige Tag ein ganz besonderer Freudentag werden sollte.

Man saß noch lange im vertrauten Gespräch beieinander. Die Sonne war im Niedersinken und einige standen auf, um ins Forsthaus zu gehen, als Rüdiger plötzlich mit langen Schritten dem hochgewachsenen Mann entgegeneilte, der den Fahrweg heraufkam: „Graf Botho!"

Else stand wie angewurzelt. Ganz so schnell hatte sie den Geliebten nicht zurückerwartet, und nun hörte ihr Herz fast auf zu schlagen. Botho hatte seinen Arm in Rüdigers geschoben. Rasch kamen sie heran. Er rief dabei mit seltsam klingender Stimme: „Da komme ich ja gerade recht zur Familienfeier. Vater Markendorf", geradeaus war er auf diesen zugeschritten, hatte Elses Hand ergriffen und legte den Arm stützend um das erschrockene Mädchen, „segnet auch unseren Bund! Ich bringe die Einwilligung und den Segen meiner Eltern."

„Botho!", schluchzte Else fassungslos.

„Schwesterlein, endlich, endlich!", jubelte Andrea und schmiegte sich an Henricius, der starr vor Staunen wie alle anderen Uneingeweihten stand. Nur Gisela hatte es durch Rüdiger und Else gewusst.

Vater Markendorf aber konnte zuerst nicht reden. Wortlos schloss er die beiden in seine Arme. Nun aber ging es ans Begrüßen und Glückwünschen und Wundern. Else stand wie im Traum und ließ alles über sich ergehen, aber auf ihrem Gesicht lag ein solches Leuchten, dass Johannes Fortmann seinem Bruder zuflüsterte: „Wahrhaftig, Henri, eine Frau wie die Else Markendorf muss jeden Mann glücklich machen!"

Als dann alle in den schönen, geräumigen Zimmern des Forsthauses saßen und sich die hochgehenden Wogen der Freude ein wenig gelegt hatten, erzählte Botho in kurzen Worten von seinen Plänen, in absehbarer Zeit in den Pfarrdienst zu treten. Vorerst aber, also im kommenden Januar, wolle er dem Heer König Christians beitreten, um für die Sache der Evangelischen zu streiten.

Das Letztere war zwar ein kleiner Dämpfer für Elses Glück, aber tapfer unterdrückte sie eine Träne in ihren Augen, sah sie doch, wie viel Verständnis und Anerkennung der Geliebte bei allen fand.

„Ich habe Ähnliches vor wie ihr", rief Johannes Fortmann dem Grafen zu. „Wenn mein Herr Schwager meine Kenntnisse so erweitert hat, dass ich ohne seine Hilfe der Menschheit, besonders den verwundeten Soldaten, von Nutzen sein kann, will ich Feldarzt beim Heer werden. Möglich, wir treffen uns dann wieder, Graf Botho."

„Auch ich habe schon daran gedacht, als Feldprediger mitzuziehen", warf Henricius ein, „bin aber vorerst noch unabkömmlich und muss abwarten."

„Ich lasse dich auch nicht fort", flüsterte Andrea dem Verlobten heimlich zu, und ihre Augen funkelten. „Ich musste zu lange auf dich warten. Soll ich weitere Jahre auf dich verzichten und dich täglich in Gefahr und Not wissen?“

Er sah sie erstaunt, aber mit ernster Liebe an.

„Wenn mir Gott den Weg zeigt, dann wird meine geliebte Frau mich nicht hindern, nicht wahr?“

Ihre Antwort verstand er nicht, seine Schwester Barbara kam dazwischen, und bald dachte er auch nicht mehr an den kleinen Zwischenfall.

Botho bat, seine Verlobung mit Else noch geheim zu halten. Seine Eltern hatten gemeint, da vielleicht lange Zeit zwischen jetzt und der Erfüllung ihrer Wünsche liege, sei es besser so. Er habe ihnen in solch unwichtigen Dingen nicht widersprechen wollen, so wie sie ihm in der Hauptsache auch keine Steine in den Weg gelegt hatten.

Gerne versprachen es die Anwesenden, und nun holte der Hausherr die große messingbeschlagene Bibel und las nicht ohne Bewegung den Psalm 103: „Lobe den Herrn, meine Seele, und was in mir ist, seinen heiligen Namen! Lobe den Herrn, meine Seele, und vergiss nicht, was er dir Gutes getan hat!“ Magister Fortmann sprach ein Dankgebet, und dann trennten sich die Familien.

Nur Botho blieb zurück. Er wollte noch ein wenig mit seiner Braut und dem Vater allein sein.

Sie rückten eng zusammen, und er erzählte ihnen, wie es nicht so leicht gewesen sei, Vater und Mutter zur Einwilligung zu bewegen.

„Ich verstehe sie völlig", rief Else bekümmert, „das bürgerliche Mädchen passt nicht in eine so stolze Ahnenreihe."

„Sie passt hinein", entgegnete Botho zärtlich, „und meine Eltern werden dich lieb gewinnen, wenn sie dich kennen lernen. Aber da der Fortbestand unseres Geschlechtes nicht auf mir, sondern auf meinen älteren Brüdern ruht, und diese sich ebenbürtig vermählen werden, gab mein Vater sogar zuerst seine Einwilligung. Nur wünschen die Eltern eben, dass wir davon noch schweigen, bis die Zeiten ruhiger werden und wir an eine Heirat denken können."

Dann ging auch er. Else leuchtete ihm noch hinaus und schloss die Tür.

Andrea war schon nach oben gegangen, nur der Vater saß noch allein am Tisch im Esszimmer. Wehmütig sah er vor sich hin. Wenn auch Else ging, war er ganz allein. Ob sie seine Gedanken ahnte?

Sie trat zu ihm, setzte sich neben ihn und legte ihre Hand in seine. Keiner von ihnen sprach. Das Licht verbreitete einen unsicheren Schein.

Da war es Else plötzlich wieder, als steige aus der Ecke ein unheimlicher, dunkler Schatten auf. Er wurde größer und größer. „Vater", stammelte sie angstvoll, „sieh das Schwarze, den Schatten ..."

„Aber Kind, wo denn? Ich sehe nichts. Es ist der flackernde Schatten des Lichts. Komm, du musst zu Bett, es war heut zu viel für dich."

„Nein, nein, Vater!" Sie drückte sich zitternd an ihn.

„Aber Else, wo bleibt dein Mut, dein Gottvertrauen, fürchtest dich plötzlich vor Dingen, die nicht da sind“, sagte der Vater beruhigend. „Komm hinauf, ich bring' dich in dein Zimmer.“

Liebevoll küsste er sie und ging mit ihr zusammen nach oben.

* * *

Der Herbst ließ sich in diesem Jahr selten schön an. Die Färbung der Wälder war immer intensiver geworden und welkes Laub deckte den Boden, aber klar und mild war die Luft geblieben, nur hin und wieder unterbrochen von einem Regenschauer.

Andrea öffnete eines Tages früh am Morgen das Fenster ihres Zimmers und atmete mit Behagen die reine Morgenluft ein, die von den Bergen wehte. Else war schon unten, um das Morgenmahl vorzubereiten. Andrea lehnte noch im Fenster und ließ ihre Gedanken schweifen. Was für schöne Wochen hatte sie durchlebt, wie war sie glücklich! Von allen Seiten hatte man ihr zu ihrer Verlobung Glück gewünscht, und welche Liebe hatte sie bei den Angehörigen ihres Verlobten gefunden. Ja, die lange, trübe Wartezeit war vergessen vor der hellen Gegenwart und der noch lichtvolleren Zukunft, auch wenn Henricius morgen wieder nach Wittenberg abreisen musste. Er wollte die Gelegenheit nutzen und sich mit einigen anderen Herren zusammentun, die bewaffnete Knechte mithatten. Allein reisen wäre zu gefährlich gewesen. Die Unsicherheit der Straßen nahm stetig zu. Aber, wenn es Andrea auch schwer wurde, er kam wohl schon im nächsten Jahr wieder und holte sie heim in sein Pfarrhaus. Darauf wollte sie gerne warten.

Das war fest verabredet. Bis dahin wollte der junge Geistliche das Heim in Wittenberg einrichten. „Wenn es Gottes Wille ist", fügte er hinzu.

Und als sie darauf schwieg, hatte er sie, wie schon etliche Male, an sich gezogen und prüfend gefragt: „Du denkst doch wie ich, Andrea, und ich werde an dir eine gute Pfarrfrau und treue Stütze haben?"

Dann sah sie ihn mit aller Liebe an, und es war ihr Ernst, wenn sie erwiderte: „Ich möchte es ja so gern, mein Geliebter."

Damit war er zufrieden.

Nach dem Morgensegen nahm der Vater seine Büchse und ging in den Wald. Else begleitete ihn bis zur Tür durch den großen, mit weißem Sand bestreuten Flur, dessen Geweihe an den Wänden kein Stäubchen zeigten, und blickte ihm nach, bis er verschwunden war.

Sie sah sich in dem Flur um. Ja, ihr Vaterhaus war schön.

Andrea wollte den Vater um den einen der beiden großen Schränke bitten. Ob er ihr gar den größeren geben würde? Er stammte noch aus dem Brautschatz der Urgroßmutter und trug die Jahreszahl 1505. Den kleineren hätte Else am liebsten gehabt. Links lag das Esszimmer mit der etwas kleineren Wohnstube dahinter, in der die beiden Spinnräder der Mädchen standen, und rechts die Putzstube, die in keinem guten Bürgerhaus fehlen durfte.

Gedankenverloren öffnete Else die Tür und trat ein. Es war hier drin ziemlich kalt. Man nutzte die Stube auch nur selten, warum sollte da Feuer im Kamin sein? Ein schöner Teppich bedeckte den Boden. Steiflehnig standen schwere, geschnitzte Stühle herum, deren Kissen und Polster verblichenen roten Damast zeigten. Sie stammten von der Großmutter, die eine reiche Kaufmannstochter gewesen war. Hinter der Putzstube, mit einem gesonderten Eingang zur Küche, befand sich die Schreibstube des Vaters, und im oberen Stock lagen die Schlafräume und ein Gastzimmer.

Plötzlich besann sich Else auf die Zeit, eilte in die Küche und machte sich an die Arbeit, ein Liedchen vor sich hin summend.

Schnell verstrichen die Stunden bis Mittag.

Aus ihrem Häuschen kamen Rüdiger und Gisela, und kurz nach ihnen trafen Henricius und Johannes ein. Als Letzter kam Graf Botho. In diesen Wochen häufigen Zusammenseins war aus der oberflächlichen Bekanntschaft zwischen ihm und den beiden Fortmanns eine echte Freundschaft geworden. Allerdings nicht so tief wie die, die ihn mit Rüdiger verband.

In heitere Gespräche vertieft, machten sie sich nach dem Essen auf den Weg, Henricius und Andrea voran. Was hatten sie vor?

Sie stiegen den Fahrweg zum Schloss hoch, bis sie zu dem Häuschen eines Waldhüters kamen.

„Ich werde keinen Schritt weitergehen“, widersetzte sich Botho, als sie so weit waren. „Ich fürchte, Henricius bringt uns alle zum Onkel aufs Schloss.“

„Keine Sorge“, lachte dieser, „hier hinter dem Häuschen führt der Weg weiter, den wir gehen müssen.“

Ein schmaler Jägerpfad wurde sichtbar. Sie stiegen hinauf bis zur Höhe des Burgberges.

„Was für ein herrlicher Blick!“, rief Gisela.

Neben ihr standen die anderen und bewunderten die schon so oft gesehene Schönheit der Harzberge. Ein leichter, feiner Dunst lag über den bräunlich und rot schimmernden Wäldern, aus denen die Eichen sich golden abhoben. Ein Reh sprang leichtfüßig über den Weg. Majestätisch grüßte der Brocken herüber und die milde Herbstsonne strahlte über allem. Henricius atmete tief ein.

„Es ist wahr, in der Schönheit der Schöpfung offenbart sich Gottes Macht“, sagte er, „und nur ein Narr kann sich davor verschließen.“

„Vater bewundert am meisten den Sternenhimmel“, sagte Else.

Sie gingen weiter, über den Bien hinweg und von dort ein Stück talwärts.

„Wir sind an der Stelle, wo ich euch hinführen wollte“, sagte Henricius, als sie auf einen kleinen freien Platz mitten im Wald kamen.

Ringsumher strebten schlanke, glatte Buchenstämme in die Höhe. „Wie Säulen in einem Dom“, sagte

Johannes Fortmann. Feierliches Schweigen umfing sie in der Waldeseinsamkeit.

Ein Stein stand in der Mitte, aus Granit gehauen und auf einem niedrigen Sockel. Neugierig kamen die anderen näher.

„Altar der Freundschaft“, war mit großen Buchstaben darin eingemeißelt.

Henricius stand neben dem Stein und hatte Andreas Hand gefasst.

Mit bewegter Stimme sprach er: „In euren Gesichtern sehe ich großes Staunen über diesen Stein und seine Inschrift. Ich will euch in kurzen Worten erzählen, weshalb ich ihn hier aufrichten ließ. Eine alte Freundschaft verband den jungen Diakon Fortmann mit Hannes Markendorf, dem jungen Förster. Die Freundschaft blieb und wurde mit den Jahren immer fester. Und sie übertrug sich auf ihre Kinder, die in gleicher Freundschaft wie die Väter zusammenhielten. Nun aber wurde sie noch durch die Liebe gekrönt, wie wir hier alle sehen können. Rüdiger und Gisela fanden sich, und ich fand meine Andrea. Und obwohl Graf Botho aus adligem Geschlecht ist, war er sich nicht zu schade, mit Rüdiger eine feste Freundschaft zu schließen. Auch hier kam dann die Liebe dazu und band ihn mit festen Banden an die Schwester des Freundes.

Tiefe, echte, treue Freundschaft ist ein wunderbares Geschenk Gottes. Ist nicht auch die Ehe erst dann vollkommen, wenn Mann und Frau Freunde werden?

Hat nicht schon Gott an David und Jonathan die Tiefen einer echten Freundschaft gezeigt, nämlich die Bereitschaft zur Selbstaufgabe zugunsten des Freundes? Hat nicht Jesus durch seine Freundschaft mit Lazarus, Martha und Maria wahre Freundschaft, die über den Tod hinausgeht, gelebt? Auch wir sind verbunden in Liebe zueinander und im gleichen Glauben zu unserem Herrn und in der Liebe zu ihm.

Heute sind wir noch beisammen, morgen werde ich abreisen, später Botho. Gott weiß, ob und wann wir uns wiedersehen. Die Zeit ist ernst und schwer und böse.

Da mich das alles bewegt hat in den letzten zwei Wochen, bin ich zu einem Steinmetzmeister gegangen, hab' den Stein anfertigen und hierher schaffen lassen. Es ist ein weltabgeschiedener Platz. Hierher verirrt sich selten einer. Wenn es aber jetzt oder in späteren Zeiten geschieht, dann soll dieser Stein dem Wanderer erzählen von der Freundschaft, die ihn einst errichtet hat, und soll ihn ermahnen, seine eigenen Freundschaften sorgfältig zu pflegen. Vor allem soll der Stein an unseren besten Freund im Himmel erinnern. Diesem Freund gelobten wir vor allem anderen Treue bis in den Tod. Lasst uns auch untereinander Treue bis in den Tod geloben."

Sie schlossen einen Kreis um den Stein und reichten sich die Hände. Eine feierliche Stimmung lag auf ihren Gesichtern, und in einigen Augen schimmerte es feucht.

„Treu unserm Gott, treu untereinander bis in den Tod!“, hallte es laut in den schweigenden Wald. Dann sprach Botho ein Gebet um die Kraft, in jeder Lebenslage den Schwur halten zu können, und um reichen Segen für ihre Freundschaft.

Lange war es still zwischen ihnen. Endlich brach Botho das Schweigen und drückte Henricius mit einem Dankeswort die Hand.

Langsam machten sie sich dann auf den Heimweg. Oft war der Stein in späterer Zeit für manchen unter ihnen das Ziel eines Waldspaziergangs.

* * *

Der Januar 1625 brachte so unendlich viel Schnee und scharfe Kälte, wie es schon seit Jahren nicht mehr der Fall gewesen war. Das Forsthaus im Christianental war so manchen Morgen derart verweht, dass der Jägerbursche, den der Förster seit dem Herbst angestellt hatte, mit Mühe einen Pfad zum breiten Schlossweg schaufeln musste. In den Wäldern hatte der Förster an einigen Plätzen Futterstellen für die Tiere eingerichtet. Auch wenn es nicht viel war, was er geben konnte, so war es doch nützlich für die Bewohner des Waldes.

Mit Rüdiger traf sich der Förster des öfteren im Walde, und ab und an guckte der Bruder auch auf ein Stündchen ins Vaterhaus hinein. Das war immer eine besondere Freude für die Schwestern, die in dieser

Zeit auch nicht allzu viel Verkehr mit der Stadt haben konnten. Gisela war noch einsamer im Büchenberghaus, aber voller Freude erzählte Rüdiger, dass sie sich gar nicht langweile und es wundervoll im Winterwalde fände.

Ja, es war herrlich in den weiten Harzwäldern voll schweigender, schneeiger Pracht, aber die Einwohner des Städtchens Wernigerode hatten weniger Freude daran als sonst, zu viel Unruhe von herumstreifendem Kriegsvolk war überall. Die Tore blieben Tag und Nacht fest geschlossen und unter starker Bewachung. Seufzend hatten sie alle das neue Jahr begrüßt, ängstlich blickten sie in die Zukunft. Und es war gut, dass ihnen die Zukunft der nächsten Jahre verborgen war – aus dem Seufzen wäre wohl Wehklagen und Jammern geworden.

Auf dem Schloss herrschte aber in diesen Januartagen große Freude. Graf Christoph war mit seiner Gemahlin Hedwig und den Söhnen Heinrich Ernst und Johann Martin nach gefahrvoller und beschwerlicher Reise wohlbehalten eingetroffen. Besonders erfreut war Botho, die Seinen hier zu haben und noch einige Monate Zeit mit ihnen zusammen sein zu können, erhoffte er doch von dieser Zeit eine besondere Annäherung zwischen seinen Eltern und seiner Braut.

Wenn nur der beschwerlichen Winterreise nicht eine traurige Ursache zugrunde gelegen hätte! Die Grafschaft Gedern war so gut wie verloren für sie. Es war ihnen nichts anderes übrig geblieben, als das heimatliche Schloss zu verlassen und nach Wernigerode zu kommen. Immerhin – wenn Graf Wolfgang Georg das Zeitliche segnete, hätten sie ohnehin herkommen müssen, da Graf Christoph sein Nachfolger war.

Doch so sehr Botho sich über die Ankunft der Eltern und Brüder freute, so sehr fürchtete Else die Zeit, die nun kommen würde. Aber sie sagte dem Verlobten nichts davon, nur beim Vater sprach sie sich aus.

Der strich ihr beruhigend über das goldene Haar. „Lass, mein Kind, rege dich nicht vor der Zeit auf. Warte ab. In der Bibel steht ein Wort: ‚Die Hand unseres Gottes ist zum Besten ob allen, die ihn suchen.' Also sei zufrieden."

Dankbar sah sie ihn an und setzte sich etwas getrösteter an ihr Spinnrad.

Nun waren die Eltern schon zwei Tage hier, und Botho hatte sich in dieser Zeit nicht sehen lassen.

Else stand am Nachmittag dieses Tages im Wohnzimmer und legte neuen Flachs auf ihr Spinnrad. Die Tür zum Esszimmer war nur halb geöffnet. Sie war so in Gedanken versunken, dass sie den herankommenden Wagen nicht bemerkte, auch nicht, wie nebenan die Tür ging und mehrere Personen eintraten.

Erst die Stimme ihres Verlobten riss sie aus ihrem Nachdenken.

„Else!"

Sie wandte sich um und die Spindel fiel ihr aus den Händen. Dabei bot sie in ihrer hilflosen Verwirrung ein so liebliches Bild, dass die Züge des älteren, stattlichen Mannes einen milden Ausdruck annahmen und ein freundliches Lächeln das Gesicht der vornehmen Frau überflog.

„Komm, Else“, sagte Botho und nahm ihre Hand. Willenlos ließ sie sich vorwärts führen. „Das ist meine Else. Herr Vater, vielgeliebte Frau Mutter, habt sie lieb um meinetwillen!“

Die Gräfin nahm die vor Erregung eiskalte Hand des Mädchens und sah sie prüfend an. Else bebte am ganzen Körper. Unfähig zu sprechen, hob sie die klaren großen Augen und blickte flehend zu den beiden hin.

Da setzte sich die Mutter auf einen der beiden gepolsterten Stühle, die neben dem Kamin standen, ließ sich von ihrem Sohn den schweren Pelzmantel abnehmen und sagte gütig: „Das ist also deine Else, mein Sohn! Du weißt, mein Kind, nur bedingt gaben wir die Einwilligung zu eurem Bunde. Unser Sohn wird in den Krieg ziehen. Wie lange die Fehde noch dauert, wissen wir nicht. Später will er noch studieren. Ihr habt eine lange Wartezeit vor euch. Doch wenn er dich so sehr als seine Pfarrfrau begehrt, verweigern wir unseren Segen nicht. Erweise du dich als seiner würdig, dann wird euer Bund uns Freude machen.“

„Ich will es“, erwiderte Else unter leise aufsteigenden Tränen, „und Gott wird mir helfen. Wir haben uns ja so lieb“, brach es dann plötzlich über ihre Lippen, aber erglühend schlug sie die Hände vors Gesicht.

War die Gräfin durch Elses Liebreiz schon halb gewonnen – das nahm sie ganz für das Mädchen ein. Sie zog Elses Hände herab, blickte lächelnd das verlegene Mädchen an und sagte: „Und wir wollen uns auch lieb haben, nicht wahr?"

Da sank Else vor ihr nieder, barg das Antlitz in ihrem Schoß und rief: „Oh von Herzen, wenn ich es nur darf!"

Dem Grafen war es ähnlich wie seiner Gemahlin gegangen. Bewegt legte er jetzt die Hand auf ihr Haar und sagte gütig: „Gott segne dich, mein Kind! Mach unseren Botho glücklich."

Dankbar griff Else seine Hand und küsste sie ehrfurchtsvoll. Sie versuchte, ihre Schüchternheit zu überwinden, und bat, den edlen Gästen etwas vorsetzen zu dürfen. Gerne nahmen diese die heiße Milch und das frische Brot mit Butter und Schinken an, das sie rasch auf den Tisch brachte.

Auch dem Kutscher, der draußen mit dem Wagen hielt, schickte Else etwas hinaus. Die Gräfin bemerkte das mit Wohlgefallen.

Nach einer Stunde nahmen die Herrschaften Abschied von Else und es machte sie glücklich, als die Gräfin ihr dabei sagte: „Wir werden uns öfters sehen, Else. Ich lasse dich immer wieder mal zu mir kommen."

Botho fuhr ein Stück mit den Eltern mit, dann stieg er aus und ging zurück zu seiner Braut, und seine Eltern ließen ihn gewähren.

„In ihrer Lieblichkeit ist sie eine Zierde für jeden Fürstensitz“, sagte der Graf zu seiner Gemahlin, als sie allein weiterfuhren.

„Botho hat keine Unwürdige gewählt“, entgegnete die Mutter zustimmend.

Bald nachdem die gräfliche Familie sich wohnlich eingerichtet hatte, bat Graf Wolfgang Georg seinen Vetter, ihm mit seinen beiden Neffen in den Regierungsgeschäften zur Seite zu stehen, und dieser willigte gern ein. So hatte er nicht nur eine seine Zeit ausfüllende Tätigkeit, er lernte auch Land und Leute genauer kennen, und das war ihm besonders wichtig.

Daneben war er ein leidenschaftlicher Jäger, und einer seiner ersten Wege führte ihn mit Förster Markendorf zur Jagd in den Wald.

Der Förster gefiel dem Grafen bald außerordentlich, und auch Rüdiger hatte er gern. Besonders angenehm war ihm der offene, gerade Charakter der beiden. Dann freute es ihn auch, dass beide die Verbindung zwischen Botho und Else mit keinem Wort erwähnten.

So geschah es, dass auch der alte Graf hin und wieder das Forsthaus besuchte, worüber Botho sehr glücklich war. Mit Andrea neckte sich der ritterliche Herr gerne, für Else aber hatte er väterliches Wohlwollen. Die feine, liebliche Schönheit des Mädchens hatte es ihm angetan. Gern unterhielt er sich mit ihr und bewunderte ihren klaren Verstand und ihr reiches Wissen.

Was dem alten Herrn besonders zusagte, war die

enge Verbindung zwischen den Markendorfs und Fortmanns, schätzte er doch den Magister als einen der tüchtigsten Geistlichen, die er kennen gelernt hatte. Bald fand er sich zusammen mit Markendorf regelmäßig bei den wöchentlichen Zusammenkünften ein, die bei dem Magister stattfanden. Meist verhielt er sich schweigsam, wenn die drei Geistlichen miteinander diskutierten, es freute ihn aber jedes Mal, wenn Hannes Markendorf mit einem schlichten Wort des Glaubens allem Disput ein Ende machte und auf die große Hauptsache kam: das Erlösungswerk Gottes durch Christus.

„Denn“, pflegte der Förster manchmal zu sagen, „Gott hat mit jedem von uns ein Ziel. Um das zu erreichen, bedient er sich aller Ereignisse in unserem Leben. Manchmal auch der Nöte. Wenn wir das nicht vergessen, tragen wir alles leichter und blicken zuversichtlicher in die Zukunft. Mit einem festen Glauben kommt man weiter als mit jeder Diskussion. Womit ich freilich nicht sagen will, Fortmann, dass die werten Herrn Magister nicht diskutieren sollten.“

„Wir verstehen, alter Freund“, lächelte dann Johannes Fortmann und drückte seine Hand.

So ging die Zeit langsam und stetig vorwärts.

Öfter als sonst wurden nun kleinere und größere Haufen Soldaten einquartiert, doch die Bürger waren schon froh, wenn's nicht noch schlimmer kam. König Christian von Dänemark hatte nun den Oberbefehl über die protestantischen Heere übernommen, England die Hilfe mit Geldmitteln und Holland mit Truppen zugesagt. Auch der Graf von Mansfeld schloss sich dem König an.

Nun hielt Botho die Zeit für gekommen, da er nicht mehr abwarten durfte. Täglich war er in diesen Wochen im Forsthaus, und fast täglich ging er mit Else ins Friederikental, wo tiefe Waldesstille sie empfing.

Der Frühling war wieder einmal mit seiner ganzen Pracht ins Land gekommen und hatte die Erde wie eine Braut geschmückt. Es grünte und blühte und duftete. Die Luft war erfüllt mit Wohlgeruch: Holunder, Flieder, Maiglöckchen und dazwischen die zartrosa Apfelblüten. Das Auge konnte all die Schönheit kaum fassen! Aus unzähligen Vogelkehlen pfiff und lockte, zwitscherte und jubilierte es, dass es den Menschen warm ums Herz wurde.

An einem so sonnigen Maitag holte Botho seine Braut zum letzten Spaziergang ab. Morgen hieß es für sic, Lcbcwohl zu sagcn – für wic langc?

Immer wieder wollte sich der Abschiedsschmerz lähmend auf Else legen, aber tapfer überwand sie sich, und so stiegen sie hinter dem Forsthaus hinauf bis zu einem ebenen Weg, der sie auf halber Bergeshöhe entlang zum Friederikental führte.

Langsam schritten sie dahin auf dem moosigen Waldboden. Wie ein zartgrün schimmernder Schleier lag es über den Buchen, und gelblich grün schmückten sich die Eichenspitzen.

Der stattliche Mann hatte die schlanke Mädchengestalt umschlungen, zärtlich schmiegte sie sich an ihn. So führte er sie zu der Bank unter den Buchen, auf der sie so oft gesessen hatten.

Da stockte plötzlich ihr Fuß – ein schlichter Stein aus festem Granit auf niederem Sockel stand dort, dicht bei der Bank –

„Botho ...?"

Er nahm sie noch fester in den Arm und führte sie davor.

„Else, die Stunden der Erinnerung sind heilig!", stand darauf eingemeißelt. Sie sah den Stein an, dann den geliebten Mann – und mit überströmenden Augen lag sie an seiner Brust.

„Mein Liebling, ein bleibendes Merkmal unserer Liebe, wie das der Freundschaft droben auf dem Bien. Ein bleibender Denkstein für dich, du mein Alles, wenn unser Gott andere Gedanken mit uns haben sollte als wir und ich nicht zurückkommen sollte. Vor dem Angesicht des Allerhöchsten bist du meine Frau und bleibst es." Seine Stimme brach vor Bewegung.

Lange standen sie bei dem Stein und gingen ihren Gedanken nach.

Schließlich führte Botho seine Else zu der Bank. „Auch wenn wir vielleicht für immer scheiden, mein Liebes", sagte er plötzlich wie aus tiefen Gedanken heraus, „wir sagen dennoch ‚auf Wiedersehen!'. Was sind die kurzen Erdenjahre? Ein Rauch, der schnell verweht. Mag sein, dass uns alle schon in wenigen

Jahren die Erde deckt. Wie schön, dass wir Gotteskinder wissen, es gibt ein Wiedersehen für uns – ohne Trennung, Else, ohne Abschied. Das ist unvorstellbar schön, nicht wahr? An das wollen wir denken bei allem Trennungsschmerz, in allen Traurigkeiten des Lebens, in allem Kampf und Streit. So sind wir immer verbunden, auch wenn wir getrennt sind, mein Schatz, und in der Fürbitte füreinander treffen wir uns täglich vor dem Thron Gottes."

Sie nickte nur, reden konnte sie nicht. Immer wieder lehnte sie den Kopf an seine Schulter und schmiegte sich an ihn.

Endlich hob sie das Gesicht zu ihm empor. Eine so unermesslich weite Welt voller Liebe lag in ihren Augen, dass es den Mann schauderte.

„Und wer zuerst in der Herrlichkeit ist, Botho, sei es bald", ihre Stimme bebte, „sei es in späteren Jahren, der wartet auf den anderen. Und wenn wir dann beide dort sind – oh was wird das für ein Jubel sein, dann für immer vereint vor unserem Erlöser zu sein."

Wieder schwiegen sie lange, dann sagte er plötzlich in einem Ton, der heiter klingen sollte, ihm aber ziemlich missglückte: „Was macht uns eigentlich so bedrückt, mein Liebes? Wir freuen uns aufs Wiedersehen, und so Gott will, haben wir noch eine lange Reihe von Jahren eines gesegneten Lebens vor uns."

Das war die Abschiedsstunde für Botho und Else. Als sie am nächsten Tage hier an dem Stein stand, schien die Sonne ebenso hell, die Vögel jubilierten ebenso fröhlich und das Bächlein murmelte wie gestern, aber Else sah das alles nicht. Ihr war es, als läge ein Schatten auf der blühenden Erde.

Botho war am Vormittag abgefahren. Alle waren sie auf dem Schlosshof gewesen. Sein letzter Blick hatte ihr gegolten. Jetzt war sie allein hier, für wie lange?

* * *

Nun war die Not über Wernigerode und alle umliegenden Ortschaften hereingebrochen. Eine Not, so schwer und groß, dass das kleine, freundliche Bergstädtchen es nie für möglich gehalten hätte, so etwas erleiden zu müssen. Von der Pest hatte man bislang nur gehört, dass sie in diesem oder jenem Ort wüte, nun hatte sie ihren Einzug auch hier gehalten. Die älteren Leute wie Hannes Markendorf, Hinrich Vroling, Magister Fortmann und andere konnten sich noch sehr gut an die Schrecken von 1598 erinnern, wo die Menschen dahinsanken wie die Fliegen.

Als die ersten Fälle bekannt wurden, hatte der gräfliche Herr einen Büß- und Bittgottesdienst angesetzt, der draußen auf der Waldwiese im Christianental stattfinden sollte.

Eindringlich legte Magister Burchhardi von „Unserer lieben Frauen“ der großen Zuhörerschar echte Buße ans Herz. Nun war es wichtig, Leben oder Tod aus Gottes Hand anzunehmen. Er ermahnte sie zum Standhalten im Glauben, um gerüstet zu sein für die große Not, die sie nach Gottes Ratschluss ebenso heimsuchte wie viele andere Orte. Und er tröstete sie, dass das Leid dieser Zeit die Herrlichkeit nicht aufwiegen könne, die auf sie wartete in der Ewigkeit Gottes, sofern sie sich an Christus hielten, der bereits auferstanden war von den Toten.

So mancher Hörer weinte still vor sich hin und selten wurde Martin Luthers Lied inbrünstiger gesungen als in diesen Tagen: „Aus tiefer Not schrei ich zu dir, Herr Gott, erhör mein Rufen."

Aber die Not fing erst an. Die Chronik vom September dieses Jahres besagt, „dass die Ratsleut beklaget, dass der Totengräber jetzo, da die Pest beginnt, überhand zu nehmen, nicht nachkomme mit Gräbermachen. Item, dass neue Totengräber möchten verpflichtet werden. Item, dass dem Apotheker zu dieser Zeit ein Geselle zugeordnet werden solle."

Aus lauter Sorge um ihr tägliches Überleben in dieser Zeit hatten die Bürger weniger auf die Geschehnisse im Rest des Landes geachtet.

Dass der Kaiser in Wallenstein einen mächtigen Feldherrn gefunden hatte, der ein großes Heer befehligte, wussten sie, dass er aber mit diesem Heer nach Norden zog, sollten sie bald mit Entsetzen erkennen. Anfang November kam die Nachricht, „dass Graf Tilly und Graf von Collalto samt des Fürsten zu Sachsen Volk in Stapelburg angelanget und etliche Dörfer hinter sich abgebrannt hätten". Die Bürger erhielten darauf Befehl, „Tag und Nacht in Bereitschaft mit dem

Gewehr zu sein, auch kein Licht verlöschen zu lassen". Die Zunftvorsteher kontrollierten alle zwei Stunden die Wachen, aber es half alles nichts. Schon am 23. November verlangte „des Grafen Collalto Volk achttausend Laib Brodt, zwölf Fass Bier und zwanzig Tonnen Butter. Die Butter sei ihnen alsbald abgeschlagen worden, achttausend Brodt ist von der Bürgerschaft gesammelt, wiewohl nur sechstausend Pfund geschickt und zwölf Fass Bier."

Dann kamen sie selbst, um die Stadt und das Schloss zu besetzen. Nur dem inständigen Bitten und Flehen der Grafen von Wernigerode war es zu verdanken, dass der Hauptteil des Heeres vor den Toren blieb, während „in die Stadt nur ein Regiment Fußvolk, drei Cornett Reiter, also sechshundert Mann und einhundertfünfzig Pferde kamen, samt den Offizieren". Die Schlüssel zu den Toren musste der Rat abliefern und die Tore wurden mit Soldaten besetzt.

Das war ein trauriges Weihnachten, das die Bürger in diesem Jahr feierten. An Feiern dachte wohl keiner, denn am 26. Dezember sandten sie schon eine Bittschrift nach Braunschweig „wegen der schweren Abgabenlast und der großen Drangsal der hiesigen Soldaten". Dabei war der größte Teil der Truppe, an achttausend Mann stark, von den Toren abgezogen in Richtung Elbingerode, Heimburg und Benzingerode.

So brach das für Wernigerode so furchtbare Schreckensjahr 1626 an.

In der Stadt hausten gleicherweise die Pest und die

Soldaten. Das Totenglöcklein wurde bald gar nicht mehr geläutet, weil es sonst Tag und Nacht geklungen hätte. Frauen und Mädchen durften sich kaum blicken lassen, selbst die Kinder waren vor der rohen Gewalttätigkeit der Soldaten nicht sicher. Alle Bittgesuche der hartbedrängten Bürgerschaft an Brandenburg nach Berlin, an Sachsen oder an den Grafen Collalto blieben erfolglos.

Da kam in den ersten Tagen des Januar der Fürst von Wallenstein selbst zum Nachtquartier nach Wernigerode und stieg im Ziegenhorn'schen Gasthaus auf der Breitenstraße ab. Auch ihm brachten sie ihre Klagen vor. Er hörte sie an, und tatsächlich zog am 11. Januar ein großer Haufen ab. Allerdings musste jeder Bürger ihnen noch für vier Tage Proviant mitgeben, und zwar pro Tag eineinhalb Pfund Brot, ein Pfund Fleisch und ein Fässchen Bier.

Am 14. forderten sie hundert Brote ins Lager, und am Abend desselben Tages kamen ans Westerntor fünfhundert Reiter. Als die Stadt deren Aufnahme verweigerte, zogen sie zum Glück für die Wernigeroder nach Reddeber und in die anderen Dörfer ab.

Die Chroniken gerade jenes Jahres, aber auch der folgenden drei, sind voll von Berichten über Rohheit und Gewalttätigkeiten der Soldaten. Kaum zog eine Kompanie ab und die Einwohner wollten aufatmen, so war auch schon die nächste da, und die einen trieben's schlimmer als die anderen. Ganze Familien starben durch die Pest aus, viele flohen. Mancher

Ritterhof stand leer und verfiel nach und nach. Ebenso erging es nicht wenig Bürgerhäusern.

Auch das Schloss war nicht verschont geblieben. Durch manches zerschlagene Fenster schaute der Himmel und pfiff der Wind. Die gräfliche Familie bewohnte nur noch eine kleine Anzahl Gemächer. Immer wieder erwogen sie ernstlich, nach Ilsenburg überzusiedeln. Aber es widerstrebte ihnen, in dieser Zeit schwerer Not die Stadt zu verlassen, und so blieben sie.

Die beiden Forsthäuser im Christianental und auf dem Büchenberg waren jedoch unversehrt geblieben. Zwar war der Druck der schlimmen Verhältnisse auch hier fühlbar geworden, was aber an Lebensmitteln zu erübrigen war, teilten sie mit den Freunden in der Stadt, und manche Dankesträne lohnte ihnen ihre Hilfe.

Der Vater und auch Rüdiger hatten mehrfach darauf gedrängt, dass die beiden Mädchen auf den Hundsrück gehen und dort bleiben sollten, bis ruhigere Zeiten eintreten würden, dem aber hatte sich besonders Else widersetzt.

„Vater bleibt nicht ohne mich", erklärte sie ihrem Bruder. „Ich weiche ihm nicht von der Seite. Ich hätte ja keine ruhige Minute, wenn ich ihn hier ganz allein und ohne Fürsorge wüsste. Nein, nein, darüber brauchen wir gar nicht mehr zu reden."

Als sie das letzte Mal unter Tränen hinzugefügt hatte: „Wollt ihr denn ohne mich sein, Vater? Lasst Andrea hinaufziehen, ich bleibe hier, bis die äußerste Not kommt", hatte der Förster sein Kind umarmt und seitdem wurde nicht mehr davon gesprochen.

Andrea aber erklärte kurz: „Ich bleibe unten. Es könnte doch sein, dass Henricius ganz unerwartet kommt."

Hannes Markendorf war fast ganz grau geworden, den Kopf aber trug er ungebeugt, und mit seinem glaubensstarken „dennoch hat Gott der Allerhöchste Friedensgedanken mit uns" war er eine kräftige Stütze für die Seinen und alle, die ihn kannten.

Graf Christoph bat ihn öfters aufs Schloss, und immer ließ Gräfin Hedwig auch Else mitbringen. Das Verhältnis zwischen den beiden Frauen wurde mit der Zeit immer herzlicher. Immer mehr schloss die Adlige das Mädchen in ihr Herz, und nach und nach schwand Elses Schüchternheit. Auch Andrea kam ab und zu mit, aber ihr Wesen sagte der Gräfin nicht so zu wie das der älteren Schwester.

Die Wartezeit wurde für Andrea allmählich drückend, denn bei den Verhältnissen im Land war an das Kommen ihres Verlobten und an die Hochzeit kaum zu denken. Er ließ zwar selten von sich hören, doch immerhin öfter als Botho, dem es kaum möglich war zu schreiben.

Aber immer wenn eine Nachricht von dem jungen Grafen aufs Schloss oder ins Forsthaus kam, lasen die Gräfin und Else sie miteinander, und die gemeinsame Liebe zu dem einen verband sie fester und fester.

Jetzt wussten auch die anderen Verwandten hier oben

von Bothos Plänen. Zwar gab es zuerst einige Einwände und Kopfschütteln, dann aber ließ die Not diese persönlichen Angelegenheiten zurücktreten. Else wusste jedoch nichts davon, dass man im Schloss unterrichtet war. Die Gräfin wollte ihre Scheu nicht aufs Neue hervorrufen.

Vater Markendorf ahnte es, sagte aber auch nichts. Er fühlte sich gar nicht mehr fremd im Kreis der hochgeborenen Herren, mit denen er und Magister Fortmann, der auch des öfteren auf dem Schloss war, so gut über die Weltlage und Gottes Wort reden konnten. Trotzdem blieb er der bescheidene, einfache Mann, dessen Schlichtheit alle Herzen gewann.

Else war stiller geworden. Auf ihrem ebenmäßigen Gesicht lag oft tiefer Ernst. Aber nie kam ein Wort über ihre Lippen von der Sehnsucht und der Sorge, die sie empfand.

Sooft sie konnte, wanderte sie ins Friederikental. Zuweilen ging Andrea mit, öfters auch der Vater.

Am liebsten war sie dort allein.

Hier fand sie leichter zurück zur inneren Ruhe. Hier war es ihr, als fühlte sie die Nähe des geliebten Mannes. Jedes seiner Worte, die er hier zuletzt gesprochen hatte, klang deutlicher als sonst in ihrem Herzen. Immer wieder faltete sie die Hände für ihn, und ihr Glaube wuchs in den Zeiten der Sorge.

Und noch mehr als früher schloss sie sich an ihren Vater an, immer besser verstanden sich die beiden.

Doch um Andrea stiegen oft Sorgen in ihr auf. Sie

musste immer wieder erkennen, dass ihre Schwester noch lange nicht so gefestigt war, wie sie sie als Henricius Fortmanns Pfarrfrau gewünscht hätte, wie dieser selbst es erwartete und in seinem Amt brauchte.

Mit dem Vater sprach sie aber nicht darüber. Wenn er es nicht selbst sah, wollte sie ihm das Herz nicht auch noch damit beschweren. Sie wusste, wie sehr er im Gedenken an Konrad litt, auch wenn er nie davon sprach, ja, des Bruders Name kaum noch erwähnt wurde.

In dieses Dunkel fiel dann ein heller Lichtstrahl, der im Büchenberghaus aufgegangen war. Voll Freude kam Rüdiger eines Tages durch Schnee und Eis gestampft – es war Ende Januar – und verkündete strahlend: „Wenn die Augustsonne das Obst reift, dürfen wir ein kleines Menschlein in den Armen wiegen."

Was für eine Freudenbotschaft für Markendorfs und Fortmanns! Gisela strahlte vor Wonne und Glück, als sie etwas später im Forsthaus mit den Eltern zusammentraf, und sagte heiter: „Else, du wirst Patin, nicht wahr? Wie freundlich und barmherzig Gott mit uns ist!"

So schien der Ausblick in die Zukunft doch nicht ganz so dunkel.

Else saß an diesem Abend allein am Spinnrad im Esszimmer. Ihre Gedanken waren bei dem Bruder und der jungen Schwägerin und flogen weiter zu dem Geliebten, als es plötzlich wie ein Eishauch über sie hinstrich. Sie schauerte zusammen und blickte sich um. Die Fenster waren geschlossen. Wo kam der kalte Luftzug her? Da, jetzt noch einmal, und aus den Ecken des Gemaches stieg ein, nein, stiegen mehrere unheimliche Schatten auf, wie ihr schien, die immer weiterwuchsen und größer wurden.

Der Faden riss, die Spindel fiel zur Erde. Mit einem Angstschrei floh sie hinaus und geradewegs dem Vater in die Arme, der eben heimkam.

„Kind, Kind, was hast du?“, fragte er besorgt, als sie sich zitternd an ihn schmiegte.

Stockend erzählte sie es ihm. Er schüttelte den Kopf und sah sie besorgt an.

„Werde nur nicht krank, Else!“

Nun hatte sie sich auch schon wieder in der Gewalt, halb lächelnd, halb unwillig über sich selbst sagte sie: „Schimpft mich ruhig aus, lieber Vater, ich bin in Wahrheit ein dummes, törichtes Huhn.“

„Das bist du, mein Kind“, antwortete er nun auch lächelnd.

„Stehen wir nicht in Gottes Hand? Und, Else“, er wurde tiefernst, „selbst wenn schwere Schatten über uns kommen sollten, sie dürfen nie ohne Gottes Einwilligung kommen. Wir sollten das niemals vergessen. Und nun gute Nacht, mein Kind.“

* * *

Die Junisonne brütete heiß über der trockenen Erde. Der Regen fehlte dem Land schon lange. Wie versengt sahen die Wiesen aus. Staubbedeckt hingen die Blätter welk an den Bäumen, und wenn ein warmer Windstoß kam, führte er wirbelnde Wölkchen feinen Staubes mit sich. Mensch und Tier lechzten nach Kühle und Erfrischung. Zur Abnahme der Seuche trug diese Hitze allerdings nicht bei, ganz im Gegenteil. Sie wütete immer stärker und forderte viele Opfer.

Auch von den Bekannten der Markendorfs waren schon einige verstorben, so die Ehefrau Hinrich Vrolings, Herr Hardege und Herr Gutjahr.

„Heute dürfte der gewünschte Regen kommen", meinte der Vater beim Morgenmahl. „Die Sonne trägt einen Dunstschleier und die Berge schimmern bläulich. Außerdem krähen die Hähne ohne Unterlass und viele weiße Wölkchen zeigten sich heute früh in der Ferne."

„Gut wär's", sagte Else, aber Andrea lachte glückselig: „Ob Sonnenschein oder Regen draußen – mir scheint die Sonne strahlend und geht hoffentlich nie mehr unter."

Else nickte ihr schmunzelnd zu, und auch der Vater hatte ein Lächeln im Gesicht.

„Möge dir die Sonne nie mehr untergehen", sagte er warm. „Du wirst uns fehlen, Mädchen, wenn du nun nach Wittenberg ziehst. Zwar kam Henricius gestern ganz unerwartet, da aber alles bereit war, kann in vierzehn Tagen die Hochzeit sein."

Über Andreas Gesicht liefen große Tränen des Glücks. Sie nahm Else übermütig bei der Hand und wirbelte mit ihr um den Tisch herum.

Seit der Geliebte gestern so ganz unerwartet vor ihr gestanden hatte, war sie nicht wiederzuerkennen. Er hatte keine Gelegenheit gefunden, einen Boten vorweg zu senden. Die günstige Reisegelegenheit bot sich ihm ganz plötzlich, und er nahm sie nur zu gern wahr. In Wittenberg war alles bereit, seine junge Frau aufzunehmen. Nun wollte er nicht mehr zögern und sich sobald wie möglich sein Glück holen.

Nach dem Morgensegen stand der Vater auf und ging in die Stadt. Er wollte beim Büchsenmacher seine Flinte reparieren lassen und dann weitere dringende Geschäfte erledigen.

Andrea aber und Else öffneten im Flur die große Truhe und entleerten sie ihres Inhalts. Feine Wäsche, aus selbstgesponnenem Garn gewebt, kam zum Vorschein, schöne Leinentücher, glänzendes Tischzeug. Liebevoll strich die glückliche Braut darüber hin. Alles war fertig zum Einpacken, und Martha brachte auch schon eine große Holzkiste herbei, die einen Teil des Schatzes aufnehmen sollte. Weitere Kisten wurden herbeigeschafft, in denen die Kleider und Kostbarkeiten der jungen Frau ihren Platz finden sollten, wenn sie einen Tag nach der Hochzeit abfuhr.

Wie im Fluge verging die Zeit, bis Else gegen Mittag sagte: „Nun muss ich das Essen herrichten, bald kommt der Vater."

Da tönte draußen ein rascher Schritt, ein Paket Wäsche fiel zur Erde und jubelnd flog Andrea dem stattlichen Mann entgegen, der sie voll Zärtlichkeit an sich drückte.

„Hier ist es herrlich kühl“, sagte er, in den Flur tretend. „Die Hitze drückt heute schwer, und es scheint, als wolle es ein Unwetter geben.“

Nun erst merkten auch die Schwestern, dass das strahlende Blau des Himmels hinter einer feinen Dunstschicht verschwunden war und sich große, weiß geballte Wolken zeigten, deren Ränder silbrig glänzten.

„Bleibt ihr zu Mittag, Henricius?“, fragte Else. „Dann lasse ich noch ein Gedeck auflegen. Es reicht“, fügte sie lächelnd hinzu.

Er lachte. „Das glaub ich gern, liebe Schwägerin. Doch meine Frau Mutter hat heute mein Leibgericht gekocht, da muss ich heim, denn trotz der Hitze läuft mir in Gedanken daran schon das Wasser im Munde zusammen. Ich sollte nur im Auftrage meiner Mutter die beiden jungen Damen für den heutigen Nachmittag und Abend zu uns bitten und den Herrn Vater ebenfalls freundlich zum Abend einladen. Er hat schon angenommen, ich traf ihn auf dem Markt. Am Nachmittag kann er nicht kommen.“

Nur allzu gern sagten die Schwestern zu, und nach einer Weile fröhlichen Plauderns ging Henricius nach Hause, noch ein Stückchen von Andrea begleitet.

Else räumte schnell die Wäsche beiseite, um zur Küche gehen zu können, da hörte sie leichtes Räderknirschen auf dem Waldweg, der am Forsthaus vorbeiführte. Sie blickte unwillkürlich hinaus und sprang im gleichen Augenblick in höchstem Schrecken zu dem Wagen, der soeben vor dem Hause hielt.

Der Jägerbursche vom Büchenberg hatte ihn gefahren. Jetzt hob die Magd vorsichtig mit Rüdiger zusammen die totenbleiche Gisela herunter. Sein Gesicht war ebenso blass wie das seiner Frau. Else sah, dass schnelle Hilfe nötig war.

„Nach oben in meine Schlafkammer!“, rief sie und lief voraus, um rasch alles herzurichten.

Bald war Gisela gebettet, während der Bursche mit dem Wagen zur Stadt jagte, um den Schwager Tobias Haberstroh, Frau Ursula Fortmann, die Mutter und Vater Markendorf zu holen. Wenige Minuten später kam auch Andrea erschrocken herein, gerade rechtzeitig, um von Rüdiger zu hören, was geschehen war.

Am gestrigen Abend, erzählte er, seien Reiter gekommen, die, als sie das Forsthaus gesehen, abgesprungen waren und Wegzehrung forderten. Gisela war mit der Magd allein zu Hause, und als die drei Soldaten das merkten, hätten sie angefangen, sich aufzuführen und zudringlich zu werden. Beide hätten laut um Hilfe geschrien. Gisela sei vor dem einen geflüchtet. Genau in diesem Augenblick sei er, Rüdiger, eingetroffen, nachdem er schon fern das Geschrei gehört hatte. Er hätte angelegt und geschossen, woraufhin die drei auf ihre Pferde gesprungen seien und davongaloppiert wären. Gisela habe einen Weinkrampf von der Aufregung gehabt, doch sei es ihr bald besser geworden. Aber in der Nacht hätten sie doch merken müssen, wie böse ihr die Aufregung geschadet hatte, und am Morgen seien sie bald losgefahren, weil Gisela durchaus nicht mehr dort draußen allein, sondern bei der Mutter hätte sein wollen. Sie wären aber nur bis zum Forsthaus gekommen ...

Leise sprach Else der Leidenden sanfte Trostworte zu. Mit zuckender Miene beugte sich Rüdiger immer wieder über seine Frau, strich ihr beruhigend das Antlitz und küsste sie.

Endlich, endlich, es schien ihnen erst nach Stunden zu sein, kam der Arzt, und mit ihm sein Gehilfe Johannes Fortmann, der der geliebten Schwester unbedingt beistehen und helfen wollte. Auch die Mutter brachten sie mit. Nun sandte der Doktor alle außer Else und Rüdiger mit scherzhaft klingenden Worten hinaus.

Vater Markendorf ging mit Andrea hinunter, die Mägde trugen das Essen herein und holten es fast unberührt wieder heraus: Draußen hingen schwere, dunkle Wolken am Himmel. Ab und zu fuhr ein Windstoß durch die Bäume. Leise und dumpf grollte der Donner.

Die Magd vom Büchenberghaus erzählte Andrea eben noch einmal alles ganz genau, da zuckte ein Blitz hernieder und der erste Donnerschlag krachte. Zugleich prasselte Regen vom Himmel und es brach ein Unwetter los, wie man es lange nicht erlebt hatte. Blitz auf Blitz leuchtete, und Schlag auf Schlag krachte der Donner. Aber oben auf Elses Zimmer wurde ein anderer Kampf gekämpft, und niemand von denen, die dabeistanden, hatten viel Acht auf das Toben der Elemente draußen.

Endlich, nach langen, bangen Stunden, kam Else, bleich vor Anspannung und doch voll freudiger Erregung, nach unten zu den Wartenden: „Vater, Andrea, es ist ein Knäblein, und obwohl es zu früh geboren wurde und sehr schwach und zart ist – es lebt! Gisela ist sehr matt, aber es geht ihr ganz gut."

Freudentränen liefen dem jungen Vater, der mit ihr gekommen war, über das Gesicht. Freudentränen glänzten in den Augen des Großvaters. „Lobe den Herrn, meine Seele, und was in mir ist, seinen heiligen Namen! Lobe den Herrn, meine Seele, und vergiss nicht, was er dir Gutes getan hat", sagte er dankbar.

Andrea aber war ans Fenster getreten, atmete tief die erfrischte Luft nach dem Unwetter, horchte auf das schwache Grollen des abziehenden Gewitters und hörte es doch nicht. War es nicht wundervoll, ein solches Glück dem geliebten Mann schenken zu dürfen? Ob es ihr auch beschieden war?

Am Bett seiner Frau kniete Rüdiger, küsste ihre Hände und dankte ihr aus tiefstem Herzen. Lächelnd sah sie ihn an und blickte auf das winzige Wesen im Korb neben dem Lager.

Nun sollte sie ruhen, ordnete der Schwager an, und nur Else blieb bei ihr. Alle anderen gingen hinunter.

Wie köstlich schmeckte jetzt die frische Milch, und wie herrlich war es draußen! Ein leichter Dampf stieg vom Erdboden empor, die Blätter leuchteten grün und frisch und ein matter Abendsonnenstrahl fiel durch das Gewölk am Himmel.

Frau Ursula ging rasch heim, um ihren Leuten die frohe Botschaft zu bringen. Der Arzt Tobias Haberstroh und Johannes wollten noch dableiben.

Wohl eine Stunde und mehr waren vergangen, als sie noch einmal nach oben gingen, um nach der jungen Mutter zu sehen. Leise folgten ihnen Vater und Großvater, und glücklich beugten sich die beiden über das Kind und freuten sich an dem kleinen Geschöpf, die zierlichen Fingerchen und braunen Härchen bewundernd.

Johannes aber warf einen Blick auf die schwer atmende Schwester. Mit besorgter Miene zog er den Schwager heran. Bestürzt sah auch dieser auf die Kranke und wurde blass, denn Giselas Gesicht wurde zusehends fahler. Die Röte kam und ging und die halb geöffneten Lippen schienen blau anzulaufen. Leises, qualvolles Stöhnen kam jetzt aus der Brust. Herr im Himmel, diese Zeichen kannte der Blick des Arztes seit den letzten, schrecklichen Monaten nur zu genau!

In diesem Augenblick steckte Andrea den Kopf lächelnd zur Tür hinein. Johannes sah es.

„In die Stadt, so schnell wie möglich!“, rief er ihr leise zu. Erschreckt sahen die andern auf. „Die Eltern und Henricius sollen kommen ..." Er brach ab und sank neben dem Bett der Schwester nieder.

Tobias Haberstroh aber sagte tonlos: „Die Seuche!"

Mit einem Aufschrei floh Andrea wie ein gehetztes Wild. Die Aufregung bei den anderen war unbeschreiblich.

Nun hatte der Würgeengel also auch bei ihnen Einzug gehalten.

Die beiden Ärzte wollten die anderen mit Gewalt hinauswerfen, aber sie gingen nicht. Rüdiger achtete nicht auf ihr Reden. Mit verzweifeltem Gesicht saß er an der Bettstatt, und das qualvolle Stöhnen seiner Liebsten zerriss ihm das Herz. Gisela schien sehr zu leiden, doch das Bewusstsein war anscheinend bereits geschwunden.

„Geht ihr wenigstens fort, Else", flehte Johannes, „geht um Bothos willen, um eures Vaters willen!"

„Nein", beharrte sie, „unser aller Leben steht in Gottes Hand." Sie blieb.

Da kamen die Eltern und Henricius. Ohne Andrea, wie Else flüchtig bemerkte. Das Kindlein wimmerte jetzt auch und wurde auf Tobias' Veranlassung rasch getauft. Die nächsten Stunden schlichen bleischwer hin, nur unterbrochen von Magister Fortmanns und Henricius' Stimme, die hin und wieder einen Bibelspruch sagten. Zwar bebte dabei besonders die Stimme des Vaters, aber er zwang sie immer wieder zur Festigkeit.

Ob Gisela verstand? Niemand wusste es. Ab und zu

öffnete sie die Augen, sie blickten aber verschleiert. Das Wimmern des Knaben wurde schwächer, bald verstummte es ganz. Tobias Haberstroh warf einen Blick auf das Kind. Er deckte ein Tuch über das Köpfchen und schob den Korb beiseite.

Auf Hannes Markendorfs bangen Blick nickte er nur traurig.

Weit offen standen die Fenster. Leise wehte der erfrischende Nachtwind herein. Das Licht flackerte im Luftzug. In der Ferne wetterleuchtete es. Verwehte Töne der Rathausuhr klangen herüber, sie verkündeten die zehnte Stunde.

Da legte Johannes mit zusammengepressten Lippen das tote Kind in den Arm der jungen Mutter. Tobias Haberstroh drückte ihr die Augen zu. Gisela hatte ausgelitten.

Mit zitternder Stimme sprach der Magister: „Schlafe wohl, mein liebes Kind, und das ewige Licht leuchte dir! Wir sehen dich wieder und sprechen zu unserem Gott: ‚Dennoch bleibe ich stets an dir, denn du hältst mich bei meiner rechten Hand.‘“

Hannes Markendorf führte seinen schwankenden Sohn hinunter, die anderen folgten. Else wollte Henricius etwas fragen, aber der kam ihr zuvor: „Sie ist bei uns, fragt nicht ...“

Wie in einem bösen Traum gefangen waren sie alle. Sie sprachen von dem jähen Ende der Schwester als etwas Unfassbarem. Dann gingen die Fortmanns, und der Vater blieb mit Else und Rüdiger allein.

Schrecklich sind die Stunden, die dem plötzlichen Sterben eines geliebten Menschen folgen, die Nacht, die da zu durchleben ist. Und dennoch geht das Leben weiter und der Körper verlangt sein Recht: Das ist vom Schöpfer weise und gut so eingerichtet.

Auf dem Friedhof von St. Theobaldi, im Schatten des Kirchleins, fanden Gisela und ihr Kind die letzte Ruhe. Der Vater segnete sie aus, und wenn ihm auch große Tränen über die Wangen rollten – er hob den Blick empor und sprach mit starker Stimme: „Wer an mich glaubt, der wird leben, wenn er gleich stürbe, und wer da lebt und glaubt an mich, der wird nimmermehr sterben."

Am Abend dieses Tages legte Vater Markendorf seinem vor sich hin brütenden Sohn beide Hände auf die Schultern und sagte: „Rüdiger, du bist ein Sohn des Waldes. Du kennst unsere Bäume. Sieh die Eiche an. Unter dem Druck des Sturmes wurzelt sie nur noch tiefer im Boden. Klammere auch du dich fest an deinen Gott in diesem schweren Leid. Er hat dich in den Schmelztiegel der Trübsal gleiten lassen. Sorge du dafür, dass er seine Absicht an dir erreicht. Unser Gott will dich für die Ewigkeit zubereiten, glaub mir's und halte still."

Da legte der Sohn den Kopf an die Brust seines Vaters und weinte bittere Tränen um sein zertrümmertes Erdenglück. Der Vater ließ ihn gewähren. Er machte sich keine großen Sorgen um seinen Sohn. Er wusste, Rüdiger kannte den Weg zum Vaterherz Gottes.

In den nächsten zwei Tagen schaffte Rüdiger mit dem Burschen und der Magd das Notwendigste für sich aus dem Büchenberghaus ins Forsthaus. Dann schloss er sein Heim zu. Er wohnte wieder beim Vater, und der Graf war damit einverstanden.

In diesen Tagen schien zwischen Andrea und ihrem Verlobten ein kleiner Schatten zu liegen. Henricius war sehr in sich gekehrt und still. Andrea erschien blass, und oft hatte sie geweint. Zu ihrem Verlobten war sie von beinahe demütiger Hingabe.

Eines Abends nahm Henricius eine Gelegenheit wahr, Else allein zu sprechen. „Ist Andrea selbstsüchtig?", fragte er ganz unvermittelt.

Sie sah ihn erstaunt an. „Wie kommt ihr darauf, Schwager?"

„Mich treibt diese Sorge um", sagte er. „Zu euch habe ich Vertrauen, Else, keinem anderen könnte ich das anvertrauen. Seht, als Andrea uns zu Gisela rief, kam sie atemlos hereingestürzt: ‚Die Seuche, die Seuche!' Wir machten uns gleich auf den Weg, sie aber hielt mich fest und wollte mich nicht gehen lassen. Sie könne es nicht ertragen, mich bei einer so schwer Erkrankten zu wissen, rief sie. Ich wollte sie beruhigen und nahm an, sie würde mit uns gehen. Entsetzt wehrte sie ab. Da bat ich sie inständig mitzukommen, sagte ihr auch, dass sie als Pfarrfrau wohl oft an Sterbelager und in den Bannkreis böser Krankheiten treten müsse, und was die armen Menschen ohne den Trost der Schrift denn machen sollten. Sie riss sich von mir los und schrie: ‚Nie gehe ich zu solchen Leuten, mir graut davor!‘ Da ließ ich sie allein und ging rasch den Eltern nach. Sie hat mich zwar seither oft gebeten, ich solle ihr verzeihen und vergessen. Ich zürne ihr ja auch nicht mehr, aber ...“ Er brach ab.

Else seufzte leise. Ja, das war Andrea, so kannte sie dieses Mädchen. Voll Leidenschaft setzte sie immer ihren Willen als selbstverständlich durch, hatte aber im tiefsten Herzen einen guten Kern.

Sie antwortete also ihrer Überzeugung gemäß: „Ihr dürft das Andrea nicht nachtragen, lieber Schwager. Andrea ist heißblütig. Ihr wisst es. Aber mit Liebe ist sie zu allem zu erziehen, und ihr habt die Macht dazu in eurer Hand. Dass sie euch von Giselas Sterbebett zurückhalten wollte, ist erklärlich. Sie liebt euch zu sehr und zittert um euch. Ist sie erst eure Frau, dann wird sie euch folgen: Das glaube ich zuversichtlich. Freilich, bis sie ganz so ist, wie ihr sie wünscht und auch braucht, wird sie noch manchen Kampf bestehen, durch manches Schwere gehen müssen. Aber sind wir nicht alle täglich in der Schule, und lernen wir denn immer gleich die Aufgaben, die unser Herr und Lehrer uns zu lernen aufträgt?“

Er reichte ihr still die Hand, und mit Freude sah sie, wie der leise Schatten auf seinem Gesicht wieder schwand.

Still war’s im Forsthaus, aber eifrig wurde gepackt, denn in zehn Tagen sollte die Hochzeitsfeier von Henricius und Andrea stattfinden. Da Gisela dann erst zwei Wochen tot war, sollte die Feier ganz still in der Kirche sein; tags darauf wollte das junge Paar abreisen. Henricius konnte nicht länger bleiben, außerdem bot sich eine gute Reisegelegenheit.

Und die wenigen Tage gingen dahin.

* * *

Am Nachmittag vor dem zur Trauung bestimmten Tag läutete das Glöcklein von St. Theobaldi dumpf und feierlich. Viele Menschen waren auf dem kleinen Friedhof. Freundlich schaute die Sonne in das offene Grab, in das sie soeben einen Sarg senkten. Zwei frische Hügel lagen daneben. In den ersten hatte man vor zehn Tagen Gisela mit ihrem Kindlein gebettet. Im zweiten ruhte seit vier Tagen Johannes Fortmann, der junge Arzt.

In unermüdlicher, aufopfernder Sorge um die Kranken hatte er sich zu viel zugemutet. Tag und Nacht war er unterwegs, um zu helfen, wo es möglich war. Viel Liebe hatte er in der kurzen Zeit seines Hierseins gesät und geerntet. Dann hatte die Seuche ihn binnen einer Stunde dahingerafft.

Und heute trug man Henricius Fortmann zur letzten Ruhe. Auch er war der Seuche innerhalb weniger Stunden zum Opfer gefallen!

Mit blutendem Herzen hatte er den geliebten Bruder noch vor vier Tagen eingesegnet und ihm in die Gruft nachgerufen: „Sie sind vor dem Stuhl Gottes und dienen ihm Tag und Nacht in seinem Tempel. Und der auf dem Stuhl sitzt, wird über ihnen wohnen. Sie wird nicht mehr hungern noch dürsten, es wird auch nicht auf sie fallen die Sonne oder irgendeine Hitze."

Und heute wollte der Vater dem letzten Sohn diesen Dienst erweisen. Neben ihm standen in feierlichem Ornat die Geistlichen von „Unserer Lieben Frauen", Magister Burchhardi und Magister Helius von St. Johann. Zweimal setzte Johannes Fortmann zum Reden an, zweimal versagte ihm die Stimme, er konnte nicht sprechen.

Da trat Magister Burchhardi an seine Stelle. Wohl schwankte zuerst auch seine Stimme, aber dann tönte sie voll über den Friedhof hin: „Und Gott wird abwischen alle Tränen von ihren Augen, und der Tod wird nicht mehr sein, noch Leid noch Geschrei noch Schmerz wird mehr sein; denn das Erste ist vergangen."

Magister Fortmann hielt sein schwankendes Weib im Arm und weinte, ohne sich seiner Tränen zu schämen, wie ein Kind. Als es aber den Segen zu sprechen galt, überließ er Frau Ursula seinem alten Freund Markendorf. Wenn ihm auch die Stimme mehrmals brach, segnete er doch seinen letzten Sohn aus in der Hoffnung auf die ewige Herrlichkeit nach der Auferstehung von den Toten.

Nur eine hatte neben dem Grab wie eine Bildsäule gestanden – Andrea. Weiß das Gesicht, weiß bis in die Lippen, die unnatürlich großen Augen ohne eine Träne auf den Sarg geheftet. So hatte sie bei der Erkrankung des Geliebten an seinem Bett gesessen, hatte nicht danach gefragt, ob er die Seuche hatte. In ihren Armen war er entschlafen. So war sie bis heute. Sie aß nicht, sie sprach kaum und hatte keine Tränen.

Als aber der Vater den Segen mit seinem „Amen“ geschlossen, stieß sie einen markerschütternden Schrei aus und musste ohnmächtig fortgetragen werden.

Seufzend saß Else am Abend dieses Tages neben Andreas Bett, in dem die Schwester sich in unruhigem Schlaf hin und her warf. Als sie aus der tiefen Ohnmacht zu sich gekommen war, hatte sie endlich Tränen gehabt, und Else ließ sie weinen. Zu ihrer großen Beruhigung schlief die völlig Erschöpfte bald wieder ein, und nun hängte Else das Hochzeitsgewand Andreas hinten in einen Schrank, wo man es nicht sah. Um der Schwester willen hatte sie sich so lange zusammengenommen, nun aber übermannte das Leid auch sie.

So fanden sie Rüdiger und der Vater am Bett der Schwester. Still setzten sie sich zu ihr. Liebevoll strich der Vater über ihre Hände, und leise bat Rüdiger: „Schwesterlein, du bist für uns alle eine Stütze geworden. Halte du dich nur aufrecht, wir brauchen dich so sehr.“

„Ja, der Herr im Himmel erhalte euch mir, meine Kinder“, sagte der Vater, und seine Stimme zitterte.

Else trocknete ihre Tränen. „Weißt du noch,

Rüdiger, wie Henricius uns zu dem Altar der Freundschaft führte? Es sind noch keine zwei Jahre vergangen, und schon drei haben ihr Gelübde eingelöst, ‚treu bis zum Tod'!"

„Nur vier sind übrig", entgegnete er düster. „Wie lange?"

Da richtete das Mädchen den gebeugten Kopf auf. „Solange unser Vater im Himmel will, mein Bruder!"

Träge und langsam schlich die Zeit dahin, Stunde um Stunde, Tag um Tag. Sie kümmerte sich nicht um den oft so unendlichen Schmerz in winzigen Menschenherzen! Manchmal ließ sogar Else, die immer tätige, die Hände sinken und seufzte leise, dass der Tag gar so langsam dahinschlich.

Dabei brachte doch jeder Tag seine Arbeit mit sich, und Else hatte doppelt zu tun, denn Andrea kümmerte sich um nichts mehr.

Es war sehr still im Forsthaus geworden, auch wenn immer wieder mal einer der guten Freunde aus der Stadt vorbeikam, hatten doch die harten Schläge, die die Markendorf'sche und Fortmann'sche Familie getroffen hatten, überall die wärmste Anteilnahme erregt.

Ja, es war sehr, sehr still, obwohl sie zu viert im Haus waren wie einst.

Rüdiger wurde nach und nach ein wortkarger Mann, aber sein Inneres reifte in den dunklen Schmerzensstunden, und sein Glaube erstarkte mehr und mehr. Oft war sein Schwiegervater überrascht von dem tiefen Verständnis, das der junge Mann für das Wort Gottes bekommen hatte.

Er wusste nicht, dass er selbst mit seinem glaubensstarken *Dennoch* bei allem Schmerz um seine drei blühenden Kinder für Rüdiger ein starker Halt geworden war.

Ganz anders war es mit Andrea. Dieser konnten weder der Magister noch seine Frau, weder der Vater, noch Else, noch der Bruder helfen, der doch gleiches trug wie sie. Sie wies alle ab.

„Fortmanns haben immerhin noch zwei Töchter", sagte sie hart, „und die drei toten Kinder hatten auch nicht mehr zu Hause gewohnt. Rüdiger hat sein Glück fast zwei Jahre genossen. Mir aber wurde es genommen, als ich es schon zu halten meinte. Mir wurde der Becher von den Lippen gerissen, als ich eben trinken wollte. Lasst mich, ich will nichts mehr vom Leben."

Und als Else bat: „Komm, hilf mir bei dieser Arbeit", bekam sie immer die gleiche Antwort: „Wozu, es ist doch gleich, ob etwas getan wird. Brauchst du Hilfe, dann hast du ja noch Giselas Magd im Haus. Lass sie dir helfen."

Dann wandte sich Else seufzend ab. Sie hatte die Aussteuersachen Andreas fortgelegt. Ob diese es bemerkt hatte, wusste sie nicht. Gesagt hatte sie jedenfalls nichts.

Sie sprach überhaupt nur, wenn sie angeredet wurde, und gab auch dann nur kurze Antworten. Ihr einziger Weg führte sie jeden Tag zum Friedhof. Dort saß sie stundenlang. Hin und wieder ging sie auch in den Wald zu dem Stein, den Henricius hatte setzen lassen. Die übrige Zeit saß sie müßig auf der Fensterbank und grübelte vor sich hin. Unnatürlich blass schien ihr Gesicht unter dem reichen, dunklen Haar. In den großen Augen lag ein seltsamer Ausdruck.

„Sie müsste fort von hier", sagte der Vater wiederholt zu Else. „Wenn ich nur wüsste, wo ich sie hintun sollte! Und wenn diese Zeit eine andere wäre. Aber jetzt ist es schier unmöglich, sie fortzugeben."

„Du würdest damit auch kaum etwas erreichen, Vater", entgegnete Else dann. „Ihr kann nur Gott der Herr helfen, und wenn sie sich dem verschließt, ist jeder andere Trost oder sonstige Hilfe vergeblich."

Halt fand Else in dieser Zeit an der Gräfin Hedwig, der Mutter ihres Verlobten. Seitdem so schweres Leid die beiden Familien betroffen hatte, weilte die edle Frau des öfteren bei Frau Fortmann, kehrte aber noch öfters im Forsthaus ein. Und wenn sie auch für Else immer noch die „hochedle Gräfin" blieb, so wuchs doch mehr und mehr ein herzliches Vertrauen zwischen ihnen.

Dic Gräfin verstand es, mit feinem Empfinden im Herzen des Mädchens zu lesen, und mehr denn je erzählte diese ihr von ihren Sorgen um Andrea und vom Leid ihres Bruders. Die Gräfin bewunderte oft im Stillen die unermüdliche Fürsorge Elses um die Schwester.

* * *

So verstrichen die Tage.

Der August kam.

Im Städtchen drunten nahm das Elend von Tag zu Tag zu. Die Bürger wurden von den Landsknechten ausgesogen. Ein Befehlshaber verlangte immer noch höhere Abgaben – Kontributionen, wie die Chronik sie nennt – als der andere. Es war ein immerwährendes Kommen und Gehen der verschiedensten Truppen. Die Leute im Ort hatten nichts mehr zu essen. Dazu wurde auch das Schloss immer wieder mit Beschlag belegt. In allen Räumen hausten Soldaten, und der gräflichen Familie waren nur die notwendigsten Zimmer belassen.

Die Chronisten nennen die Jahre 1626, 1633 und 1641 die schlimmsten für den Ort in jener schreckensvollen Zeit und geben ein derart düsteres Bild, namentlich von 1626, dass man sich nur wundern muss, dass in Wernigerode und Umgegend nicht alle Bürger am Hunger oder an der Pest starben.

In diesen Tagen durchlief die Stadt das Gerücht, dass Graf Tilly mit einem großen Heer in der Nähe sei und der Dänenkönig Christian sich ihm an der Spitze der Protestanten entgegenstellen wollte. Wie zitterten die Herzen bei dieser Kunde. Wie flehentlich wurde um den Sieg des Königs gebetet!

Mit Zittern und Angst blickten alle den nächsten Tagen entgegen. Besorgt sah Rüdiger immer wieder in Elses blasses Gesicht und hatte doch selbst große Sorgen. Bei der bevorstehenden Schlacht würde auch Botho mitkämpfen.

Dunstig grau war der Himmel am Morgen des 27. August. Wie ein Bann schien es über der Natur und den Menschen zu liegen. Aus der Ferne dröhnte dumpf und grollend Donner herüber. Dabei stand doch gar kein Gewitter am Himmel. Die Erde erbebte immer und immer wieder in dumpfen Schlägen, obwohl es hierzulande noch nie ein Erdbeben gegeben hatte. Eine schwere Schlacht musste im Gange sein.

Da kam die Kunde: bei Lutter am Barenberg tobt eine furchtbare Schlacht, und der Sieg neigt sich auf die Seite der Kaiserlichen!

Ein Aufschrei des Schreckens ging durch den Ort. Mit dumpfer Betäubung hörten sie schon am Abend von Geflüchteten, dass die Nachricht wahr sei! Und mehr noch: König Christian mit seinem Heer wäre geschlagen und in wilder Flucht zerstreut. Die Kaiserlichen unter Graf Tilly hätten einen glänzenden Sieg erfochten!

Vom Schloss ließ der Hauptmann, der gerade dort hauste, Freudenschüsse abgeben. Auf die Leute drunten im Ort wirkte die Botschaft lähmend. War nun alles vorbei? Mussten sie nun in dumpfer Ergebung alles über sich ergehen lassen? War die Sache des Evangeliums gänzlich verloren?

Magister Fortmann hielt an diesem Abend eine Bibelstunde, in der das alte Lutherlied „Aus tiefer

Not schrei ich zu dir" mehr geweint als gesungen wurde!

Else war in den nächsten Tagen sehr still. Sie bebte oft vor Aufregung und musste ihre ganze Kraft aufwenden, um äußerlich ruhig zu erscheinen. Der Vater und Rüdiger bangten mit ihr, aber auch sie sprachen nicht viel.

An Andrea ging alles vorbei. Oder doch nicht? Mit gleichgültiger Miene hatte sie von der Schlacht gehört. Sie war auch nicht anders geworden, als sie den Vater und Bruder von Botho sprechen hörte, der ohne Zweifel dabei gewesen war. Seitdem aber hatte Else etliche Male einen beobachtenden Blick zu ihr hinfliegen sehen. Oder irrte sie doch? Jedenfalls nahm Andrea mit keinem Wort teil an der schweren Sorge der Schwester.

Bleischwer schlichen die nächsten Tage hin. Die Gräfin kam täglich oder sandte eine vertraute Dienerin, um zu fragen, ob irgendeine Nachricht von Botho gekommen sei. Ein ums andre Mal nahm sie Elses Hände und sagte: „Ach Kind, das Warten ist so schwer! Dennoch müssen wir nur erdulden, was unzählige Herzen vor uns erlitten haben und noch erleiden. Aber, welche Freude, wenn dann gute Nachricht kommt." Doch die ersehnte Kunde blieb Tag um Tag aus.

Eine Woche verging nach der andern.

So kam der September.

Wieder einmal war ein neuer Trupp Soldaten einmarschiert und ließ es sich in Wernigerode gut gehen.

Im Amtshaus von Nöschenrode hatte es sich ein Obrist bequem gemacht, weil er von dort aus schnell mit seinem Freund, der zur Burg hinaufgezogen war, zusammenkommen konnte. Auch ritt er gern die Langestraße herauf und in den Wald hinein.

Er brachte Neuigkeiten von der Schlacht bei Lutter mit. Sie waren auch ziemlich glaubwürdig, weil er selbst mit dabei gewesen war. Aber von all dem, was er erzählte, blieb nur eins ganz deutlich bei den Zuhörern haften, weil es ihre Grafenfamilie anging: Graf Botho sollte wie ein Löwe gegen eine zehnfache Übermacht gekämpft haben, am Ende aber doch gefangen und nach Hildesheim gebracht worden sein. Der Obrist wollte es mit eigenen Augen gesehen haben.

Wie ein Lauffeuer durchlief das Gerücht die Stadt. Mit großer Anteilnahme schaute manches Auge zum Schloss empor. Ob man es dort schon wusste? Und wer würde die Botschaft hinaufbringen?

Förster Markendorf war in der Neustadt bei Ratmann Sprengepfeil, dessen jüngstes Kind, ein Mädchen von zehn Jahren, in der vorigen Woche der Pest erlegen war. Er hatte dem Vater im Wissen um sein Leid die Hand drücken wollen. Hier vernahm er die Nachricht von Graf Botho. Er presste die Lippen zusammen und griff nach seinem Hut; nun hieß es schnell sein, damit nicht Unberufene seiner Tochter diese Neuigkeit überbrächten. Er selbst wollte es Else mitteilen.

Aber Neuigkeiten fliegen zu allen Zeiten wie vom Winde getragen hierhin und dorthin.

Else war gerade in der Küche mit dem Herrichten der Suppe beschäftigt, als Grete, die Magd vom Büchenberghaus, aus dem Ort kam, wo sie Gemüse für die Küche besorgt hatte.

Halblaut erzählte sie Martha, was sie über die Schlacht gehört hatte. Else hörte nur mit halbem Ohr zu. Sie wusste, dass Grete gerne lauschte und weitererzählte. Ihr war dies nicht gerade sehr lieb, sie konnte es aber nicht ändern.

Da hörte sie Graf Bothos Namen fallen. Jäh setzte sie den Topf, den sie eben in der Hand hielt, auf den Tisch und wandte sich rasch um.

„Was schwätzt du da für ein törichtes Zeug, Grete?", wies sie sie halb erregt, halb ängstlich zurecht.

Erschreckt sah Martha sie an und machte Grete Zeichen, sie solle still sein. Doch diese achtete nicht darauf und entgegnete: „Es ist so, Jungfer Else, der Obrist hat es im Amtshaus sclbst erzählt. Graf Botho ist gefangen und von den Kaiserlichen nach Hildesheim gebracht worden."

Else musste sich am Herd festhalten, um nicht zu stürzen. Sie zitterte am ganzen Körper und konnte zuerst nicht sprechen.

Torheit, Leutegeschwätz, durchfuhr sie es dann, sonst hätte die Gräfin nach mir gesandt. Der Gedanke gab ihr etwas Ruhe zurück. Sie machte ihre Arbeit so weit fertig, dass sie sie Martha überlassen konnte, dann eilte sie ins Zimmer zu Andrea und rief dieser zu:

„Ich geh' zum Schloss hinauf, falls der Vater oder Rüdiger kommen."

Nun floh sie förmlich durch den Wald den Berg hinauf. Sie musste schnell Gewissheit haben, ob das Entsetzliche wahr sei! Gefangen durch die Kaiserlichen ... ach, sie konnte sich sehr gut vorstellen, was das bedeutete!

Sie hatte nicht darauf geachtet, dass ihr ein Reiter entgegengesprengt kam. So schrak sie zusammen, als er dicht vor ihr vom Ross sprang und rasch auf sie zutrat.

Es war Graf Christoph selbst. Seine Züge waren blass und kummervoll. Behutsam fasste er die Hand des Mädchens, das ihn, ohne ein Wort sagen zu können, ansah.

„Mein liebes Kind", nur selten hatte er sie bisher so angeredet, „ich sehe, auch du hast die böse Nachricht schon gehört. Oh wenn ich dir nur sagen könnte, dass da nichts dran sei. Doch sie ist nur allzu wahr! Einer, der unter Botho kämpfte und dem die Flucht glückte, hat sich hierher durchgeschlagen und uns dieselbe Nachricht gebracht, wie sie der bayerische Obrist drunten im Ort verbreitet."

Er zog väterlich ihren Arm durch den seinen, nahm die Zügel seines Rosses und ging mit ihr zum Schloss.

„Ich wollte dir das selbst mitteilen", fuhr er fort, da sie noch immer nicht reden konnte, „und dich zu meiner Frau holen. Sie sehnt sich danach, dich jetzt bei sich zu haben. Gott hat unsere Seelen schwer betrübt, aber Else – nun wird unser Gottvertrauen und unsere persönliche Beziehung zu Gott auf die Probe gestellt. Sollte sich unser Glaube im Leid als unecht erweisen?“

Er schien mit diesen Worten den richtigen Ton getroffen zu haben. Sie hob den Kopf und sah ihn mit tränenschweren Augen an.

„Ja, Herr Graf, nur ist es im Augenblick so bitter. Er wollte dem Evangelium dienen und nun ...“, sie brach aufschluchzend ab.

„Vielleicht kann er es nun erst recht unter denen, die ihn gefangen halten“, erwiderte er düster und glaubte selbst nur sehr schwach an dieses „vielleicht“.

Sie sagte nichts. Langsam floss eine Träne nach der andern über ihr blasses Gesicht.

So führte er sie zur Burg. Dort ließ er sie los, übergab einem Knecht sein Ross und folgte ihr zur Gräfin.

Diese zog Else sogleich an ihr Herz. Ihre Tränen mischten sich mit denen des Mädchens. Aber beide kannten ihren Gott, und zu ihm flüchteten sie mit ihrer Angst um den einen, den sie beide so unsäglich liebten.

Mit Bestürzung hatten währenddessen Vater Markendorf und Rüdiger erfahren, dass Else zum Schloss geeilt war.

„So hat sie es schon mitbekommen“, sagte der Bruder bekümmert und fragte Martha, ob jemand aus der Stadt zu ihnen gekommen wäre. Diese, die als treue Magd des Hauses von Elses Verlobung wusste, erzählte ihm, was geschehen war.

Rüdiger kam wieder herein und wandte sich nun an Andrea: „Weißt du schon ...“

„Ich weiß“, nickte sie ruhig. „Vater erzählte es mir soeben. Nun trifft's also auch Else.“ Sie wandte sich wieder zum Fenster und blickte hinaus.

Unwillig schüttelte der Bruder den Kopf. Schon hatte er ein hartes Wort auf den Lippen, da sah er Else den Weg herabkommen.

Sie ging sehr langsam. Er eilte ihr entgegen. Der Vater folgte ihm. Tieftraurig reichten sich die Geschwister beide Hände, liebevoll schaute der Vater ihr in die großen Augen, in denen das Leid lag.

So kamen sie in das Zimmer. „Auch wenn er gefangen in Feindeshand ist“, sagte Else sehr langsam, aber fest, „dennoch, dennoch ist er noch mehr in Gottes Hand, und ohne dessen Willen fällt auch kein Haar von seinem Haupte.“

„Wir wissen aber, dass denen, die Gott lieben, alle Dinge zum Besten dienen“, fügte der Vater hinzu, „also auch Botho dieses schwere Los, und uns ebenso.“

„Ich meine, die Unglücksschläge, die Rüdiger, mich, nun Else und dadurch auch unseren Vater getroffen haben, hätten alle die gleiche Ursache“, klang Andreas Stimme urplötzlich so hell und scharf dazwischen, dass sich die drei erschrocken zu ihr umwandten.

Sie war aufgestanden. Ein herber Zug lag auf dem bleichen Gesicht. In den dunklen Augen glühte ein seltsames Licht. Ihre Blicke waren brennend auf Else gerichtet, und sie fuhr fort: „Euch aber diese Ursache zu nennen, wäre zwecklos, ihr würdet mich alle für verwirrt halten. Arme Else! Und dennoch reich gegen mich, denn er lebt, und du darfst hoffen, ihn wiederzusehen. Ich befürchte aber ... Doch nein, wozu etwas sagen, was ihr heute doch nicht verstehen würdet."

Dabei ging sie mit harten, schnellen Schritten hinaus.

„Mit einem sehr notwendigen Krach werde ich ihr den Kopf zurechtsetzen!" Rüdiger sprang zornig auf, um der Schwester nachzueilen. „Das ist wirklich nötig, sonst, glaube ich, bleibt sie nicht klar."

Aber schon hatte Else die Hand auf seinen Arm gelegt.

„Lass", bat sie den Erregten, „es wird sonst nur noch schlimmer mit ihr! Denk an Konrad", fügte sie leise hinzu.

Ärgerlich war der Vater ans Fenster getreten. Er hatte die letzten Worte Elses nicht gehört.

„Rüdiger hat Recht", zürnte er und strich sich erregt durch den Bart, „sie treibt's zu bunt. Hadert derart mit Gott, dass einem angst werden könnte. Und sie macht uns das ohnehin nicht mehr allzu sonnige Leben noch dunkler. Ich werde allen Ernstes versuchen, sie fortzugeben."

„Nein, lieber Vater", entgegnete Else, „tut's nicht! Lasst ihr noch Zeit. Es gärt etwas in ihr, doch ich weiß nicht recht, was. Lasst uns abwarten, in ein paar Wochen ist immer noch Zeit, Härte zu zeigen."

Martha brachte das Mittagsbrot herein. Die drei aßen nur wenig davon. Andrea fehlte ganz. Sie sei zum Friedhof gegangen, berichtete Martha.

Wie eine Wolke lag der Kummer über dem Forsthaus, über dem Schloss, ach, über fast allen Familien im Ort. Es kam nur darauf an, wie sie es ertrugen. Die einen nahmen es mit stumpfer Gleichgültigkeit hin, die andern mit lautem Jammern und Klagen. Etliche wurden verbittert, manche oberflächlich. Es ließe sich eben nicht ändern, sagten sie. Manche aber ließen das Leid an sich arbeiten, und Gott konnte es benutzen, um die Seele hinaufzuziehen zu seinem Vaterherzen, um ihr klar zu machen, dass sie nicht nur für dieses Leben, sondern für das, das ewig währt, geschaffen ist. Und die, die ihre Zuflucht bei dem Herrn der Welt suchen, sind es, die für ihre Mitmenschen zum besonderen Segen werden. So ging es mit Else.

Wenig, sehr wenig sprach sie von ihrem Verlobten. Sie tat ihre Arbeiten mit derselben Pflichttreue wie immer. Wohl war sie sehr ernst, aber ihrem Wesen fehlte dennoch nicht jene Freundlichkeit, die starke Menschen auszeichnet. Unwillkürlich wurde sie dem Bruder eine Stütze, dem Vater ein Trost. Besonders aber auch der Gräfin.

Und doch wussten sie alle, dass das Mädchen schwer an der quälenden Ungewissheit trug. Schwerer noch als sie alle.

In den Händen der Feinde zu sein war sehr oft gleichbedeutend mit einem furchtbaren Tod. Man wusste das nur zu genau! Wenn auch seine Stellung, sein Stand und sein Name etwas Schutz für Botho bildeten, so kam es doch sehr auf den Befehlshaber an, der über die Gefangenen wachte. Dazu herrschte überall gleichermaßen die Pest. Es bedurfte der ganzen Energie Elses und eines starken Glaubens, um mit den langsam vergehenden Tagen fertig zu werden.

Oft eilte sie ins Friederikental. Dann saß sie auf der Bank unter den Buchen und ließ ihren Tränen freien Lauf. Eine heiße, schier unbezwingbare Sehnsucht nach dem Geliebten erfasste sie dann, unter der sie zu erliegen drohte. Aber immer wieder flüchtete sie ans Vaterherz Gottes. Dennoch, dennoch konnte er ja den Geliebten bewahren, dennoch sie wieder zusammenführen! Er lebte ja noch, wie Andrea ganz richtig gesagt hatte. Ja, sie war reicher, unendlich viel reicher als die Schwester. Und wenn sic die Sache so betrachtete, durchströmte sie Dankbarkeit.

* * *

Vierzehn Tage waren vergangen, seit die Nachricht von Botho zu den Seinen gekommen war.

Es war etwa Mitte September. Auf warme, sonnige Tage war trübes, nebliges Wetter gefolgt.

So ein grauer Tag war heute zu Ende gegangen.

Andrea wünschte bald eine gute Nacht und ging hinauf in ihr Zimmer, das sie seit Henricius' Tod allein bewohnte. Rüdiger saß am Tisch und hatte die große Bibel vor sich. Else spann. Der Vater war im Lehnstuhl am Kamin ein Weilchen eingeschlummert. Es war um die neunte Abendstunde.

Plötzlich knurrte der große Jagdhund des Vaters, jetzt winselte er leise und kroch ängstlich unter den Stuhl seines Herrn. Rüdiger horchte auf. Es schienen sich Schritte dem Hause zu nähern. Nun lauschte auch Else. Den Schritt, der da ganz deutlich rasch näher kam, hätte sie unter Tausenden erkannt!

Jetzt – jetzt musste die Haustüre gehen. Else war unfähig, sich zu bewegen und ihr Herz klopfte in jauchzender Freude bis zum Zerspringen. Es war ja nicht möglich, konnte es denn wirklich sein?

Rüdiger war aufgestanden, um zu öffnen. Aber nun war alles still. Sie lauschten vergeblich.

Rüdiger eilte zum Fenster und spähte hinaus. Niemand war zu sehen, nichts mehr zu hören.

Else hatte den Kopf auf den Arm gelegt. Ein Schauer nach dem andern überlief sie. Rüdiger und sie – beide hatten sie deutlich den Schritt gehört und erkannt.

Nun war auch der Vater aufmerksam geworden. Auch ihn erfasste eine seltsame Unruhe. Aber er riss sich zusammen und sagte beinahe unmutig: „Wahrlich, wir sind schlimmer als alte Weiber. Stehen wir nicht in Gottes Hand? Sollen wir uns von einem Geräusch Furcht einjagen lassen, das wir uns nicht erklären können? Schämen sollten wir uns! Wir wollen schlafen gehen.“ Er nahm das Licht und ging voran. Wortlos folgten die anderen.

Es schlief aber keiner von ihnen in dieser Nacht.

Zu derselben Stunde lag in Hildesheim in einem schmalen Zimmer ein sterbender Mann auf einer ärmlichen, doch sauberen Bettstatt. Totenbleich war sein feingeschnittenes Gesicht mit dem blonden Spitzbart, aber ein tiefer Seelenfriede lag auf ihm. Seine blauen Augen waren auf einen zerlumpten Mann an seinem Bett gerichtet.

Mit verlöschender Stimme sprach er: „Versuche es, Gott geleite dich. Sollte es dir gelingen, dann vergiss meine Botschaften nicht.“

„Niemals, Herr“, entgegnete der Mann gepresst, und sah den Sterbenden in tiefem Schmerz an. „Oh könnte ich euch mitnehmen!“

Ein mattes Lächeln irrte um die Lippen des Todkranken. „Ich gehe auch nach Hause. Freilich anders, als wir beide dachten und es so sehnlich hofften und wünschten. Unser Gott weiß aber besser, wie unser Lebensweg verlaufen soll, und wann er zu enden hat. Den meinen bricht er rasch ab. Er muss besondere Absichten mit mir und mit meiner Braut haben. Aber nun musst du fort, die Wache kommt. Christus gehe vor dir her – leb wohl!“

Wie eine Katze verschwand der andere durchs Fenster, als die Zimmertür aufging und ein bärtiger Landsknecht hereinschaute. Kaum hatte er den Sterbenden gesehen, als ein Ausdruck jähen Schrecks über sein finsteres Antlitz glitt.

Mit einem Schritt stand er am Bett.

„Graf Botho, ihr?"

Mühsam öffnete der Angeredete die Augen. In plötzlichem Erkennen weiteten sie sich. „Konrad! Bleib fern, komm nicht heran, ich habe die Pest!"

„Was kümmert mich die Pest oder irgendein Teufel, ich nehm's mit jedem auf", brummte der Angeredete und beugte sich über ihn. „Ich bleibe jetzt bei euch, wusste ja nicht, dass ich euch hier gefangen und krank finden würde. Ich kam erst gestern hierher."

„Konrad, wenn du wüsstest, welches Leid man daheim um dich trägt", murmelte Botho, und seine fieberglänzenden Augen hafteten fest auf dem wilden, bärtigen Gesicht vor ihm.

„Schweigt", fuhr dieser auf, „ich heiße Wolf Wernicke, dass ihr's wisst." Aber sanfter fuhr er fort: „Kann ich nichts für euch tun?"

„Ein wenig Wasser", bat Botho schwer atmend.

Bereitwillig gab ihm Konrad etwas aus einer neben dem Bett stehenden Flasche, und der Sterbende trank ein paar Schluck.

Mühsam, mit mehr und mehr stockender Stimme sprach er weiter: „Hab Dank. Nun brauche ich nichts weiter mehr. Nur um eins bitte ich dich, meinen Schwager!"

Er stockte. Erstaunt sah der Landsknecht ihn an. Schwager?

„Grüß meine Braut, meine Else, tausendmal", flüsterte die todesmatte Stimme weiter. „Sage ihr, ihre Liebe sei mein Lebensglück gewesen. Unser Heiland hat anders über uns entschieden, als wir wollten. Sein Wille geschehe. Sage ihr – wir – sehen uns – wieder, daran soll – sie – gedenken, sie soll sich erinnern – was wir – am – Stein –."

Immer leiser und undeutlicher war die Stimme geworden, jetzt versagte sie ganz. Tief erschüttert beugte sich der wilde Krieger über den Grafen und schob ihm sanft den Arm unter den Kopf.

Dankbar sah Botho ihn an.

„Kehr heim, Konrad", hauchte er noch einmal, „kehr heim zu deinem – irdischen und himmlischen – Vater –."

Die blauen Augen schlossen sich – alles war vorüber. Graf Botho hatte ausgelitten.

Mit fest zusammengekniffenen Lippen ließ Konrad ihn langsam zurückgleiten. Ihm war's vollständig gleich, ob er einen Pestkranken berührt hatte oder nicht. Er suchte ja den Tod, an ihm lag's nicht, dass er ihn bisher nicht gefunden hatte.

Eine Stunde später war er der wildeste unter seinen Kumpanen. „Der Wernicke hat den Leibhaftigen im Leibe", sagten sie und gingen ihm möglichst aus dem Wege.

Die Botschaft Graf Bothos an Else aber blieb unbestellt.

* * *

Das trübe, neblige Wetter hatte sich in Regen verwandelt. Tief hingen die Wolken in den Bergen, ein feuchtkalter Wind wehte. Die Wege waren glitschig und weich, von jeder Anhöhe rieselten kleine Bächlein zu Tal.

Müde blickten Elses Augen in das trostlose Grau des Tages. Ihr war zumute, als könnte sie diese Ungewissheit nicht mehr lange ertragen.

Es war bald nach dem Mittagsmahl. Der Vater saß in seinem Zimmer neben der Küche und schrieb Rechnungen. Rüdiger war hinauf in sein Zimmer gegangen, das er wieder bezogen hatte, und wollte sich eine regendichte Jacke holen. Er hatte vor, heute Nachmittag ins Büchenberghaus zu gehen. Else war im Flur unten am Wäscheschrank beschäftigt. Sie wollte ältere Wäsche zum Ausbessern heraussuchen.

Da wurde die Haustür sachte aufgeklinkt und ein Mann stand auf der Schwelle. Mit wütendem Gekläff fuhr Rüdigers weiß gefleckter Beppo auf ihn los und Else trat erschrocken einen Schritt zurück. Zerrissen und beschmutzt von oben bis unten war seine Kleidung. Der Hut fehlte, Haar und Bart waren verwildert und struppig. Dennoch war etwas im Gesicht des Mannes, das Else bekannt vorkommen wollte.

„Was wünscht ihr?“, fragte sie zaghaft.

Da rief er schmerzlich: „Fräulein Else, erkennet ihr mich nicht mehr? Ich bin ...“

„Wilhelm“, hauchte sie, todesblass werdend, und sank kraftlos auf einen Stuhl.

„Ja, Wilhelm, Graf Bothos treuer Diener.“ Damit trat er ein und schloss die Tür.

Nun hatte auch der Hund ihn erkannt und stand schwanzwedelnd vor ihm.

In diesem Augenblick kam Rüdiger die Treppe herab. Er erkannte Wilhelm sofort, und sein Ruf brachte auch den Vater schnell herbei.

Schweigend traten sie ins Zimmer. Behutsam führte Rüdiger seine willenlose, schwankende Schwester hinein und ließ sie sanft auf einen Stuhl gleiten. Sie wussten ja alle, was kommen würde. Aber jeder scheute sich zu fragen oder das erste Wort zu sprechen.

Da ließ sich Wilhelm plötzlich vor Else auf die Knie nieder und sagte mit rauer Stimme, in der Tränen zitterten: „Lasst mich euch als meiner Herrin Ehrfurcht erweisen und euch die Treue geloben, die ich meinem Herrn, eurem verlobten Gemahl, gelobt und gehalten habe bis zum Tod. Hört seine letzte Botschaft an euch: Er grüßt euch vieltausendmal und dankt euch für eure Liebe, mit der ihr sein Leben reich gemacht hattet. Vor Gott, dem Allmächtigen, dachte er noch in der Sterbestunde an euch und freute sich aufs Wiedersehen am Thron Gottes. ‚Auf Wiedersehen‘ ließ er euch ausdrücklich sagen, und ihr solltet an die Abschiedsstunde am Stein im Friederikental denken.“

Beklemmende Stille folgte seinen Worten. Else hatte das Gesicht in den Händen verborgen, ein tränenloses Schluchzen durchschüttelte ihren ganzen Körper. Stützend legte der Vater den Arm um sein Kind und fragte mit bedeckter Stimme: „Euer Herr ist also gestorben, Wilhelm, an was? War er verwundet?“

„Nein, Herr Förster, er starb an der Pest. Wir wollten beide fliehen, schon war alles vorbereitet, da überfiel ihn zwei Stunden zuvor die Seuche. Sterbend sandte er mich fort. Ich entkam durch ein Fenster, als da die Wache hereinkam. Ich konnte mich aber nicht losreißen und schaute von draußen herein. Der Landsknecht war sehr freundlich zu ihm. Mein Herr starb nach zehn Minuten in seinen Armen. Da bin ich fort. Bei Tag hielt ich mich verborgen, bei Nacht wanderte ich. Es war ein schwerer Weg, aber noch viel schwerer ist mir gefallen, euch solche Botschaft zu bringen.“

„Und an welchem Tag war es?“, fragte Rüdiger in tiefem Schmerz.

„Vor acht Tagen am Abend um die neunte Stunde“, berichtete Wilhelm.

Da ließ Else die Hände sinken. Ein sonderbarer Blick traf den Bruder, und ebenso schaute dieser sie an.

„Er grüßte uns“, sprach sie leise und stand auf. „Lasst mich ein wenig allein, dann gehe ich mit euch aufs Schloss, Wilhelm.“ Damit ging sie hinaus.

Die bangen, schweren Nachmittagsstunden waren verstrichen, der Abend kam. Früher als sonst brach er herein. Das Schloss war in Nebel gehüllt. Der Regen klatschte immer noch an die Fensterscheiben. Durch die Wälder fuhr rauschend ein starker Westwind.

Bis jetzt war Else bei der Gräfin gewesen, nun wollte sie heimgehen. Sie hatte den Arm um die Mutter des Geliebten gelegt und lehnte den Kopf an ihre Schulter. Liebevoll strich Gräfin Hedwig ihr immer wieder über das blonde Haar. Der Graf hatte Elses andere Hand genommen.

„Nun bist du an Bothos Stelle getreten, du bist nun unser Töchterchen", sagte er traurig, und die Gräfin fügte hinzu, während ihr wieder schwere Tränen übers Gesicht rollten: „Du solltest es ja im anderen Sinne werden, nun behalten wir dich als teuerstes Vermächtnis unseres geliebten Sohnes."

„Vater – Mutter – oh Mutter", schluchzte Else, „habt Dank für eure Liebe!" Sie erhob sich, um zu gehen, und trocknete ihre Tränen. „Ich komme, sooft ich kann, herauf. Darf ich?", fragte sie zaghaft.

„Sooft du kannst, Else", bat die Gräfin und küsste sie auf die Stirn. Der Graf aber führte sie fürsorglich hinaus: Vor dem Schloss wartete Rüdiger auf sie.

Die Nacht brach herein.

Else hatte sich nicht entschließen können, in ihr Bett zu gehen. Sie saß am Fenster ihres Zimmers, hatte es geöffnet und schaute hinaus.

Der Regen hatte aufgehört. Durch zerrissene Wolken fiel hin und her ein blasser Mondstrahl, leuchtete ein Stern. Stoßweise fuhr der Wind durch den Wald, dann tropfte es von den nassen Zweigen.

Das Mädchen dachte nach, wusste aber kaum was! Wirbelnd flogen die Gedanken durch ihren Kopf. Acht Tage war der so unendlich geliebte Mann nun schon heimgegangen, tot, begraben – wo? Unbekannt, ungenannt! Ach, der Kopf war zu müde zum Denken, er tat so weh, und das Herz noch viel mehr – schier zum Zerspringen.

Krampfhaft hatte sie die Hände gefaltet. Ihre Augen starrten hinaus, totenblass war das Gesicht. Aber durch das wilde Heer der Gedanken leuchtete immer wieder der eine: „Auf Wiedersehen am Thron Gottes." Und durch all das Dunkel des Schmerzes streckte sie die Hand aus zu dem, der gesagt hatte: „Ich lebe, und ihr sollt auch leben." Sie klammerte sich an ihn und all das fast verzweifelte Fragen nach dem *Warum* wurde nach und nach still vor ihm, der in Gethsemane sagte: „Dein Wille geschehe."

Konnte der gütige Gott seinen einzigen Sohn nur durch tiefste Nacht zum Licht führen, dann würde ja wohl dieser Weg auch seinen Jüngern nicht immer erspart bleiben. Dann gab es auch für Botho keinen anderen als den, den er gehen musste. Und auch für sie nicht.

Ja, sie wollte glauben, sie wollte still sein, sie wollte von Herzen sprechen können: „Dein Wille geschehe!" Wenn nur das Herz nicht gar so unruhig gewesen wäre, nicht gar so wehgetan hätte! „Warum?", fragte sie nun nicht mehr, aber der brennende Schmerz in ihrer Seele war geblieben. Oh wie gut verstand sie nun Andrea! Und dennoch wollte sie sich an Gottes Vaterhand festhalten, nicht murren und hadern wie die Schwester.

Da schrak sie zusammen. Andrea war leise hereingekommen und stand vor ihr.

„Else, nun kam das Leid auch zu dir!“ Sie ergriff schaudernd beide Hände der Schwester, kniete vor ihr nieder und legte den Kopf auf ihren Schoß. Dabei fühlte diese, wie Andrea am ganzen Körper zitterte.

„Warum?“, brach es jetzt ungestüm über Andreas Lippen. „Ist das ein Gott der Liebe, der so handelt? Ist das Gebetserhörung?“ Wie im Fieberfrost schlugen ihre Zähne aufeinander. Das gab Else die Kraft wieder.

Sie legte beide Arme um die Schwester. Eine leise Dankbarkeit stieg in ihr auf, dass das Mädchen doch einmal etwas aus sich heraustrat.

„Ja, Andrea, das Leid kam auch zu mir, und es zeigt sich nun, wie ich zu Gott stehe. Doch deshalb will ich nicht an Gottes Liebe zweifeln. Wie könnte ich?“, ihre Stimme schwankte, sie hielt einen Augenblick inne. „Botho dient nun seinem Herrn in himmlischer Freude, er hat es doch gut. Weshalb mein Gott mich hier unten ohne Geliebten gelassen hat, weiß ich freilich nicht, aber die Ewigkeit wird es mir einst offenbaren. Ich freue mich auf sie.“ Wieder schwankte ihre Stimme, aber dann sprach sie ruhig weiter: „Kann man nicht auch das als eine Gebetserhörung betrachten? Andrea, seine Gedanken sind nicht unsere, und unsere Wege sind nicht die seinen. *Dennoch, dennoch bleibe ich stets an dir, denn du hältst mich bei meiner rechten Hand und leitest mich nach deinem Rat ...*“

Immer leiser klangen ihre Worte, regungslos kniete Andrea vor ihr.

Lange schwiegen die beiden. Endlich erhob sich das Mädchen und setzte sich neben Else. Mehrere Male schien sie sprechen zu wollen, unterließ es aber immer wieder. Zärtlich küsste sie dann die Schwester und ging. Aber auch sie suchte noch lange nicht ihr Lager auf. Sie saß und grübelte, nur nahmen ihre Gedanken eine Richtung, die niemand ahnte.

Am nächsten Morgen war sie noch vor der Schwester unten und tat ihre früheren, gewohnten Hausarbeiten mit einer Selbstverständlichkeit, als wäre es niemals anders gewesen. Mit dankbarem Staunen sahen es die Ihrigen, aber niemand verlor ein Wort darüber.

Auch Else tat ihre Pflicht wie immer, doch ihre Bewegungen waren langsamer, ihre lieblichen Züge farblos. Sie trug eine Last.

Am Nachmittag hielt sie es nicht mehr aus, sie schlang ein Tuch um die Schultern und schlug den Weg zum Friederikental ein. Durch den starken Wind, der in der Nacht geweht hatte, waren die Wege getrocknet, nur das Gras war noch feucht.

Else achtete nicht darauf, als sie auf den Stein zuschritt, den Botho, vielleicht in einer unbestimmten Vorahnung seines Todes, zu ihrer Erinnerung hier hatte errichten lassen.

Nach den nebligen Herbsttagen war heute wundervolles Herbstwetter. Tiefblau leuchtete der Himmel.

Schräge Sonnenstrahlen fielen durch die Äste und Zweige und malten goldene Sonnenfleckchen auf den Boden, auf das Moos, auf die Bäume, ließen die gelbgefärbten Blätter wie Gold erstrahlen und die roten noch purpurner glühen. Zauberhaft war der Wald in seiner Färbung vom mattesten Gelb bis zum tiefsten Rot, duftend und schweigend standen die dunklen Tannen dazwischen. Trotzig und stark reckten die alten Buchen hier am Stein ihre Häupter empor. Ihnen hatte der Herbst noch nicht viel tun dürfen.

Else sah nichts von der Herbstschönheit, sie war am Stein zusammengesunken, hatte beide Arme auf ihn gelegt und lehnte die schmerzende Stirn an das harte Gestein. Da kam die ganze, mit Gewalt zurückgedämmte Flut des Schmerzes über sie. Ihr war zumute, als würde es dunkel um sie her.

Das Herz tat so weh, dass sie meinte, sie könne es nicht mehr ertragen.

„Botho – Botho!“, schrie sie auf, schleppte sich mühsam zu der Bank und sank dort fast gebrochen zusammen. Alle Kraft hatte sie verlassen. Sie konnte nicht mehr denken – ihr Glaube schien verschwunden. Das starke „Dennoch“, das sie der Schwester entgegengehalten hatte, schien zu wanken. Verzweifelt streckte sie die Arme aus und rief: „Herr, hilf mir!“

Sie legte den Arm auf die Lehne der Bank und barg das Gesicht darin. „Herr, hilf mir, ich versinke“, murmelte sie tonlos noch einmal.

Da merkte sie plötzlich, dass jemand neben sie trat.

Sie hörte eine liebe, leise Stimme. Unter Tausenden hätte sie diese erkannt. „Else, wir werden immer eins bleiben. Unsere Seelen flossen ineinander, als wir beisammen waren. Sie sind nicht getrennt worden. Die, die im Glauben sterben, sind ganz nahe bei Jesus, und er ist bei den Seinen auf Erden alle Tage, bis ans Ende der Welt, wie er verheißen hat. So sind wir immer zusammen, auch wenn wir uns nicht sehen. Und eines Tages sehen wir uns wieder. Es gibt für uns keinen Abschied auf ewig, sondern ein endgültiges Wiedersehen."

Die leise Stimme schwieg. Es war Else, als glitte etwas sanft über ihr Haar. Sie meinte, die Hand nur ausstrecken zu müssen, um zu fühlen, dass sie nicht allein sei, wagte aber nicht, sich zu rühren.

Endlich hob sie zitternd den Kopf. Der Himmel strahlte wie vorhin auf die Erde. Ein Eichhörnchen saß auf der Banklehne, schaute sie erschrocken an und huschte dann eilig den Stamm hinauf.

Hatte sie geträumt? Gewacht?

Was war geschehen? War sie doch nicht allein gewesen?

Wie lange sie so gesessen hatte, wusste sie nicht. Entschlossen hob sie das Gesicht empor, faltete die Hände und sagte laut: „Ja, Herr, du hilfst mir, und du bist bei mir! Ich danke dir für diese Stunde! Grüße ihn, den ich immer lieben werde, bei dir sehen wir uns wieder. Mein Leben gehört jetzt noch mehr als bisher dir und meinen Mitmenschen."

Sie stand auf, um heimzugehen, ausgerüstet mit neuer Kraft. Sie hatte ihren Gott im tiefsten Leid nicht verlassen wollen, hatte nicht gemurrt oder gezweifelt, obwohl sie nah am Zusammenbruch gewesen war, und Gott belohnte ihre Treue mit seinem vollkommenen Frieden.

Glücklich ist der Mensch, der in seinen dunkelsten Stunden eine Erfahrung wie Else Markendorf machen darf. Er gehört zu den Gesegneten Gottes und ist imstande, seinen Mitmenschen ein Sonnenstrahl und ein Segen zu sein.

Ist nicht dies der höchste und schönste Lebenszweck?

* * *

Fünf lange Jahre waren verstrichen. Man schrieb das Jahr 1631. Fünfmal war es Winter und wieder Sommer geworden, aber der so heiß ersehnte Friede war nicht gekommen.

Gab es denn überhaupt noch so etwas wie Frieden? Hatte es je eine Zeit gegeben, wo die Bürger ruhig ihren Gewerben nachgehen, die Bauern ungehindert den Acker bestellen, die Felder besäen und reife Frucht einfahren konnten?

Wie weit, ach, wie weit lag diese Zeit zurück! Man sprach wohl mal davon wie von längst Vergangenem.

Dreizehn Jahre dauerte nun schon der schreckliche Krieg, und in seinem Gefolge zogen Hunger und Pestilenz. Wie viele Dörfer und kleine Ortschaften waren in diesen Jahren bereits ausgestorben, wie viele ganz vom Erdboden verschwunden, so dass kaum noch die Namen übrig waren. In mancher Stadt standen ganze Häuserzeilen leer und verfielen, so dass höchstens lichtscheues Gesindel darin Unterschlupf suchte.

Die durchziehenden Kriegshorden nahmen, was sie bekommen konnten. Plünderung, Raub, Brand und Mord waren an der Tagesordnung. Was galt noch ein Menschenleben? Kaum mehr als der Vogel in der Luft. Recht und Gesetz waren nur noch dem Buchstaben nach da. Jeder Feldherr, ob Freund, ob Feind, folgte dem Grundsatz, den Krieg durch den Krieg zu ernähren. Deutschland war der Boden, auf dem sich alles abspielte, den jeder nach Herzenslust aussog und umpflügte. Zweifellos haben frühere und spätere Kriege auch böse Wunden gerissen, keiner aber so schlimme wie dieser längste und schrecklichste der Kriege.

Aber gerade zu einer Zeit, wo es schien, als sollten die Gegner der Protestanten siegen, als der Kaiser Ferdinand das Restitutionsedikt gegeben hatte und der katholische Gottesdienst an vielen Stellen wieder eingeführt worden war, wenn auch mit Gewalt, erschien König Gustaf Adolf von Schweden mit seinem Heer in Deutschland.

Wie wurde er als Befreier und als Retter begrüßt, wie wurde sein siegreicher Zug durch Norddeutschland mit Spannung und Jubel verfolgt, wie viel Gebet und Flehen stieg für ihn und sein Heer zu Gott empor!

Bald aber mussten die Einwohner merken, dass die Schweden als Freunde genauso fürchterlich waren wie die Kaiserlichen als Feinde: Sie waren halt alle Landsknechte und suchten zügellos ihren eigenen Vorteil.

Die Kriegsstürme waren in diesen fünf Jahren auch unentwegt über Wernigerode und seine Umgegend dahingefegt. Die Stadtchronik entwirft ein düsteres Bild jener Zeit.

Der Grund für die sich fortwährend ablösenden Besatzungen lag wohl darin, dass die Burg durch ihre Lage eine besondere strategische Bedeutung hatte. Wenn man in den Chroniken liest, was die Bürger an Kriegsabgaben in Form von Geld und Lebensmitteln herbeischaffen mussten, so fragt man sich, wo sie es herbekamen!

So verlangte der Oberst Gallus Hrastovasky am 4. Oktober 1627 eine wöchentliche Kontribution von 800 Talern, und als der Rat der Stadt widersprach, ließ er ihn fünf Tage lang in den Dullenturm einsperren. Was die Bürger dann noch an Gold, Silber und Schmuck besaßen, wurde zum Rathaus geschafft, um den Oberst zu befriedigen und die Gefangenen auszulösen.

Dieser Oberst blieb mit seinen Kroaten einige Monate in Wernigerode, wo sie gar schlimm hausten. Über seinen Bedarf besagt die Chronik, „Memorial, was die Bürger wöchentlich abgaben und in des Herrn Obersten Küche schaffen sollen:

2 Rinder, 2 Kälber, 16 Hühner, 13 Lämmer,

1 Schwein, 4 indianische Hühner, etliche Vögel, von allerlei Fisch, Weiß- und Roggenmehl, um 1 Taler Essig, 120 Eier, 100 Pfund Butter, 4 Pfund Reis, 6 Pfund Pflaumen; 2 Pfund Pfeffer, 2 Pfund Ingwer, 2 Pfund Nägelein (Nelken), 1 Pfund Muskatblumen, 1 Pfund Saffran, 1/4 Pfund gestoßenen Zimt, 1 Pfund kleine und große Rosinen; 24 eingemachte Zitronen, 1 Pfund Honig, 1/2 Taler Zwiebeln, 1/2 Taler Petersilie, 1/2 Taler Meerrettich, 1/2 Taler Rettigrüben, 1/2 Scheffel Salz, 12 Pfund Stockfisch, 1 Schock Plattießen (wohl Schollen), 120 Heringe, 2 Pfund Kapern, 2 Pfund Oliven, 4 Pfund Baumöl, Saurenkohl, 2 Hut Zucker, 2 Fäßlein Neunaugen, 2 Seiten Speck, 4 Faß Bier, 14 Taler Weiß- und Schwarzbrot, 9 Schinken, allerlei Konfekt, 2 Pfund Käse."

Alle Vorstellungen und Bitten, Einwendungen und Eingaben der Bürgerschaft und der Grafen hatten keine Erleichterung zur Folge. Denn was an Lebensmittelabgaben erlassen wurde, musste durch Geldzahlungen wettgemacht werden.

So machte es der eine wie der andere der jeweiligen Befehlshaber. So mancher Bürger starb vor Hunger, fast alle Reichen verarmten in diesen Zeiten. Die Pest hatte bei solchen Zuständen leichte Beute. Sie wütete immer noch – mal weniger, dass man schon auf ihr Erlöschen hoffte, dann wieder mehr.

Die gräfliche Familie hatte sich am Ende doch entschlossen, Wernigerode zu verlassen, und war nach Ilsenburg übergesiedelt. Graf Wolfgang Georg war sehr krank geworden und man rechnete mit seinem baldigen Tod. Graf Christoph und seine beiden Söhne führten die Regierungsgeschäfte schon längere Zeit ganz allein.

Sie hatten mit besonderer Freude die Ankunft des Schwedenkönigs in Deutschland begrüßt, auch wenn sie sich um ihrer Länder willen freundlich mit Graf Tilly, Graf Pappenheim, den Piccolomini und den anderen katholischen Heerführern stellen mussten.

Das Kloster zu Waterleer wurde wieder hergestellt und bekam Wolf von Metternich als katholischen Kirchenpropst. General Graf Collalto führte „mit Hilfe der Kroaten“ auch Drübeck der katholischen Kirche zu.

Graf Heinrich Ernst protestierte am 11. Juli 1629 unter Berufung auf den Augsburger Religionsfrieden aufs energischste, doch er konnte nichts dagegen machen. Das evangelische Grafenhaus musste mit ansehen, wie der Katholizismus in ihren Ländereien mit Gewalt wieder eingeführt wurde und Anhänger fand!

Nach Wernigerode kamen die Grafen nur noch selten. Das Schloss war verwüstet, viele Fenster mit Brettern zugenagelt. Nur wenige Räume wurden von ein paar Bediensteten instand gehalten, um für die Herrschaft bereit zu sein, wenn sie einmal kommen sollte. Alles andere, was noch einigermaßen benutzbar war, wurde von Soldaten bewohnt. Es war eine ständige Wache dort oben.

Auch über das Forsthaus im Christianental waren

alle diese Stürme dahingegangen. Knapp, sehr knapp waren die Lebensmittel geworden, aber man hatte immer noch eine kleine Hilfe durch das, was auf den Hundsrück ins Waldwärterhäuschen gerettet worden war. Das kam der Familie und ihren Freunden im Ort jetzt zustatten. Beinahe täglich machte Rüdiger den Weg hinauf und herunter. Er musste vorsichtig dabei sein, denn das Soldatenvolk durchstreifte die ganze Gegend. Aber bis auf den Berg dort oben hinauf waren sie noch nicht gekommen.

Im Forsthaus unten am Teich hatten sie allerdings schon manchmal Besuch gemacht. Dann waren Else und Andrea auf den Boden in einen eigens dazu hergerichteten Verschlag geflüchtet und so den Blicken der Männer entzogen gewesen. Der Förster aber und Rüdiger waren noch immer fertig geworden mit diesen Männern.

Else litt viel mehr darunter, dass die Grafenfamilie nun in Ilsenburg lebte. War sie doch bis dahin täglich im Schloss gewesen und als Tochter von Graf Christoph und Gräfin Hedwig behandelt worden. Es war ein zartes Verhältnis voll Liebe und Vertrauen zwischen ihnen gewachsen und sie besprachen miteinander alles, was sie bewegte. Das fiel nun ganz fort, denn wenn auch Ilsenburg nicht weit entfernt war, so schien doch selbst eine so kurze Reise für Frauen in dieser Zeit undenkbar.

Umso fester schloss sich Else an den Vater und Bruder an. Doch über manches, was sie bewegte, sprach sie sich auch mit diesen beiden nicht aus. Sie war in der Zeit nach Bothos Heimgang sehr gereift. Über ihrem ganzen Wesen lag jene Ruhe, die nur die Folge von Seelenkämpfen, aber auch vom Sieg in der Kraft Gottes ist. Ihre Züge zeigten einen Ausdruck solchen Friedens, dass sie schön zu nennen war und Rüdiger oft mit stiller Bewunderung seine Schwester anschaute.

Ganz anders aber hatte sich Andrea entwickelt. Ein verschlossener, herber Zug lag auf dem feinen, stolzen Gesicht. Im Hause war sie zwar tätig wie einst, sie sprach mit den Ihren über alles, was geschah, und ging auch hin und wieder zu den Fortmanns, aber nicht allzu oft. Doch trotz alledem merkte Else ganz genau, dass sich etwas in Andrea verbarg, was die Schwester immer mehr zu bewegen schien.

Else sprach darüber mit dem Vater und mit Rüdiger. Sie meinten, es sei eine Täuschung. Dasselbe sagten Fortmanns.

Die Freundschaft zwischen diesen und den Markendorfs war immer fester geworden. Gleiches Leid, zumal gemeinsam getragenes, verbindet die Herzen mit unlöslichen Banden. Über das Restitutionsedikt waren sie alle, insbesondere die Geistlichen, außer sich, und oft wurde darüber geredet, wenn sie zusammen waren. Nur Andrea schwieg dann beharrlich. Else bemerkte aber ein Leuchten in den Augen der Schwester, was sie erschreckte und mit Sorge erfüllte.

So kam die Fastenzeit. Viel wurde von Waterleer

geredet, wo Wolf von Metternich als Dompropst die volle Klosterordnung wieder eingeführt hatte. Es war auch fast vollzählig mit Nonnen besetzt worden, ebenso wie Drübeck.

Der Dompropst war des Öfteren in Wernigerode, und Andrea hatte ihn eines Tages, als sie ihm mit Rüdiger zusammen auf der Straße begegnete, höflich gegrüßt. Befremdet fragte sie der Bruder, woher sie ihn kenne. Sie murmelte irgendeine Entgegnung und brachte das Gespräch auf ein anderes Thema. Als Rüdiger ihr davon erzählte, wurde Else sehr unruhig. Sie meinte, da müsse etwas anderes dahinterstecken, und wie sehr sie Recht damit hatte, sollte sich der Familie schon in der nächsten Woche zeigen.

Es war die stille Woche. Wie man es im Forsthaus gewöhnt war, so war es auch in diesem Jahre. Am Gründonnerstag war alles zum Osterfest fertig, das Haus geputzt und kleine Vorbereitungen zum Fest getroffen, soweit das in dieser Zeit noch möglich war. Auch die drei Hügel auf dem kleinen Friedhof von St. Theobaldi waren schön mit Tannengrün, Efeu und Frühlingsblüten geschmückt, Andrea hatte gar nicht genug Blumen für Henricius' Grab herbeischaffen können.

So kam der Karfreitag. Wie gewohnt wollten sie alle den Gottesdienst besuchen. Schon standen der Vater, der Bruder und Else mit ihrer alten Martha bereit zum Gehen und warteten auf Andrea. Da kam diese sehr bleich herein und erklärte, zu Hause bleiben zu wollen, sie habe Kopfschmerzen.

„Dann bleib daheim“, nickte der Vater, und Else sagte: „Leg dich hin, Schwesterlein, das ist am besten für dich.“

Abschiednehmend nickten sie ihr zu. Da flog das Mädchen plötzlich dem Vater um den Hals, küsste ihn zärtlich wieder und wieder, dann auch den Bruder, aber geradezu leidenschaftlich umarmte sie Else.

Bestürzt schaute diese sie an, eine unerklärliche Angst überfiel sie. „Soll ich bei dir bleiben, Andrea?“, fragte sie erregt.

Da lachte Andrea nervös. „Unsinn, geh nur, ich – ich ruhe mich schon aus.“

So gingen sie, und Else beruhigte sich mit dem Gedanken, dass Andrea oft so leidenschaftlich sei.

Die Karfreitagspredigt ihres alten Freundes war ganz dazu angetan, die aufgeregten Gedanken zu sammeln und auf die große Bedeutung des Tages zu richten. Wie würdevoll stand der Pfarrherr in seinem faltigen Chorrock auf der Kanzel! Wie ehrfurchtgebietend sah das geistvolle Gesicht mit den klugen Augen unter dem ergrauten Haar aus!

In einfacher und fein durchdachter Rede führte er seine Zuhörer unter das Kreuz und zeigte ihnen, wie es von Anfang an der meistumstrittene Platz der Welt gewesen sei und bleiben werde. Er sprach davon, wie es damals dem Simon von Kyrene eine Schande war, Jesus das Kreuz nachzutragen, wie es aber heute jedem Nachfolger Jesu eine Ehre sein müsse. Und er redete von den Leiden, die das Kreuz unserem Erlöser bereitet habe.

Damit hatte er den Kern bei jedem seiner Zuhörer getroffen. War doch heute keiner hier, der nicht ein Kreuz zu tragen gehabt hätte!

Aber der Magister blieb nicht beim Tod am Kreuz stehen, er zeigte auch den Segen des Kreuzes in ergreifenden Worten. Sie erreichten umso mehr die Herzen der Zuhörer, als jeder nur zu gut wusste, dass Johannes Fortmann und seine Frau Schweres durchgemacht hatten. Und man wusste auch, wie ergeben und still sie den Verlust ihrer drei Kinder getragen hatten und noch trugen.

Das Kreuz des Krieges und der Seuche, unter dem sie alle im Volk standen, schien seinen Zuhörern bei seinen Worten nicht mehr ganz so schwer. Mit dem persönlichen Kreuz aber gingen viele still zum Kreuz Christi, legten es dort nieder und beteten: „Nicht mein, sondern dein Wille geschehe."

Zu diesen gehörten auch Vater Markendorf und seine beiden Kinder. Dabei bedrückte ihn sehr das Bewusstsein, dass es nicht mehr alle vier waren. Wie tat ihm das Herz weh um Konrad, der nun schon sechs Jahre verschollen, wenn nicht schon längst tot war! Aber er legte auch diese Last unter dem Kreuz nieder und wurde ruhig.

Der Gottesdienst war zu Ende.

„Kommt ihr noch ein wenig mit zu uns oder wollen wir uns am Nachmittag sehen?", fragte Frau Fortmann ihre Freunde vor der Kirchentür.

„Wir kommen gern am Nachmittag", dankte Hannes

Markendorf. „Grüßt mir inzwischen meinen lieben Fortmann recht herzlich von mir.“

„Aber auch Andrea soll mitkommen“, mahnte Frau Ursula im Fortgehen. Und Else erwiderte: „Selbstverständlich, wenn es ihr besser geht.“

Da und dort sprach sie noch ein Bekannter auf dem Heimweg an. Bald ließen Else und Martha Vater und Bruder zurück und gingen voraus. Eine seltsame Unruhe hatte das Mädchen plötzlich gefasst. Sie achtete nicht darauf, wie zartgrün die Erde sich zu schmücken anfing, wie lockend die Amsel pfiff und ein Buchfink zwitscherte. Sie ging immer schneller und Martha vermochte kaum noch zu folgen.

Als sie um die Ecke des Waldweges bog, atmete sie auf und ärgerte sich über ihre törichten Ängste. Friedlich und still lag das lang gestreckte, hübsche, rotgedeckte Forsthaus vor ihr. Das Fenster von Andreas Zimmer, das sie seit Henricius' Tod allein bewohnte, stand offen.

Else klinkte die Tür auf und trat ein. Tiefe Stille umfing sie. Natürlich, Andrea war oben. Sie ging in die Küche, um zuerst zu sehen, ob die Schwester wohl nach dem Feuer gesehen oder das Mittagsmahl aufgesetzt hätte. Das Feuer war fast aus, nur etliche Stücklein Holz glühten noch in der Asche und das Essen stand ungekocht daneben.

Wieder überfiel sie beklemmende Angst. Sie trat ins Wohnzimmer. Die Türe war nur angelehnt. Auf dem Tisch sah sie einen großen Zettel liegen. Sie griff danach, er trug Andreas Handschrift. Sie las und sie musste sich schon nach den ersten Worten setzen.

„Herr, das ist nicht möglich", murmelte sie tonlos. Und doch war es möglich, war Tatsache, was da stand:

„Gott strafte uns so hart und schwer in der Familie, weil wir den wahren Glauben nicht haben. Er straft uns so hart als Volk aus dem gleichen Grund. Kann das der wahre Glaube sein, der nur Blutvergießen, Mord und Brand im Gefolge hat? Und Gott wird uns noch härter strafen. Deshalb will ich für unsere Familie büßen, will mein ganzes Leben dazu hingeben, Buße zu tun für euch, für mich. Ich entsage der Welt, die nichts mehr für mich hat. Sucht mich nicht. Ich bin im Kloster zu Waterleer als Nonne eingetreten und für die Welt gestorben. Denkt an mich in Liebe, so wie ich an euch denken werde. Versucht mich zu verstehen und kommt auch ihr auf den rechten Weg. Lebt wohl. Andrea."

Wie betäubt saß Else da. Der Schlag kam zu unerwartet. Und doch – dass sie so blind, so stockblind gewesen war! Hätte sie nicht mit der Schwester reden müssen, als Rüdiger ihr von Andreas Begegnung mit dem Propst von Waterleer erzählt hatte?

Da hörte sie Stimmen. Der Vater, der arme Vater! Sie griff nach dem Zettel und wollte hinauseilen. Unschlüssig blieb sie stehen. Der Vater und Rüdiger mussten es ja doch erfahren.

Da kamen sie auch schon herein. Sie versuchte, möglichst ruhig zu scheinen. Vergeblich.

„Was ist passiert, Else?“, fragte der Förster und trat erschrocken näher.

„Du hast schlechte Neuigkeiten, welche?“, rief Rüdiger.

Aber schon hatte Markendorf den Zettel genommen. Rüdiger sah über seine Schulter hinein.

„Mein Gott, oh das verblendete Kind!“, kam über die Lippen des Försters. Er sank auf einen Stuhl, stützte das Gesicht in beide Hände, und langsam quollen Tränen zwischen den Fingern hervor.

„Vater, geliebter Vater!“, bat Else, selbst weinend, kniete vor ihm hin und umarmte seine Beine.

„Vater, ein neues Kreuz“, sagte Rüdiger mit gepresster Stimme. „Wieder muss Gott uns zum Tragen die nötige Kraft geben.“

Kopfschüttelnd stand Martha an der Tür. Keiner sagte mehr etwas. Sie mussten erst allmählich das Unfassbare begreifen.

Endlich erhob sich Else, drückte zärtlich des Vaters Kopf an ihre Brust und küsste sein Haar. „Komm“, bat sie, „lasst uns zu Fortmanns gehen.“

Der tiefgebeugte Mann richtete sich auf. „Ja, Kind!“ Er legte seine Arme um die Schultern der vor ihm stehenden Geschwister. „Wie danke ich meinem Gott, dass ich euch habe, meine Kinder.“

Sie drückten Martha die Hand und gingen. An Essen dachte niemand.

Auch bei Fortmanns schlug die Nachricht wie ein Blitz aus heiterem Himmel ein und dem schwergeprüften Vater Markendorf tat es wohl, zu empfinden, wie tief die Freunde mit ihm und seinen Kindern trugen.

„Lieber hätte ich das Mädchen tot gesehen, als sie dort in Waterleer als Nonne zu wissen, eine Abtrünnige", sagte er im Lauf des Nachmittags einmal.

Aber da widersprach ihm der Magister entschieden. „Halt, alter Freund, niemals darfst du so reden. Wer tot ist, kann nicht mehr umkehren und auf den rechten Weg kommen. Im Kloster kann man beides. Gott kann auch noch die Andrea überwinden – und den Konrad."

* * *

Das war im Frühjahr 1630 geschehen, nun schrieb man September 1631. Still hatten die drei Menschen im Forsthaus gelebt. Der Vater war in dieser Zeit fast weiß geworden. Auch Rüdigers dunkles Haar fing an, sich zu färben.

„Bei mir sieht man die grauen Haare weniger", sagte Else zuweilen mit einem Versuch zu scherzen, „da kann ich stolz darauf sein!"

Von Andrea hatten sie nichts mehr gehört, wussten auch nicht, auf welche Weise sie geflohen war. Es sah sie niemand.

Hannes Markendorf und Magister Fortmann waren sehr viel zusammen. Die beiden alten Freunde waren nun schon über die Sechzig hinaus. „Da fängt man mehr als sonst an, von der Zeit hinweg zur Ewigkeit zu schauen, wenn sich manches liebe Grab auf dem Lebensweg geschlossen hat", pflegte der Magister zu sagen.

Und Hannes Markendorf, der noch ein paar Jahre älter war, fügte hinzu: „Und man freut sich von Herzen auf die Ewigkeit, hat man doch als Erlöster des Herrn Anteil an seinem Reich und ist Erbe der Herrlichkeit."

„Amen", bekräftigte dann der Pfarrherr, „und ein solches Ziel ist mehr wert als ein Leben voll Mühe und Not. Es ist eine Gnade Gottes, dieses Ziel im Leben erkennen zu dürfen."

Dieser starke Gottesglaube und diese persönliche, bewusste Beziehung zwischen dem allmächtigen Gott und der Menschenseele, dieses Bewusstsein, dass Gott sich niemals irren kann und mit allem nur Liebesabsichten für seine Nachfolger hat, waren die Ursachen, die die Markendorfs und die Fortmanns trösteten. Wo andere bei solchem Leid zusammengebrochen wären, schlug ihr Glaube seine Wurzeln nur umso fester ins himmlische Erdreich. Sicherlich trugen sie wie alle feinfühligen Menschen an ihrem Leid schwerer als mancher andere, aber sie ließen sich davon nicht erdrücken, noch weniger in ihrem Gottvertrauen irremachen.

„Denen, die Gott lieben, müssen alle Dinge zum Besten dienen", war Vater Markendorfs Wahlspruch geworden. „Was ich tue, das weißt du jetzt nicht, du wirst es aber hernach erfahren", derjenige des Magisters. Und wenn sie beisammensaßen, in der Stadt oder im Forsthaus und die Frauen mit einer Näharbeit beschäftigt waren, lag meistens die Bibel zwischen den Männern auf dem Tisch.

So verging ein Tag nach dem anderen in der schweren, drangsalsreichen Zeit. Was mochte die Zukunft noch bringen?

* * *

Der September ließ sich in diesem Jahre recht schauerlich an. Es regnete viel, und dichte Nebel hingen in den Bergen.

Über Wernigerode und die ganze Grafschaft war Trauer gekommen: Graf Wolfgang Georg hatte am 11. September das Zeitliche gesegnet und war zu einem besseren Leben entschlafen. Sehr tief war allerdings die Trauer nicht, da man seit einigen Jahren nur noch mit dem Grafen Christoph, seinem Nachfolger, gewirtschaftet hatte, und desgleichen mit seinen beiden Söhnen. Außerdem hatte mitten im Krieg ein jeder so reichlich mit seinen eigenen Angelegenheiten zu tun, dass die Trauer um den lange dahinsiechenden Herrn bald anderem Platz machen musste. Vielmehr schaute man mit Spannung und Sorge nach Sachsen, wo sich Graf Tilly und der König Gustav Adolf mit mächtigen Heeren gegenüberlagen. Wann würde es zur Schlacht kommen? Wem würde der Sieg zufallen?

In den vergangenen Wochen hatte die Bürgerschaft von Wernigerode und Nöschenrode ein wenig aufgeatmet, denn die letzten Truppen waren abgezogen und keine neuen gekommen. Wie froh war man darüber! Und weil sie wussten, dass es so nicht bleiben würde, genossen sie diese kurze Zeit der Ruhe doppelt und mit dankbarem Herzen. Mit großem Schreck sahen sie deshalb auch am Morgen des 21. September etwa fünfzig schwedische Reiter dahergezogen kommen. Die Freude war groß, als sie abschwenkten und weiterritten.

Eifrig war man in dieser Zeit in Wernigerode wie in Nöschenrode dabei, Rechnungen zu ordnen, Nachtragungen in den Bürgerbüchern zu machen und in die Verwaltungen ein wenig mehr Ordnung und Übersicht zu bringen.

Rüdiger half fleißig dabei. So saß er auch am Vormittag des 23. September im Amtshause oben am Fenster, vor sich auf dem Tisch das Vorschussbuch und das Bürgerbuch der Nöschenroder Gemeinde.

Heute war nach langen Regentagen wieder einmal blauer Himmel. Freundlich lachte die Sonne vom Himmel. Seufzend wandte sich Rüdiger seiner Arbeit zu. Seine Gedanken ließen ihn aber nicht zur Ruhe kommen. Weshalb waren die Menschen nur so unvernünftig? Hätte der katholische Kaiser den protestantischen Mitchristen nur ein wenig mehr Raum gegönnt, es hätten beide Glaubensbekenntnisse friedlich nebeneinander bestehen können. So aber ...

Weil keiner dem anderen Platz gönnte – daher der Krieg, daher das ganze unsägliche Elend. Wie lange würde das noch so gehen? War denn überhaupt bis jetzt an ein Ende des Krieges zu denken? Schien es nicht vielmehr, als sollte es nun wieder von vorne losgehen, nachdem Gustav Adolf eingegriffen hatte? Andererseits – konnte man aber auf protestantischer Seite nicht dankbar für seine Hilfe sein? Wer vermochte alle diese schweren Fragen zu beantworten?

Rüdiger hielt es nicht auf seinem Platz. Er stand auf und schritt in dem kleinen Zimmer auf und ab. Zu der Not des Volkes kam das Leid in der eigenen Familie. Wie zürnte er dem Bruder, der die Hauptschuld an den weißen Haaren des Vaters trug! Wie trauerte er um die arme Schwester! Am schlimmsten für ihn war, dass er nirgends helfen konnte. Er musste alles den Fügungen Gottes überlassen.

Während er darüber nachdachte, wurde die Tür so rasch aufgerissen, dass sie ihm fast an den Kopf flog.

Mit einem langen Schritt kam der Gemeindeschreiber Großstuke herein, ein hagerer, dürrer Mann, dem die Kleider am Leibe hingen. „Verzeiht, Markendorf, wenn ich störe. Ach so“, unterbrach er sich, „ihr seid gerade nicht über der Arbeit, dann wird die Unterbrechung nicht so schlimm sein. Ich wollt euch die neueste Nachricht bringen: die fünfzig Reiter, die wir gestern sahen, sind nach Waterleer gezogen und haben den Propst von Metternich und sein Kloster besucht. Sie sind grad vorhin an der Stadt vorüber nach Stolberg geritten und führten allerlei Kirchengeräte, Messgewänder, Pferde und vor allem den Propst selbst mit sich. Er wird sich wohl nur gegen ein stattliches Lösegeld wieder freikaufen können. Rittmeister von Hahnwesen verlangt mindestens 250 Taler. Den Nonnen soll's im Übrigen schlecht ergangen sein ..."

„Allmächtiger, meine Schwester ist dort als Nonne!", unterbrach Rüdiger seinen Bericht in heller Aufregung. „Woher wisst ihr das alles, Großstuke, ist das auch alles wirklich wahr?"

„Um Himmels willen, freilich, die Andrea ist ja dort", rief der Gemeindeschreiber erschrocken. „Daran habe ich ja gar nicht mehr gedacht! Aber was ich sage, ist wahr, Markendorf. Die ganze Stadt ist voll davon. Mir erzählte es der Vroling von drüben aus der Ottostraße. Aber wo wollt ihr hin?", fragte er bestürzt, als Rüdiger nach seinem Jägerhut griff. „Ihr könnt ja doch nichts machen ..."

„Ich muss sehen, was aus meiner Schwester geworden ist!", rief er im Hinauseilen über die Schulter zurück und war mit wenigen Sätzen unten.

„Er weiß es schon", sagten die zueinander, die ihn durch die Stadt stürmen sahen, ohne dass er sie wie sonst freundlich grüßte.

Bleich, aber gefasst kam ihm zu Hause Else entgegen. Auch sie wusste von der Sache.

„Ich muss hin und sehen, was mit Andrea ist", sagte Rüdiger mit finsterem Gesicht. „Zu allem anderen nun auch noch das."

„Vielleicht öffnet es Andrea die Augen für das Unsinnige ihrer Entscheidung", entgegnete Else. „Jedenfalls gehört sie nach wie vor zu uns, und wir nehmen sie auf, wie sie auch kommen mag."

„Das ist selbstverständlich", erwiderte Rüdiger, „und ich bringe sie mit, wenn sie kommen will. Das aber bleibt noch abzuwarten."

„Bleib, bis der Vater nach Hause kommt", riet Else überlegend. „Die Landsknechte sind längst fort aus Waterleer, was geschehen ist, ist geschehen. Ob du eine Stunde eher oder später dort bist, ist gleich."

„Mag sein", nickte der Bruder. „Wo ist der Vater?"

„Zum kahlen Berg hinauf und dann auf den Scharfenstein", sagte Else, „sie fällen dort Holz."

„Dann will ich hingehen, damit er gleich heimkommt", antwortete Rüdiger und ging hinaus.

Else schloss hinter ihm das Haus ab, so wie sie es seit langer Zeit schon tat, und ging an ihre Arbeit.

Es mochte eine halbe Stunde seit Rüdigers Fortgang verflossen sein. Mit hartem, dröhnendem Schlag fiel da der Messingklopfer an der Haustüre nieder, nicht einmal, nein, wohl zehnmal und mehr.

Else erbleichte vor Schreck, aber im gleichen Augenblick fiel ihr ein, dass es keine Soldaten sein konnten, weil keine da waren. Oder halt, sie konnten von Elbingerode her kommen. Da krachte der Klopfer erneut und noch heftiger an die Tür. Nun ging sie, entschlossen zu öffnen, denn Soldaten hätten schon längst auf andere Art Einlass begehrt. Kaum hatte sie aufgeschlossen, da wurde die Tür ungestüm aufgestoßen. Eine hagere, dunkle Frauengestalt strauchelte über die Schwelle und brach laut aufstöhnend zusammen.

Bestürzt beugte sich Else über sie. Wer war die Unglückliche? Ein wilder Schrecken durchzuckte sie. Herr im Himmel – Andrea?

Aus einem hohlwangigen Gesicht schauten sie zwei dunkle, tiefliegende Augen an. „Else, wenn du doch noch ein wenig Liebe für mich hast, so hilf mir! Gib mir zu trinken und ich will weiterfliehen ...“

„Andrea, bist du endlich wieder hier!“ Sie hatte die Schwester in die Arme genommen und richtete sie sanft auf. Dann führte sie die Taumelnde ins Esszimmer und holte Milch und Brot. Gierig aß und trank Andrea. Dazwischen fragte sie, wo der Vater und Rüdiger seien, und schien befriedigt, dass sie nicht zu Hause waren.

Plötzlich sprang sie auf. „Ich muss weiter, sonst kommen die Soldaten!“

„Hierher kommen keine“, beruhigte Else sie. „Wo willst du denn auch hin, Andrea! Nein, nein, vorläufig bist du nun hier und bleibst, solange du willst.“

Ängstlich blickte das Mädchen um sich. „Es war entsetzlich“, flüsterte sie. „Den Propst haben sie gefangen genommen, die Kirche brachen sie auf, stahlen Geräte, Kruzifixe, Messgewänder. Wir hatten uns im Refektorium eingeschlossen. Sie schlugen die Tür ein und stürzten sich auf uns. Ich rettete mich durch einen Sprung aus dem Fenster. Noch gellt in meinen

Ohren das Geschrei der anderen, die in ihre Hände fielen." Schaudernd barg sie das Gesicht in den Händen. Die Zähne klapperten wie im Fieberfrost.

„Jetzt bist du geborgen und in Sicherheit, Schwesterlein." Liebevoll, aber innerlich zitternd vor Aufregung strich Else ihr über das verfilzte Haar. „Komm, trink noch ein wenig Milch, und dann musst du dich ausruhen."

Gehorsam trank Andrea einige Schlucke, schob dann aber den Becher fort. „Ich bin gelaufen, bis ich zusammenbrach", sprach sie schnell weiter. „Die Angst trieb mich immer vorwärts. Bauersleute beherbergten mich in der Nacht. Ich bin aber schon vor Sonnenaufgang fort ..." Völlig erschöpft schwieg sie und lehnte den Kopf an Elses Schulter.

„Komm", bat diese, „du musst Ruhe haben. Ich bringe dich in dein Zimmer. Schlafe nur erst mal tüchtig, du armes Ding, siehst ja erbärmlich aus."

Willenlos ließ sich Andrea führen. Martha war auf Elses Wink vorausgegangen und richtete das Lager her.

„Das ist gut", flüsterte Andrea müde, als sie auf ihrem weichen Bett lag, und wie im Traum glitten ihre Blicke in ihrem einstigen Refugium umher. Dann fielen ihr die Augen zu.

Leise gingen Else und Martha hinaus. Sie hörten drunten Rüdiger und den Vater vor der Tür sprechen. Mit wenigen Worten erfuhren sie, was geschehen war.

„Möge ihre Heimkehr endgültig sein", war alles, was der Vater antwortete.

Als Else aber später nach Andrea sehen ging, glühte diese in Fieberröte, und wenig später erklärte der Arzt Haberstroh, den Rüdiger geholt hatte, dass bei ihr ein hitziges Nervenfieber ausgebrochen sei. Er meinte, es müsse ihr schon lange in den Gliedern stecken und sei nicht nur durch die Aufregung von gestern hervorgerufen. Vielmehr glaube er, dass das Klosterleben Schuld daran habe, schließlich sei sie körperlich sehr heruntergekommen.

Das sahen auch Else und die anderen, und das Herz tat ihnen weh bei diesem Anblick. Bis auf Haut und Knochen war die einst so blühende Andrea abgemagert. Das kurzgeschnittene, dunkle Haar durchzogen nun viele graue Strähnen und das eingefallene Gesicht hatte scharfe Züge bekommen. Ob sie die Befriedigung im Kloster gefunden hatte, die sie suchte, fragte sich Else, wenn sie neben dem Bett der Schwester saß und ihren unregelmäßigen Atemzügen lauschte.

Unermüdlich war Else um dic Kranke besorgt. Martha musste ganz allein mit dem Haushalt fertig werden. Von Tag zu Tag wurde es schlimmer mit Andrea, aber Else lehnte jede Hilfe ab. Nur mit Rüdiger wechselte sie die Nachtwachen. Den alten Vater, der auch wachen wollte, wiesen sie beide mit Nachdruck ab. Dennoch saß er mit ihnen manche Stunde am Bett und sah mit gefalteten Händen auf sein todkrankes Kind. Seine Seele rang mit Gott um Andreas Seele, und dazwischen lauschte er mit den anderen den wirren Fieberfantasien der Kranken.

Aus diesem Stammeln hörten sie allerdings nicht ohne Freude heraus, dass sich das Mädchen das Leben als Nonne anders vorgestellt hatte, als sie es im Kloster fand. Dem Umgang zwischen den Nonnen fehlte die Liebe, während der Probst von Metternich viel zu viel Liebe für seine Nonnen verspürte. Ihr einstiger protestantischer Glaube musste dem Mädchen wohl bald in einem anderen Licht erschienen sein. Immer wieder tauschten ihre Pfleger fragende Blicke, und leise, ganz leise fingen sie an zu hoffen. Vielleicht war Andrea jetzt wirklich auf dem Weg, heimzukommen.

Wenn sie nur noch einmal gesund würde!

So vergingen drei lange Wochen und es schien, als sollte sie nicht mehr genesen. Der Arzt gab schon alle Hoffnung auf. Zu seinem Schwiegervater Fortmann sagte er, es wäre ein Wunder, wenn die Krankheit weichen würde. Und Gott tat dies Wunder. Als die vierte Woche zu Ende ging, erklärte er: „Gerettet!"

Das Jahr 1631 ging zu Ende. Man feierte das Weihnachtsfest. Mit leichterem Herzen als sonst, hoffte doch jedermann auf den ersehnten Frieden im neuen Jahr. Gustav Adolfs glänzender Sieg über Graf Tilly am 21. September, der dessen Macht fast zertrümmerte, gab berechtigten Anlass dazu.

Auch im verschneiten Forsthaus im Christianental war Festesstimmung eingekehrt.

Schon am Tag vor dem Fest waren die wenigen Vorbereitungen, die man noch treffen konnte, beendet. Am Heiligen Abend legte man nur noch letzte Hand an.

So war Andrea am Vormittag mit Rüdiger zusammen auf dem Friedhof gewesen, um die Gräber mit Tannengrün zu schmücken. Und später hatten Vater und Sohn das ganze Haus mit Tannenzweigen geputzt. Der Flur war mit weißem Sand bestreut und im Esszimmer lag eine schöne, glänzende Damastdecke auf dem Tisch. Andrea stellte überall Schalen und Vasen mit Tannengrün, Buchsbaum und weißen Christrosen auf. Alles sah wunderhübsch aus, und Else freute sich darüber, dass die Schwester wieder teilnahm am Familienleben.

Gleich nach dem Mittagsmahl wollte Else einen Spaziergang ins Friederikental machen. „Ich werde mich wohl durch Schneeberge durchgraben müssen“, meinte sie am Vormittag lächelnd zu Rüdiger. Dieser hatte nur genickt. Zu ihrer Überraschung fand sie den Weg dann aber einigermaßen gebahnt. Das war wohl Rüdiger zu verdanken, der ihr eine Freude machen wollte. Wie froh war sie darüber.

Auch die Bank am Stein und der Stein selbst waren vom Schnee befreit, und da es ein klarer, aber nicht sehr kalter Wintertag war, setzte sich Else und hing ihren Gedanken nach. Sie galten zuerst dem Geliebten, der die Geburt des Erlösers nun in der Ewigkeit feierte: „Ehre sei Gott in der Höhe, Friede auf Erden und den Menschen ein Wohlgefallen!“ Und mit ihm zusammen all die anderen – Gisela und ihr kleiner Sohn, Johannes und Henricius. Welche unzerreißbaren Fäden verknüpften sie hier unten mit der Heimat dort oben!

Und weiter glitten ihre Gedanken zu Gräfin Hedwig. die sie wie eine Mutter liebte und die nun im fernen Gedern recht krank geworden war. Dann zu Graf Christoph, der sich nur selten in Wernigerode aufhielt und die Regierungsgeschäfte meistens seinen Söhnen überließ. Die beiden hatten ebenbürtig geheiratet und zwischen ihnen und dem Forsthaus bestanden keine tieferen Beziehungen, außer dass sie sich freundlich und ritterlich verhielten, wenn man sich traf. Mit besonderer Freude aber weilten Elses Gedanken zu Hause bei dem geliebten, alt und weiß gewordenen Vater, bei dem vertrauten Bruder und bei Andrea. Ja, bei der am längsten. Wenn man doch in der Seele dieses Mädchens hätte lesen können!

Ihre Genesung hatte langsame Fortschritte gemacht. Sie war merkwürdig schwach und kränklich geworden. Nur nach und nach röteten sich die Wangen. Das Gesicht und die Figur nahmen langsam wieder zu und die Augen bekamen etwas von dem früheren Glanz, auch das Haar wurde voller. Sie trug jedoch ein schwarzes, kleines Spitzennetz über den immer noch kurzen Haaren, was ihr ein beinahe frauenhaftes Aussehen verlieh. Nach und nach begann sie, kleine Arbeiten im Haus zu übernehmen und machte gern, auf Else oder Rüdiger gestützt, kleine Spaziergänge. Vom Kloster, ihrem Leben dort, dem schrecklichen Tag des Überfalls und ihrem Wunsch, Nonne zu werden, sprach sie jedoch nie. Es schien ausgelöscht aus ihren Gedanken. An kleinen Anzeichen aber meinte

Else ablesen zu können, dass das nicht wirklich der Fall war. Sie fühlte, wie Andrea sie, den Vater und den Bruder beobachtete. Aber sie hüteten sich alle drei wohlweislich, auch nur mit einem einzigen Wort in Andrea dringen zu wollen oder an irgendetwas zu erinnern.

Die Vergangenheit schien begraben, und man lebte so, als sei es nie anders gewesen. Auch bemerkte Else manchmal, dass Andrea schnell die Bibel zuschlug, wenn jemand ins Zimmer trat. Jedes Mal, wenn sie von Andrea sprachen, pflegte der Vater zu den beiden Älteren zu sagen: „Hört nicht auf zu beten."

Im Lauf des Dezembers kam eine große Weihnachtsfreude über Else. Mit glänzenden Augen schaute sie am Heiligabend zu dem blauen, klaren Winterhimmel auf und über die wunderbare Winterlandschaft hin. Harzberge und Harzwälder im Schnee – gibt es Schöneres? Jedes Ästchen, jedes Zweiglein hatte seine weiße Hülle. Schwer lagen Schneemassen auf den Tannen und bogen die Äste hernieder. Die Erde bedeckte ein schimmerndes weißes Tuch, das im Sonnenschein glitzerte und strahlte, als sei es mit Diamanten übersät.

Ganz windstill war es. Drüben am Waldrand traten zwei Rehe aus dem Unterholz und äugten zu Else hinüber. Welcher Friede lag in der Natur! Gerade so, als ob es nirgendwo Blutvergießen, Morden und brennenden Hass gäbe. Zutiefst geborgen fühlte sich das Mädchen, als es nach einer Weile wieder den Heimweg antrat.

Um fünf Uhr wollten sie wie alljährlich zur Christfeier gehen.

„Ich bleibe zu Hause bei Andrea", sagte der Vater wie beiläufig. Sie nickte und ging mit dem Bruder allein.

Als sie heimkamen, legten sie ihre Sachen ab, ohne dass Andrea ihnen, wie sonst in der letzten Zeit, entgegengekommen wäre.

Rasch öffnete Else die Tür zum Esszimmer, da stockte ihr Fuß. Fast wollte sie zurücktreten, trat dann aber doch, gefolgt von Rüdiger, vorsichtig näher.

Im großen Lehnstuhl nicht weit vom Kamin saß der Vater. Neben ihm kniete Andrea, den Kopf an seine Brust gelehnt. Innig hatten sich beide umarmt. Der Vater streichelte sanft das Haar seines Kindes, und dabei lief ihm die eine oder andere Freudenträne über die Falten seines alten Gesichts. Dass es Freudentränen waren, sahen beide Geschwister beim ersten Blick in die Augen des Vaters, die vor Freude schimmerten.

Mit klopfendem Herzen trat Else heran, nahm den Kopf des Vaters in ihre Hände und küsste zärtlich das dünn gewordene, weiße Haar.

Jetzt hob Andrea den Kopf. Sie hatte geweint, Else sah es sofort. Als sie die Geschwister erblickte, stand sie auf, bot ihnen beide Hände und bat zaghaft: „Bitte vergebt auch ihr mir alles ..."

Nun zog eine große Weihnachtsfreude ein, breitete weit ihre Schwingen aus und deckte sie über die vier glücklichen Menschen im weihnachtlichen Forsthaus.

„Gott segne euch, Kinder", sprach der Vater und legte seine Hände auf sie.

„Ich werde nie mehr weggehen von euch. Ich bleibe bei euch, solange ich lebe", sagte Andrea irgendwann leise, aber fest. „Künftig heißt es auch bei mir: Dein Gott ist mein Gott und dein Volk ist mein Volk."

Das war ein Heiliger Abend, wie sie ihn lange nicht mehr erlebt hatten.

Von der Stadt her kamen vereinzelte Glockenschläge. Der alte Markendorf hörte den Wächter die Mitternachtsstunde blasen. „Heut schleust er wieder auf die Tür zum schönen Paradeis, der Cherub steht nicht mehr dafür, Gott sei Lob, Ehr und Preis", sagte er leise vor sich hin. Dann hob er die gefalteten Hände zur Brust empor. „Andrea hast du mir heute zum zweiten Mal geschenkt, mein Gott. Hab Dank, ewig Dank dafür! Und gib, ach gib mir doch auch noch Konrad wieder! Lass ihn heimkehren zu seinem himmlischen und irdischen Vater."

Nebenan hatte Else ihre Schlafkammer. Auch sie saß am Fenster und ließ sich das Wunder der Heiligen Nacht durch den Kopf gehen, in der sich einst die Menschwerdung Gottes vollzog. Da hörte sie den Vater. Leise klinkte sie die Tür auf und ging zu ihm. Sie setzte sich neben den alten Mann, legte ihre Hände auf die seinen und lehnte den Kopf an seine Schulter.

„Mein geliebtes Kind", sprach er mit seinem brummenden Bass.

Sie redeten nichts, verstanden sich aber auch ohne Worte. Und die Christnacht war mit ihrem Glanz um sie herum und grüßte sie. Sie wussten nicht, dass heute Quellen der Kraft in sie geflossen waren, die sie befähigten, die kommenden Zeiten zu tragen!

* * *

1633. Die ganze Kriegsnot war weiter über das Land gezogen. Lag Deutschland im Sterben? Fast schien es so. Die Hoffnungen, die einst an den Schwedenkönig geknüpft worden waren, hatten sich als trügerisch erwiesen. Zwar ließ sich sein Zug als glänzender Siegeslauf an. Im September 1631 hatte er schon einmal die geballte Macht des Grafen Tilly bei Breitenfeld geschlagen, dann eroberte er ein Jahr später nacheinander Würzburg, Mainz und Augsburg und zog mit dem Kurfürsten Friedrich V. von der Pfalz in München ein. Am Lech wurde Graf Tilly in einer verlustreichen Schlacht tödlich verwundet. Wie jubelten da viele Deutsche – nun musste ja bald Friede werden, da der große Tilly tot war!

Und dann kam der 16. November 1632, die Schlacht bei Lützen. Wenn auch Wallenstein zum Rückzug nach Böhmen gezwungen wurde, so freute sich doch niemand über den Sieg. Vielmehr hörte man vielerorts großes Wehklagen, und die Trauerglocken läuteten bis hinüber nach Schweden – Gustav Adolf war gefallen! Und auch auf der feindlichen Seite war gleiches Wehklagen um einen großen Toten. Graf Pappenheim hatte ebenfalls den Heldentod gefunden.

Herzog Bernhard von Weimar und der Kanzler Oxenstierna ergriffen nun zusammen mit den Feldherren Graf Hörn und Baner die Zügel der schwedischen Armeeleitung, doch sehr bald betete man im ganzen Reich genauso um Bewahrung vor den Katholischen wie vor den Schweden! Und die, die einst als Retter begrüßt worden waren, machten es nun ebenso schlimm wie die Kaiserlichen, vielleicht noch schlimmer.

Auch das Bergstädtchen Wernigerode musste so manche böse Erfahrung machen. Immerhin war das vorige Jahr im Allgemeinen ruhiger als die Jahre vorher verlaufen. Die Bürger und Bauern konnten auch wieder an Säen und Pflanzen denken und waren zufrieden und dankbar, dass sie von allzu viel Einquartierungen verschont geblieben waren.

„Es ist beinahe wie ein Vorgeschmack auf den Frieden", meinte Meister Vroling lächelnd zu Rüdiger Markendorf. Und der entgegnete ebenfalls lächelnd: „Nur langsam, Meister! Bis zum Frieden haben wir noch so manchen Schritt zu tun!"

„Das mag wohl sein", nickte Vroling, „aber man empfindet schon Zeiten wie diese als angenehm und ist dankbar."

So war es tatsächlich. Es schien den Wernigeroder und Nöschenroder Bürgern ihr Harz fast noch einmal so schön wie früher, und sie genossen seine Wälder wieder so recht von Herzen. Auch im Forsthaus freute man sich über dieses stille und mit guter Ernte gesegnete Jahr. Die Freude war den Markendorfs seit jenem Weihnachtsabend nicht mehr aus Haus und Herz gewichen. Es war aber nicht eine Freude, die sich laut nach außen äußerte, sondern eine innerliche, die ihren Ursprung in Gott hatte. Sie leuchtete den drei Geschwistern aus den Augen und das Band der Liebe und des Vertrauen umfing sie. Mit tiefer Dankbarkeit blickte der alte Vater auf seine starken, gereiften Kinder, deren Leben gegründet war in Gott.

Er selbst war, ohne es zu wissen, wohl der stärkste von ihnen, ein Baum, dessen Krone mehr und mehr dem Himmel entgegenstrebte, dessen Wurzeln immer tiefer in sicheren Glaubensgrund wuchsen. Er war der Mittelpunkt der Familie. Alles, was geschah, auch das Geringfügigste, wurde erst dem Vater mitgeteilt und mit ihm besprochen. Sein Wort und Rat waren in vielen Dingen ausschlaggebend. Er war seinen Kindern Halt und Stütze, auch wenn sie selbst nicht mehr jung waren.

Besonders aber hing Else am Vater, und sie war auch diejenige, die er am meisten in sein Inneres blicken ließ. Zu ihr sprach er auch manchmal von Konrad, von dem Kummer um seinen Ältesten. Else trug mit ihm. Sie verstanden sich ohne viele Worte, und es tat ihm gut, wenn sie über sein immer dünner werdendes Haar strich und sagte: „Vater, er kommt gewiss noch heim. Habt nur Geduld! Und wenn er nicht mehr leben sollte, hat der Allmächtige sicher noch einen Weg gefunden, ihn zur rechten Zeit zu sich zu ziehen. Dann sehen wir ihn droben wieder."

Oft kehrten Fortmanns im Forsthaus ein. Frau Ursula war beinahe ganz weiß geworden. „Bei meiner Frau bricht die Weisheit durch", sagte der Magister manchmal scherzhaft. „Bei mir kann sie nicht mehr kommen, weil mein Haarwuchs aufgehört hat. Aber das sieht man nicht unter meinem Käpplein. Diese Mode für alte Geistliche ist entschieden vorteilhaft in diesem Fall." Damit strich er lächelnd über sein kahles Haupt.

Andrea hatten Fortmanns jetzt ganz in ihr Herz geschlossen. Es verging wohl kein Tag, an dem das Mädchen nicht auf eine Stunde und mehr im Pfarrhaus einkehrte. Ganz besonders gern kam sie, wenn sie wusste, dass die Kinder der Frau Haberstroh bei den Großeltern waren. Da lebte sie richtig auf, sagte aber manchmal daheim zu Else: „An den heranwachsenden Kindern merkt man, dass man alt wird, wenn man es schon nicht an sich selbst wahrhaben will."

* * *

So war die Zeit dahingegangen und der Februar dieses Jahres beinahe verstrichen. Eines Tages erschien plötzlich ein Trupp Soldaten aus dem Heer des Herzogs Wilhelm zu Weimar vor den Toren der Stadt und forderte Quartier. Aber der Rat war in diesen langen Kriegsjahren klüger und kaltblütiger geworden. Er verweigerte höflich, aber bestimmt den Einlass und bat um ein paar Tage Aufschub, bis sich die Bürger mit allem Nötigen an Lebensmitteln versorgt hätten. Es schien, als ließen die Leute mit sich reden, denn sie zogen nach Elbingerode ab. Aber schon am folgenden Morgen waren sie wieder da. Mit wüstem Geschrei begehrten sie nun Einlass. Es waren einige unter den Offizieren und Landsknechten, die damals vor zehn Jahren vom „tollen Bischof“ und seinen Halberstädtern mitsamt ihrem Herzog Wilhelm davongejagt worden waren.

Da sich der Rat auch heute weigerte zu öffnen, schrie der Kapitänleutnant Erich von Bennigsen erbost: „Immer noch so widerspenstige Gesellen wie vor zehn Jahren. Aber jetzt wollen wir abrechnen mit ihnen, drauf, ihr Leute!“ Und mir nichts, dir nichts erkletterte ein Haufen Landsknechte das Burgtor neben dem Nöschenroder Amtshaus. Andere jagten um die Stadt herum zum Westerntor, wo sie die Stadtmauer erstiegen. Wütend schlugen sie die Tore ein, und hinein in die Stadt flutete die wilde Horde. Der Kapitänleutnant von Bennigsen und alle, die damals mit ihm hier gewesen waren, stachelten und hetzten die anderen mit einer Verbissenheit auf, dass die Bürger mit Entsetzen erkannten, was ihnen unter Umständen blühen konnte. Und heute war der „tolle Bischof“ fern und Graf Botho längst tot.

Auch in Nöschenrode hatten sich Soldaten festgesetzt. Bald waren alle Schenken der beiden Ortschaften vollgepfropft von rauchenden, saufenden, lärmenden Mannschaften. Die Offiziere hatten das Schloss einer Besichtigung unterworfen, aber es bot ihnen keinen Anreiz mehr, dort zu wohnen.

Nur ein Aufseher mit etlichen Knechten war in den alten Mauern eingezogen. Die Gemächer standen öde und leer. Möbel, Wertsachen und alles andere war teils nach Ilsenburg gebracht, teils geraubt worden. Die Mauern ums Schloss herum und alle Gebäude wiesen bedenklich viel Löcher, Risse und schadhafte Stellen auf. Durch schlecht vernagelte Fenster pfiff der Wind. Im großen Saal lag Heu und Stroh, in einer Ecke Korn. Nur zwei oder drei Zimmer waren einigermaßen wohnlich, hier stiegen die Grafen ab, wenn sie einmal herkamen.

„Da ist's drunten bei Ziegenhorn besser", lachten die Offiziere und ritten davon.

Als sie bei der gräflichen Schenke in Nöschenrode vorbeikamen, tönte ihnen wüstes Geschrei und Gelächter entgegen. „Soldatenleben muss doch das schönste der Welt sein", sagten sie heiter. „Man hört das wieder mal überdeutlich."

Mitten unter den rohen Gesellen in der Schenke saß einer, der der wildeste zu sein schien. Die große Gestalt mit dem Lederkoller und den mächtigen Reiterstiefeln, die bis hinauf zum Leib gingen, sah alles andere als vertrauenserweckend aus. In dem gelblichen Gesicht glühten ein Paar funkelnde Augen. Verwildert und struppig waren Bart und Haar. Ein Humpen stand vor ihm, den der Wirt immer wieder zu füllen hatte.

„Der Wernicke säuft heute mehr als sonst“, lachte einer zu den andern hin und gab ihm einen Stoß.

„Halt's Maul“, brummte der Angeredete, „ich zähl ja auch nicht mit, wie viel du säufst!“

„Der Wolf hat mal wieder seinen bösen Tag“, lachte ein Dritter, „da hilft ihm nur das Saufen, das kennt man ja.“

Mit einem grässlichen Fluch schlug Wernicke die Faust auf den Tisch. Da fiel sein Blick wie von ungefähr zum Fenster und von einer Sekunde auf die andere wurde er weiß wie Kalk. Unnatürlich weiteten sich seine Augen, in denen das Weiße hervortrat.

„Was hat er denn?“

„Da draußen ist wohl der Leibhaftige.“

„Ein alter Mann im Jägerrock kann ihm doch nicht einen solchen Schreck einjagen.“

„Der sieht was“, so schwirrten halblaut die Reden durcheinander.

Wolf Wernicke aber warf dem Wirt ein Geldstück hin. „Ich will nichts geschenkt haben“, sagte er heiser und ging davon.

Als er später wiederkam, war er der Ausgelassenste und Lustigste von allen, ein echter, wilder Landsknecht, dem nichts heilig war.

„So ist's recht, Bruder“, tranken die anderen ihm zu, „du bist eine ehrliche Haut und immer noch unser Heiterster.“

Bald danach aber, als die Dunkelheit hereingebrochen war, verschwand Wolf Wernicke. Das tat er auch an allen folgenden Abenden. Es fiel zunächst nicht auf, doch weil es sich wiederholte, wurde erst der eine, dann der andere darauf aufmerksam. Sie begannen ihn zu fragen, er wich aus. Sie hänselten ihn, da wurde er grob. Und seine Kumpane wussten alle, dann hieß es, auf der Hut zu sein vor ihm. Er konnte so in Wut geraten, dass selbst die rohen Landsknechte ihm in solchen Stunden aus dem Weg gingen. So hörten sie wohlweislich beizeiten mit ihren Neckereien auf, aber sie beschlossen, ihm heimlich nachzuschleichen, vermuteten sie doch eine Liebelei mit einem Mädel dahinter – Wernicke war kein unbeschriebenes Blatt in solchen Dingen! Wenn das allerdings zutraf, konnte er sich auf einiges gefasst machen!

Es war in diesen Tagen ein derartiges Höllenspektakel in der Stadt, dass die Chronik es mit „sodomitischem Leben in Fressen und Saufen und anderen ärgerlichen Taten“ bezeichnet. Aber damit nicht genug, es geschahen Verbrechen im Ort, wie sie noch bei keiner anderen Einquartierung vorgekommen waren.

Die Weimarschen rächten sich schwer dafür, dass sie vor zehn Jahren davongejagt worden waren. Nicht nur die gemeinen Soldaten, sondern auch die Offiziere, und allen voran Kapitänleutnant Erich von Bennigsen, leisteten sich schändliche Übergriffe auf die Bürger. Sie schlugen bei Nacht den verschlossenen Häusern Türen und Fenster ein, stürmten am Tag in die Häuser, schossen im Vorübergehen durch die Fenster und feuerten auf die Männer, die Wache hielten auf Wachttürmen und Stadtmauern. Mehr als einer verlor sein Leben in diesen Tagen. Wer nicht musste, ging in diesen Tagen nicht auf die Straße, und wer ausging, wusste nicht, ob er wiederkommen würde.

Auch Vater Markendorf, Rüdiger und der Jägerbursche blieben im Forsthaus. Die Türen waren verriegelt, die Gewehre standen geladen bereit. Gleich in der ersten Nacht schafften sie das Hühnervolk, das noch unten war, auf den Hundsrück, die zwei Kühe standen schon oben, und ihre beiden Ziegen brachten sie in den Keller, denn Rüdiger hatte schon am ersten Abend dem alten Förster zugeraunt: „Vater, ich habe heute bei Dunkelwerden einen Landsknecht ums Haus schleichen sehen, ein wilder, wüst aussehender Geselle. Ich sagte bis jetzt nichts, um die Frauen nicht zu ängstigen, aber mir ist mulmig zumute, als drohe uns Unheil."

„Wir sind in Gottes Hand, mein Sohn", entgegnete der Vater. „Ich habe den Mann auch gesehen."

So waren einige Tage vergangen.

„Will denn der Schrecken diesmal gar kein Ende nehmen", seufzte Else und sah in der Dämmerung immer noch einmal hinaus, ehe sie die Läden schloss.

Andrea stand neben ihr. „Schau, wie dunkel der Himmel ist", sagte sie, „und der Wind geht kalt. Über unserer ganzen Heimat ist's dunkel geworden. Wie gut, dass wir wissen, wo ewiges Licht zu finden ist."

Sie schlossen das Fenster und legten die Läden vor. Der Mann draußen im Gebüsch aber hatte jedes Wort verstanden und mit der Seele aufgenommen, wie ein Verdurstender das Wasser. „Ewiger Friede, ewige Heimat ... Aber nicht mehr für mich", flüsterten seine brennenden Lippen. „Else, Andrea, Vater, oh lieber Vater, Rüdiger, Vaterhaus, Heimat!" Die Hände vors Gesicht geschlagen, stöhnte der Landsknecht, der als Wolf Wernicke traurige Berühmtheit erlangt hatte.

Abend für Abend schlich er hierher, musste er herkommen, er, der verlorene Sohn, der sich selbst die Heimat und das geliebte Vaterhaus zugeschlossen hatte. Er, der Schuld trug an den weißen Haaren seines Vaters.

Wie hatte ihn dieser Anblick gepackt, als er den alten Markendorf gleich am ersten Abend draußen in der Langenstraße vom Fenster der gräflichen Schenke aus gesehen hatte! Zehn Jahre war er nun fort von der Heimat, hinaus in die Welt, zehn Jahre lang hatte er die Freiheit genossen. Die Freiheit? Er schüttelte sich. Das Leben draußen hatte er sich wahrlich anders gedacht!

Zuerst war's ihm ganz angenehm gewesen, so ungebunden zu sein. Anfangs hatte er auch noch Freude an der schönen Natur gefunden. Freude, die jedoch nie lange anhielt, weil gerade die lieben Worte seiner Schwester ihm keine Ruhe gelassen hatten: „Mein Bruder, ich will dir tragen helfen und ich will immer für dich beten – immer." Und dabei sah er sie vor sich wie an jenem Abend, als sie ihren seelenvollen Blick fest in seine Augen senkte, während da und dort eine Spitze ihres schimmernden Haares im Kerzenschein leuchtete. Er wusste, dass man zu Hause für ihn betete. Aber gerade das machte ihn manchmal noch wilder als sonst, fühlte er doch innerlich, dass er, wenn er leben bliebe, auf Dauer kaum dem widerstehen könnte, was ihn in seinem Innersten nach Hause zog. Natürlich gab es auch Zeiten, wo diese Sehnsucht schweigen musste, wo er sie nicht reden ließ. Seine Kameraden sagten dann von ihm: „Er säuft wieder mehr als sonst." Und dann gab's Zeiten, wo es ganz so schien, als habe er alles überwunden und vergessen. Dann war er der Heiterste und Wildeste und in Kampf, Trunk und Glücksspiel allen voraus. Jede gute Regung schien dann in ihm gestorben zu sein. Er war ein Landsknecht wie die anderen, roh und gewalttätig.

Vor einem aber zitterte er all die Jahre – dass sie in den Harz abkommandiert werden könnten. Und nun war es geschehen, das Gefürchtete! Nun saß er hier Abend für Abend. Ein Ausgestoßener, der an seinem Schicksal selbst schuld war.

Heute fühlte er, dass es wohl kein „Zurück" mehr für ihn geben würde! Ja, damals mit der Botschaft Graf Bothos, da hätte er es gekonnt. Heute konnte er nicht mehr heimkehren. Es stand zu viel zwischen ihm und „zu Hause"!

Was wohl geschehen war, dass Andrea immer noch im Forsthaus lebte? Dass sie nicht geheiratet hatte!

Und was war aus Rüdiger und Gisela geworden und den Fortmanns?

Er ließ die Hände vom Gesicht sinken und blickte sich um.

Vertraute Heimat! Das liebe alte Forsthaus, der schöne, tiefe Wald!

Schauer schüttelten den hageren Leib des Landsknechts Wolf Wernicke – der war er, und der wollte, der musste er bleiben!

Wie lange er so gesessen hatte, wusste er nicht. Es musste aber schon spät sein. Auch im Forsthaus schienen sie zur Ruhe gegangen zu sein. Er bemerkte nur noch oben in den Schlafräumen Licht. Müde, todmüde an Leib und Seele stand er auf, um in den Ort zu gehen. Da – was war das? Es knackte und raschelte und jetzt – mit wildem Hallo drangen eine Handvoll Kameraden auf ihn ein.

„He, Wolf, liegst vergeblich auf der Lauer?"

„Alter Schlauberger, bist hinter einem schönen Mädel her, so wie die Blonde war?"

„Sie lässt dich heute aber verteufelt lange warten, der Alte ist wohl im Wege."

„Nee, die Braune war hübscher ..."

„Überlass uns eine von beiden, dann wollen wir dir helfen, das Haus zu öffnen", so schwirrte und johlte es um ihn.

Wie ein Rasender sprang er sie an. „Wagt es, euch dem Hause zu nähern, verdammte Bande!"

„Hoho, zeigt der Wolf die Zähne? Wie bitte, verdammte Bande – wir, seine Kameraden? Na warte, Wolf!“ Weitere waren hinzugekommen. Plötzlich flammten Fackeln auf und beleuchteten gespensterhaft das Haus und die nächste Umgebung. Die meisten der Landsknechte waren mehr oder weniger betrunken. Mit seinem Gewehrkolben stieß einer schon gegen die Haustür.

„Mein Vaterhaus! Zum Teufel mit dir, du Kreatur!“ Wie ein Wahnsinniger stürzte Wolf ihm an die Kehle, warf ihn zu Boden und kniete auf ihm. Gleichzeitig wehrte er wütend die anderen ab.

Sein Ruf „Mein Vaterhaus!“ hatte die nüchternen unter seinen Gesellen aufhorchen lassen. Hier musste Wolfs Geheimnis liegen. Verwandte Saiten klangen plötzlich in ihnen an und sie schlugen sich auf seine Seite. Ein wüstes Durcheinander und Ringen begann, lautes Geschrei erfüllte die Luft und ließ die Nöschenroder erschreckt aufhorchen. Plötzlich fiel ein Schuss. Woher, wusste niemand. Nun kannte die Wut der Söldner keine Grenzen.

Unter wuchtigen Schlägen zertrümmerten sie die Haustür. Drinnen standen schussbereit drei Männer. „Jeder wird niedergeschossen, der sich nähert!“, donnerte der weißhaarige, alte Mann.

„Vater! Rüdiger!“, gellend schrie Wolf mitten im Getümmel auf. Einen Augenblick zitterte der alte Mann. Erschrocken irrte sein Auge umher. Ein Landsknecht sprang auf seine Seite, einige andere ihm nach. Verbissen wehrten sie die Nachstürmenden ab. Nun erkannten die drei, dass sie Hilfe bekommen hatten.

Doch die anderen waren in der Überzahl. Durch die zerschlagenen Fensterscheiben drängten immer neue nach. Mit dem Mut der Verzweiflung kämpften Wolf und die wenigen, die zu ihm hielten. Schon trugen sie die ersten ernsten Wunden. Doch sie beachteten sie nicht. Schon lagen die ersten Toten aus den Reihen der wutschnaubenden Angreifer am Boden. Auch der Jägerbursche war tot.

Plötzlich füllte qualmender Rauch die Räume. Ein Schreckensschrei der Verteidiger, ein johlender Freudenschrei der anderen. Hell lodernd schlug die Flamme aus dem Esszimmer.

Unfähig, sich zu bewegen, starrte Vater Markendorf auf das Entsetzliche.

„Vater, Rüdiger, rettet euch. Hier durch die Hintertür. Rettet vor allem die Schwestern!" Beinahe rasend vor Verzweiflung zerrte Konrad Vater und Bruder zur Hintertür.

„Mein Sohn – Konrad, du?"

„Ja, Vater, kommt! Wo sind Else und Andrea – fort? Dann flieht auch ihr, ich decke euch mit meinem Leben!"

Keuchend riss er die Hintertür auf, doch hohnlachend empfingen ihn auch dort seine wütenden Kameraden. „Warte, Wolf, Teufelsbrut, dir tränken wir's ein!"

Er hörte nichts, riss den Vater zurück in seine Schreibstube. Schwer legte sich der beißende Rauch auf Brust und Augen. Irgendwer drängte ihm hinterher. Er fühlte einen harten Stoß, sah den Vater schwanken, merkte noch, wie ihn jemand zum Fenster riss und half mit letzter Kraft, den alten Mann hinauszuheben. Dann sank er strauchelnd zu Boden, fühlte sich hochgerissen – und verlor die Besinnung.

* * *

Auf halbem Weg zum Hundsrück standen drei Frauen eng aneinandergedrängt im dunklen Wald. In panischer Angst umarmten sie sich und starrten entsetzt ins Tal hinab. Die Knie zitterten ihnen vor Aufregung. Durch das Geäst loderte heller Feuerschein. Dort unten sank ihr Vaterhaus, ihre Heimat, in Trümmer und Asche.

Auch in der Stadt sah man den Feuerschein, und wilde Empörung erfasste die Bürger. Jetzt musste dem wüsten Treiben Einhalt geboten werden! Gleich morgen früh sollte eine Beschwerdeschrift an Herzog Ludwig, den Statthalter von Magdeburg und Halberstadt, abgehen.

Über der Brandstätte, die ihren unheimlichen Schein in den Wald hineinwarf und alles ringsum flackernd erleuchtete, war Stille eingetreten. Die Mordbrenner hatten sich verzogen. Ihre zwei Toten trugen sie in den Wald, um sie am nächsten Morgen heimlich zu beerdigen. Die Verwundeten nahmen sie mit.

Etwas entfernt von der Brandstätte bemühten sich

ein paar Männer um den bewusstlos daliegenden Förster Markendorf. Rüdiger hatte den Arm unter den Kopf des Vaters gelegt. Konrad feuchtete immer wieder ein Tuch mit Schnee an, um es auf die Stirn des Vaters zu legen.

Totenbleich war er noch von der Ohnmacht, aus der er in der frischen Luft schnell erwacht war. Doch das Tuch, das er um seinen Kopf geschlungen hatte, war stark gerötet. Zwei seiner Kameraden waren damit beschäftigt, eine Trage für den Förster zusammenzuflechten. Die beiden Ziegen standen angebunden an einem Baum daneben. Rüdiger hatte sie auf ihr jämmerliches Meckern hin noch rechtzeitig aus dem Keller gerettet.

„Vater", stöhnte Konrad auf, „seht mich an und sagt mir, dass ihr mir vergebt. Zum Donnerwetter, warum musste ich zu euch kommen? Ich bin schuld an allem."

Rüdiger sah und hörte ihn kaum. Er wünschte sich Else herbei und hoffte, dass die Geflüchteten den Feuerschein sehen könnten und dass sie, wenn er nicht mit dem Vater zum Hundsrück käme, am Morgen herunterkommen würden.

Endlos zogen sich die Stunden bis zum Morgen hin! Im Morgengrauen atmete er erleichtert auf, als er Else den Berg herabkommen sah.

„Ich halte es nicht aus, ich muss sehen, was aus Vater und Rüdiger geworden ist", hatte sie bebend vor Angst zu Andrea und Martha gesagt. „Kommt ihr nach, sie werden sicher jede Hilfe brauchen können." So kam sie, nein, flog sie fast hinab. Schneller und schneller schlug ihr Herz. Bohrende Angst um den Vater und den Bruder erfüllte sie. Dann sah sie Rüdiger. Und dort auf dem Boden – ihr Herzschlag stockte. Sie wollte zu ihrem Vater stürzen, wich aber entsetzt zurück, als sie die Landsknechte sah.

„Else", rief Rüdiger.

Da war sie auch schon bei ihm.

„Vater", stammelte sie und sank in die Knie, „Vater, lieber Vater!"

„Noch lebt er", sagte Rüdiger heiser. „Wir bringen ihn zu Fortmanns; die Männer flechten eine Bahre."

„Er lebt! Oh Gott sei Dank!" Sie richtete sich auf und nahm den Kopf des Vaters vorsichtig auf ihren Schoß, um ihm eine bessere Lage zu geben.

„Else", sagte da eine leise, zitternde Stimme neben ihr.

Sie blickte flüchtig auf. Da stand ihr das Herz fast still – „Konrad!"

„Er rettete unser Leben", sagte Rüdiger wieder mit rauer Stimme.

Konrad aber schüttelte traurig den Kopf.

Nun war die Trage fertig. Behutsam legten sie den Vater darauf, der leise stöhnte, aber bewusstlos blieb.

Nun erst sah Else nach dem brennenden Haus. Krachend stürzte eben die letzte Wand ein und ein Funkenregen sprühte umher. Das Mädchen schrie auf und fasste Schutz suchend nach Rüdigers Arm. Aber dann riss sie sich mit einem Blick auf den Vater zusammen, presste die Lippen fest aufeinander und schritt langsam mit Konrad neben der Trage her. Rüdiger blieb allein zurück, um auf Andrea und Martha zu warten.

Er brauchte nicht lange zu warten. Sie kamen bald und eilten schreckensbleich den anderen nach, als Rüdiger ihnen in kurzen Worten alles gesagt hatte. Andrea hastete voran, um Fortmanns zu benachrichtigen. Konrad folgte zu ihrem Schutz einige Schritte hinter ihr. Einen Gruß hatte sie nicht für ihn gehabt.

Fortmanns hatten den Feuerschein auch wahrgenommen und mit Entsetzen kurze Zeit später erfahren, dass das Forsthaus brenne. Der Magister wollte sich eben auf den Weg machen und trotz aller Dunkelheit und Gefahr hinausgehen, als Andrea kam. Schnell richtete Frau Ursula mit Andreas Hilfe ein Zimmer her und der Magister eilte selbst zu seinem Schwiegersohn, Doktor Jakobus Haberstroh, ihn zu holen.

Lange dauerte die Untersuchung. Der Vater hatte einen Stoß mit einem Gewehrkolben in den Rücken bekommen. Schwere innere Verletzungen lagen vor. Der Arzt schüttelte ernst und traurig den Kopf.

Wie betäubt blickte Else zu ihm auf. Konnte das möglich sein? Sollte sie ihren Vater verlieren?

Magister Fortmann verstand ihren Blick. Wenn seine Stimme auch leicht schwankte in dem Schmerz, den ihm das Gutachten des Schwiegersohnes bereitete, beugte er sich doch zu ihr und flüsterte: „Siehe, ich bin bei euch alle Tage, bis an der Welt Ende, hat unser Herr gesagt."

Ihr sonst so klares Auge verschleierte und sie senkte den Kopf. Leib und Seele zitterten unter dem Sturm, der über sie hinwegging. Zu jäh, zu unerwartet traf sie dieser Schlag.

Andrea kniete schluchzend neben dem Bett. Mit gefalteten Händen stand Rüdiger daneben. Keiner hatte auf den Landsknecht Acht, der an der Tür stand, die dunklen Augen brennend auf den Vater gerichtet.

Aber der Magister sah ihn.

Er trat zu ihm, nahm ihn bei der Hand und führte den willenlos Folgenden hinüber in sein Studierzimmer. Kurz danach folgte ihm sein Schwiegersohn dorthin. Er verband den Mann und meinte, die Wunde sei nicht unbedeutend. Etwas Fieber werde wohl kommen. Dann ging er, und nun waren die beiden allein.

Es war eine bewegte Stunde, die sie miteinander durchlebten, eine Stunde von der Art, die die Engel im Himmel vor mancher gewonnenen oder verlorener Schlacht aufschrieben, eine Stunde, in der sich die Geschichte vom verlorenen Sohn wiederholte. Viel Elend, viel Sünde, viel Unrecht beichtete sich Konrad vom Herzen herunter und die vergebende Liebe Gottes erlöste seine hungernde Seele mit Gnade und Vergebung. Der verlorene Sohn war heimgekehrt an das Vaterherz Gottes. Aber wie unendlich sehnte er sich nun auch nach der Vergebung seines geliebten Vaters.

„Ich bin schuld an seinen weißen Haaren, schuld daran, dass das alles heute Abend geschah", klagte er sich in bitteren Selbstvorwürfen an.

Mit Überzeugung entgegnete der Magister: „Schuld an seinen weißen Haaren – ja, Konrad. Schuld am heutigen Abend – nein. Deine Sehnsucht hat dich zum Vaterhause hingetrieben. Nie und nimmer hättest du den Deinen Schaden zufügen wollen. Was soll es nun, von Schuld zu reden? Nein, beugen wir uns unter die gewaltige Hand Gottes, die schwer auf uns liegt, und schweigen wir. Bleib hier noch eine Weile allein und rede mit deinem Gott, er hat dir noch manches zu sagen."

Damit ging der Magister hinüber zum Sterbebett seines alten Freundes. Feucht schimmerte es in seinen Augen. In Gegenwart des bewusstlosen Vaters führte er eine lange Unterredung mit den drei Geschwistern und bat sie, ihrem Bruder zu vergeben.

„Ich habe meinem Bruder längst vergeben", sagte Else leise. „Ich weiß, wie Vater um ihn trauerte und wie er sich freuen würde, wenn er wüsste, dass Konrad nun doch heimgekehrt ist. Unentwegt haben wir für ihn gebetet. Wie könnte ich anders, als ihm in seiner Reue die Hand zu bieten."

„Ich denke genauso", fügte Rüdiger hinzu. „Heute Abend war er es, der uns vor dem sicheren Tode gerettet hat und uns zur Flucht verhalf. Ich will ihm auch vergeben; er ist mein Bruder."

„Niemals", begehrte Andrea in alter Leidenschaft auf,

„zu viel und zu lang hat Vater um ihn gelitten. Ich will ihn nicht mehr sehen, und ..."

„Andrea!", klang die Stimme des Magisters dazwischen. „Der Vater hat um dich das gleiche Leid getragen, und ich muss dich gerade heute daran erinnern: *Richtet nicht, auf dass ihr nicht gerichtet werdet.*"

Sie zuckte zusammen, senkte beschämt den Kopf und stammelte. „Ihr habt Recht, Herr Vater. Ich will versuchen, ihn wieder lieb zu haben."

Der Pfarrer nickte, ging hinaus und kam gleich wieder. An der Hand führte er den bleichen Landsknecht mit der verbundenen Stirn. „Hier bringe ich euch euren Bruder", sagte er und man hörte die Rührung in seiner Stimme.

„Vergebt mir, bitte", sagte Konrad mit ausgestreckten Händen.

Da siegte auch bei Andrea die alte Geschwisterliebe über alle anderen Gefühle. Zusammen mit den anderen umarmte sie den zurückgekehrten Bruder, und durch ihre Herzen wehte mitten im Leid ein Ahnen jener großen Freude, die die Engel Gottes über eine Menschenseele haben, die zurückfindet zu ihrem Ursprung.

Nun wollte sich Konrad mit den Geschwistern die Krankenwache teilen, aber die Aufregung und der Blutverlust hatten ihn derart geschwächt, dass er plötzlich taumelte. Er musste sich hinlegen, und bald schloss wohltuender Schlaf seine Augen.

Vom nächsten Morgen an aber wich er nicht mehr

vom Bett des Vaters. Angespannt hörte er zusammen mit den Geschwistern auf die leisen Atemzüge des noch immer Bewusstlosen. Oh, dass er nur einmal, nur einmal noch erwachen und ihm vergeben möge!

Und hier, an diesem Lager, wurde nun auch Botho's letzter Gruß an Else ausgerichtet. Konrad war der Krieger gewesen, in dessen Armen Botho gestorben war. Das schlang ein besonders festes Band um das Mädchen und den Bruder.

Vater Markendorf hatte das Bewusstsein wiedererlangt. Zwei lange Tage waren vergangen, bis er zum ersten Mal mit klarem Ausdruck die Augen aufschlug. In atemloser Freude beugte sich Else über ihn, strich immer wieder sanft über sein Haar, seine Wangen, seine Stirn, und küsste ihn leise und zärtlich. Oh, vielleicht – vielleicht blieb er ihr doch noch erhalten!

Ein müdes, schwaches Lächeln ging über das eingefallene Antlitz. Er sah sie voll dankbarer Liebe an.

„Vater, Herzensvater", flüsterte sie, „wie geht es euch, habt ihr Schmerzen?"

Ganz leise antwortete er: „Nein, mein Kind, nur habe ich das Gefühl, als sei in meinem Rücken ein Stock. Ich kann mich nicht bewegen. Was ist nur geschehen? Ich kann mich nicht erinnern."

Er schwieg erschöpft und sah sie an.

„Ihr seid krank, sehr krank, Vater", erwiderte sie, „und ..."

„Krank?", fragte er leise dazwischen und ein nachdenklicher Zug glitt über sein Gesicht. „Seit wann denn?“ Seine Augen musterten das Zimmer. „Wo bin ich denn?“

„Bei unseren Freunden, den Fortmanns, Vater. Wir wurden ...“

Sie stockte, der Arzt hatte ja streng jede Aufregung verboten.

Da ging aber auch schon ein scharfes Nachdenken über das Gesicht des Vater und plötzlich murmelte er halblaut, während die Augen wie suchend umhergingen: „Hab ich mich geirrt, oder – nein, Konrad – ist er ...“

Da winkte Else dem Bruder, der zitternd am Fenster stand. Mit einem Schritt war er am Bett und sank mit überströmenden Augen davor nieder. „Vater, mein Vater, vergib mir und nimm mich wieder an.“

„Mein Sohn, mein Ältester“, sagte langsam und deutlich der alte Förster, und ein Freudenschein verklärte seine Züge, wie Else ihn noch nie gesehen hatte. „Mein Kind, endlich, endlich bist du heimgekommen.“

Er schwieg, das Sprechen machte ihm sichtbar Mühe.

„Heim auch zu meinem Gott, Vater“, erwiderte Konrad und hielt seine Rührung auf ein heimliches Zeichen Elses gewaltsam im Zaum.

„Gelobt sei Gott! Herr, nun lässest du deinen Diener im Frieden fahren“, sagte der Sterbende mit froher Stimme. Seine Züge verklärten sich zusehends und die großen, klaren Augen schauten mit einem fast überirdischen Glänzen nach oben.

Ewigkeitslicht, dachte Else ehrfürchtig, und doch war ihr das Herz zum Brechen schwer. Sie holte Andrea und Rüdiger herbei, auch Fortmanns kamen.

Liebevoll gingen die Augen des Vaters von einem zum andern. Seine vier Kinder knieten am Bett und er segnete sie mit schwacher Stimme. Dann dankte er dem treuen Freund für alle Liebe und Freundschaft. „Bleibe meinen Kindern ein treuer Berater", bat er.

Erschöpft schwieg er eine Weile. Dann sprach er weiter: „Ich gehe heim, ich weiß es. Gisela will ich oben grüßen, Rüdiger – Johannes – Henricius – deinen Botho ..."

Weinend beugte Else sich über ihn. „Gott kann mir meinen Vater aber doch noch erhalten", flüsterte sie, ihm tief in die dunklen Augen sehend.

„Er will es nicht, mein Kind", entgegnete der Vater müde. Und nach etlichen Augenblicken: „Heim – nur heim!"

Der Magister hatte das Abendmahl rasch vorbereitet und der Sterbende sah ihn dankbar an.

Eine Abendmahlsfeier wie diese fand nur selten statt. Sie nahmen alle daran teil. Zwar zitterten dem Pfarrer Stimme und Hand, als er Brot und Wein reichte, aber von der Ewigkeitsluft, die den Raum erfüllte, wurden ihre Herzen ganz still. Sie merkten deutlich die Gegenwart des Allmächtigen.

„Gehe heim in Frieden", sagte Magister Fortmann und machte das Zeichen des Kreuzes auf der Stirn seines alten, treuen Freundes.

Nie im Leben vergaßen sie alle diese heilige Stunde!

Von da an lag der Förster ganz still, ohne zu sprechen, meist auch mit geschlossenen Augen. Nur hin und wieder blickte er mit unendlicher Liebe auf seine Kinder.

Es war in der zehnten Stunde. Da öffnete Vater Markendorf noch einmal die dunklen Augen, sah sie alle an, reichte mit merkwürdiger Kraft jedem die Hand – dann neigte sich der Kopf zur Seite.

Der müde Pilger hatte die Wanderung beendet, er war zu Hause.

Ein reichbewegtes Leben mit viel Freude, aber auch Leid und Schmerz, voll von Sorgen und Not, Kummer und Mühsalen hatte seinen Abschluss gefunden. Aber es war auch ein Leben voll Gottvertrauen und sieghaftem Glauben, ein Leben, das in Gott wurzelte und freudig zu seinem Ursprung zurückkehrte. Ein Leben, das den Tod und das Grab nicht fürchtete und schon im irdischen Leben Ewigkeitsluft atmete.

„Ihr Ende schaut an und folgt ihrem Wandel nach", sprach der Magister feierlich, als Else laut aufweinend dem geliebten Vater den letzten Kuss auf die erkaltende Stirn gab und ihm die treuen Augen zudrückte.

Die nun folgenden schweren Tage dienten dazu, die Herzen der Geschwister noch enger und fester zu verbinden. Konrad schloss sich besonders seiner Schwester Else an. Zu ihr kam er immer wieder mit seinem verwundeten Herzen und war sicher, bei ihr volle, vergebende Liebe zu finden. Rüdiger und Andrea gegenüber fühlte er sich befangen und unfrei. Das ernste und gereifte Wesen des Bruders weckte in ihm immer wieder neue Gewissensbisse, dass er nicht auch so geworden war, und bei Andrea meinte er nicht die Liebe zu finden, die seine zerrissene Seele zunächst brauchte.

Und er ahnte nicht, wie sehr gerade Andrea in diesen Tagen darunter litt, dem Vater ähnlichen Kummer wie der Bruder bereitet zu haben und wie sie sich bei dem Gedanken schämte, dass auch Konrad es einmal erfahren musste.

Es war der erste wärmere Frühlingstag, an dem der Förster Hannes Markendorf zur letzten Ruhe geleitet wurde. Der Regen hatte den Schnee fortgewaschen und es ging durch die Natur jenes wunderbare Frühlingsahnen von der Auferstehung.

Beinahe die ganze Stadt nahm teil an der Feier auf dem kleinen St.-Theobaldi-Friedhof. Jetzt erst zeigte sich erst richtig, wie beliebt und geachtet Vater Markendorf bei allen gewesen war. Ja, sogar einige Landsknechte bemerkte man ganz still und scheu hinter den letzten Reihen der großen Trauerversammlung. Einige Bürger behaupteten nachher, sie hätten mit neidischem Blick auf Konrad gesehen, und einer wollte sogar gehört haben, wie der eine von ihnen zu dem andern sagte: „Der Glückliche, er hat noch ein Zuhause, wenn auch sein Vater tot ist."

Auch die Grafen Christoph und Heinrich Ernst waren von Ilsenburg gekommen, um dem treuen Förster das letzte Geleit zu geben. Ritterlich zog der alte Herr Elses Arm durch den seinen und führte sie hinter dem Sarg. Da merkten die Bürger von Wernigerode, dass an all den Gerüchten, die durchgesickert waren, und die vom Stein im Friederikental und einer stillen Verlobung zwischen Else und Graf Botho redeten, doch etwas Wahres sein musste. Mit doppelter Teilnahme schauten sie auf das schlanke Mädchen, das ihr frauenhaft schönes Gesicht mit der golden schimmernden Flechtenkrone tief gesenkt hatte.

Das Grab war mit Tannengrün und Efeu ausgeschmückt, so sah es nicht so düster aus. Wie in einem schweren Traum gefangen stand Else an der Gruft, aber vor dem Sich-Verlieren im Schmerz schützte sie das Bewusstsein, für ihre Geschwister Andrea und Konrad da sein zu müssen. Wie der verhärmte Mann mit seiner schlichter Bürgerkleidung und der verbundenen Stirn am Grab stand, hätte niemand in ihm den wilden Landsknecht Wolf Wernicke erkannt.

Für den Magister war es eine heilige Pflicht, die vier Kinder seines Freundes im Haus zu behalten, bis sie wussten, wie es weitergehen sollte. Die Pflicht aber war ihm zugleich eine tiefe Freude.

* * *

Und das Leben ging weiter über das frisch geschlossene Grab hinweg.

Graf Christoph hatte Rüdiger gebeten, gleich an einem der nächsten Tage nach Ilsenburg zu kommen, um zu beraten, was nun geschehen müsse.

Als die Anemonen zwischen den dürren Blättern, die den Waldboden deckten, hervorsprossen und die blauen Waldveilchen sich schüchtern der wärmer werdenden Sonne zuwandten, erklangen im Christianental die ersten Axtschläge zum Bau des neuen Forsthauses. Rüdiger beaufsichtigte den Bau, der größer und schöner werden sollte als der niedergebrannte. Er entstand auch nicht an derselben Stelle, wo das alte Forsthaus gestanden hatte, sondern ein Stück weiter der Straße zu, auf einer größeren Lichtung. Auf der Stelle des ehemaligen Forsthauses sollte später, wenn mehr Geld vorhanden war und die Zeiten wieder ruhiger waren, ein kleines Häuschen für einen verheirateten Forstgehilfen erbaut werden.

Dass Vater Markendorf vor Jahren in großer Fürsorge allerlei lebendes und totes Eigentum ins Waldwärterhäuschen auf dem Hundsrück geschafft hatte, kam seinen Kindern jetzt zugute. So konnten sie nicht nur zum Haushalt ihrer Freunde, wo sie Gastfreundschaft genossen, einen Teil beisteuern, dieses Eigentum bildete auch gleich den Grundstock für das Heim. Rüdiger holte die Einrichtung vom Büchenberghaus noch dazu. Alles andere aber musste neu angeschafft werden. Es war ja nichts bei dem Brand gerettet worden.

Wehmütig dachte Else oft an die schön geschnitzten kostbaren Schränke im Flur, die Truhe und die gemütliche Esszimmereinrichtung. Aber dann schüttelte sie leise den Kopf. Was war der Verlust all dessen gegenüber dem anderen, was sie hatte hergeben müssen!

Das alles war zu ersetzen – der Vater und Botho aber nicht!

Als sie im Herbst in das fertige Haus einzogen und alles sie so neu und fremd ansah, musste Magister Fortmann wohl ähnlich wie Else empfinden.

Bei der kleinen Einweihungsfeier, die im engsten Kreise stattfand, redete er über das Wort: „Wir haben hier keine bleibende Stadt, sondern die zukünftige suchen wir.“ Selten ist wohl ein Wort so von seinen Zuhörern verstanden worden wie dieses.

Ein stiller Friede lag auf dem neuen Forsthaus. Else leitete in alter Weise das Hauswesen, treu unterstützt von Andrea und den beiden Mägden. Anna war auch wieder vom Hundsrücker Waldwärterhäuschen heruntergekommen.

Rüdiger hatte die Stelle des Vaters eingenommen. Er stand dem gesamten Forstwesen vor. Auch Konrad wurde vom Grafen aufgefordert, in seinen alten Beruf zurückzukehren, er musste es jedoch vorläufig ablehnen, weil sein körperlicher Zustand es nicht erlaubte.

„Lass nur“, tröstete ihn Else, weil er traurig darüber war, „erst pflegen wir dich in diesem Winter gesund, dann ist es im Sommer umso schöner, wenn du wie früher den Forst durchstreifen kannst.“

„Ja, Konrad“, fügte Andrea hinzu und drückte ihn herzlich, „gesund von innen und außen. Erst dann kann man richtig und gut arbeiten.“

Statt der Antwort drückte er einen Kuss auf ihre Stirn. Es stand nichts Trennendes mehr zwischen den Geschwistern. Andrea selbst hatte dem Bruder einmal in einer stillen Stunde von ihrer Fehlentscheidung erzählt, und seitdem verstanden sie sich umso besser. Auch zwischen Konrad und Rüdiger herrschte ein brüderliches Verhältnis. Überdies hatten sie nun mehr Ruhe vor Einquartierungen im Ort und in der Umgegend. Ach, wenn der Vater jetzt noch bei ihnen gewesen wäre!

Fortmanns kehrten ebenso gern im neuen Forsthause ein wie einst im alten. Oft hatte der Magister lange Unterredungen mit Konrad.

„Konrad reift schneller der Ewigkeit entgegen als alle anderen", sagte der Pfarrherr des Öfteren zu seiner Frau.

„Er sieht oft erschreckend blass und eingefallen aus", erwiderte sie, „aber mir gefällt an ihm, dass er keinen Tropfen mehr trinkt."

„Die Augen flammen dann und wann noch einmal auf und eine finstere Wolke über seinen Zügen erinnert an seine frühere Wildheit", entgegnete der Magister gedankenverloren, „aber wenn Else oder Andrea ihm übers Gesicht streichen, seufzt er auf und schaut anders drein. Ich weiß, er leidet schwer, bitterschwer unter der Vergangenheit, obwohl er gewiss ist, dass Gott ihm vergeben hat und um Christi willen angenommen hat."

Ja, Konrad litt unendlich unter der Vergangenheit,

mehr, als sie alle ahnten. Manchmal aber sagte er zu Else: „Ihr habt mich heimgebetet. Dafür werde ich euch noch in der Ewigkeit dankbar sein. Mein liebster Spruch in der ganzen Bibel ist: Das Blut Jesu Christi macht uns rein von aller Sünde."

Nur an solchen Äußerungen konnte sie ablesen, wie sehr er leiden musste.

* * *

Der Winter verging.

Als die Rosen anfingen zu blühen, bettete man Konrad Markendorf neben seinen Vater zur letzten Ruhe auf dem kleinen Friedhof von St. Theobaldi. Die Jahre zügellosen Lebens, reich an Entbehrungen und Anstrengungen und besonders das zügellose Trinken, hatten seine Körperkräfte aufgezehrt. Das meiste aber hatte der Kummer getan. Erst der verzehrende und sehnsüchtige in den zehn Jahren scincs Soldatenlebens, dann der reuevolle seit seiner Heimkehr. Eine Krankheit im eigentlichen Sinn hatte er nicht gehabt, er war einfach „der Ewigkeit entgegengereift", wie Magister Fortmann gesagt hatte. Sein letztes Wort war gewesen: „Das Blut Jesu Christi macht uns rein von aller Sünde." Dann war er sanft in Elses Arm eingeschlafen.

Das Wort war auch der Text von Magister Fortmanns Grabrede. Fünf Gräber. Und das eine, das sechste? Wo war das? Ungepflegt irgendwo, vielleicht schon eingesunken – jedenfalls ungekannt! Aber Else suchte ihre Lieben nicht hier unten, nein, oben im ewigen Licht.

* * *

Siebzehn Jahre waren vergangen. Es war der 15. September 1650.

Von allen Türmen läuteten die Glocken, festlich gekleidete Menschenscharen drängten sich in den Gotteshäusern, die rasch bis auf den letzten Stehplatz gefüllt waren.

Galt es doch heute, das Friedensfest zu feiern. Endlich war der lang ersehnte Friede da! Zwar war er schon 1648 zu Münster und Osnabrück geschlossen worden, aber erst zwei Jahre später wurde Wernigerode von der fremden Besatzung frei. Und erst da feierten sie ihr Friedensfest.

Brausend fluteten die Orgeltöne durch die Gotteshäuser. Brausend stieg in allen zugleich, wie die Chronik berichtet, das Tedeum zum Himmel empor!

Die Alten, die den Frieden vor dem Ausbruch des furchtbaren Krieges gekannt hatten, weinten freilich mehr Freudentränen, als sie sangen. Sie mussten sich erst wieder gewöhnen an einen Frieden, der dem ehemaligen so unähnlich wie nur möglich war.

Dreißig Jahre Krieg, Hungersnot, Pestilenz – konnte denn das geliebte Vaterland da noch weiterleben? Ja, sie wollten alle zusammenhelfen mit neuem Mut und neuer Kraft am Wiederaufbau Deutschlands, das völlig vernichtet war! Ungezählte Dörfer waren gänzlich vom Erdboden verschwunden, ganze Ortschaften, teilweise auch ganze Städte, ausgestorben und durch Hunger und Pest das Land verwüstet. Da gab es Arbeit, viel Arbeit.

Die Jungen, die zum Teil bei Kriegsausbruch noch Kinder gewesen waren, zum großen Teil aber erst im Kriege geboren waren, mussten den Begriff „Frieden" erst einmal kennen lernen. Sie wussten ja überhaupt nicht, was Friede bedeutete. Aber sie sangen am lautesten und hellsten mit!

In allen Kirchen, also auch zu St. Sylvestri, wurde über Jesaja 12 gepredigt: „Zu derselben Zeit wirst du sagen: Ich danke dir, Herr, dass du zornig bist gewesen über mich, und dein Zorn sich gewendet hat und tröstest mich. – Siehe, Gott ist mein Heil, ich bin sicher und fürchte mich nicht. Denn Gott der Herr ist meine Stärke und mein Psalm und ist mein Heil. – Ihr werdet mit Freuden Wasser schöpfen aus den Heilsbrunnen. Und werdet sagen zu derselben Zeit: Danket dem Herrn, prediget seinen Namen, machet kund unter den Völkern sein Tun, verkündiget, wie sein Name so hoch ist. – Lobsinget dem Herrn, denn er hat sich herrlich bewiesen; solches sei kund in allen Landen. – Jauchze und rühme, du Einwohnerin zu Zion, denn der Heilige Israels ist groß bei dir."

Gewaltig und herzergreifend wurde über diesen Text

geredet. Einige der Predigten sind bis auf den heutigen Tag aufbewahrt.

Magister Fortmann stand auf seiner Kanzel und überschaute seine Gemeinde. Wie erwartungsvoll waren alle Blicke auf den ehrwürdigen Greis von vierundsiebzig Jahren gerichtet. Wie tief fühlte er in diesem Augenblick die heilige Verantwortung seines Berufes. Wie sehr fehlte ihm aber auch gerade heute manches altbekannte Gesicht. Ganz besonders vermisste er heute seinen treuen Freund Hannes Markendorf, vor allem aber seine Frau, seine Ursula. Auch sie schlief seit neun Jahren der Auferstehung entgegen. Aber Else, Andrea und Rüdiger Markendorf saßen dort unter der Kanzel beieinander wie jeden Sonntag.

Und von draußen schaute leuchtend die milde Herbstsonne durch die hohen Kirchenfenster herein und strahlte über den freien Platz, wo all die vielen dicht gedrängt zusammenstanden, die in der Kirche keinen Platz mehr gefunden hatten.

Eine solche Feier hatte Wernigerode noch nie erlebt und sollte es auch nicht mehr erleben. Das Evangelium, das Martin Luther auf den Leuchter stellte, hatte in der Kraft Gottes gesiegt – gesiegt nach unendlichen Kämpfen und schweren, blutigen Opfern. Still und zurückgezogen lebten die drei Geschwister draußen im Forsthaus. Alle drei waren sie unverheiratet geblieben, auch wenn sich den beiden Frauen durchaus Gelegenheiten zum Heiraten geboten hatten.

Rüdiger hatte von den Grafen Heinrich Ernst und Johann Martin, den Nachfolgern ihres Vaters, die Aufsicht über den ganzen Forst bekommen, und es waren ihm ein Forstgehilfe auf dem Büchenberg und einer am Hartenberg unterstellt worden.

Else und Andrea leiteten den Haushalt wie immer. Die beiden treuen Mägde waren auch schon lange gestorben. Zwei flinke, nette Mädchen hatte Else angelernt und freute sich immer wieder über die Fortschritte, die sie machten. Else war immer noch eine anmutige Erscheinung mit einem anziehenden, jetzt wahrhaft schön zu nennenden Antlitz. Ihr goldblondes Haar zeigte aber auch schon eine silberdurchmischte Färbung. „Bei mir sieht man die Würde des kommenden Alters viel deutlicher", sagte Andrea manchmal lachend und wies auf ihre dunklen Haare, in denen sich die silbernen Fäden allerdings viel reichlicher als bei Else zeigten.

Die fünf Gräber auf dem kleinen Theobaldi-Friedhof waren immer gut gepflegt und schön geschmückt. „Fünf, nein, sechs Fäden, die uns nach oben ziehen, denn auch mein Kleiner schlummert hier unten", sagte Rüdiger manchmal.